Conformément aux statuts de la Société des Textes Français Modernes, ce volume a été soumis à l'approbation du Comité de lecture, qui a chargé M. François Moureau d'en surveiller la correction en collaboration avec M. André Blanc.

LA FÊTE DE VILLAGE (1700)
LE VERT-GALANT (1714)
LE PRIX DE L'ARQUEBUSE (1717)

DU MÊME AUTEUR

Le Théâtre de Dancourt, Atelier de reproduction des thèses, Université de Lille III, Paris, H. Champion, 1977.

F.C. Dancourt (1661-1725), La Comédie française à l'heure du Soleil couchant, Tübingen, G. Narr, Paris, J.M. Place, 1984.

Claudel, le point de vue de Dieu, Paris, éd. du Centurion, 1965 (épuisé).

Les Critiques de notre temps et Claudel, Paris, Garnier fr., 1970.

Claudel, coll. « Présence littéraire », Paris, éd. Bordas, 1973.

Claudel, un structuralisme chrétien, Paris, éd. Tequi, 1982.

Montherlant, un pessimisme heureux, Paris, éd. du Centurion, 1968 (épuisé).

Les Critiques de notre temps et Montherlant, Paris, Garnier fr., 1973.

Montherlant, « La Reine morte », coll. « Profil d'une œuvre », Paris, Hatier, 1970.

Florent Carton DANCOURT, *La Maison de campagne (1668), La Foire Saint-Germain (1696), Les Eaux de Bourbon (1696),* Texte établi, présenté et annoté par André Blanc, Société des Textes Français Modernes, Paris, 1985.

En préparation :

Sous la direction de Jacques Truchet, collaboration au *Théâtre du XVIIe siècle,* t. III, coll. de la Pléiade, Paris, éd. Gallimard.

SOCIÉTÉ DES TEXTES FRANÇAIS MODERNES

FLORENT CARTON DANCOURT

LA FÊTE DE VILLAGE (1700)
LE VERT-GALANT (1714)
LE PRIX DE L'ARQUEBUSE (1717)

COMÉDIES II

Texte établi, présenté et annoté
par
ANDRÉ BLANC

PARIS
S.T.F.M.

———

1989

Ouvrage publié avec l'aide du C.N.R.S.

ISSN 0768-0821
ISBN 2-86503-189-6
© SOCIÉTÉ DES TEXTES FRANÇAIS MODERNES, 1989.

Diffusion : PARIS — LIBRAIRIE NIZET -— 3 *bis,* place de la Sorbonne.

INTRODUCTION

NOTE SUR L'AUTEUR

Le 12 novembre 1700, Florent Carton, sieur Dancourt, a 39 ans, le même jour que le dauphin, Monseigneur, dont il est l'exact contemporain[1]. Depuis 15 ans, il fait partie de la Troupe Française des Comédiens du Roi, ainsi que sa femme, Thérèse Le Noir de La Thorillière[2]. Leurs deux filles, Manon, née en 1684, et Mimy, née en 1686, y ont été également admises, en 1698, sur l'ordre du dauphin, et non sans réticences de la part des autres comédiens, qui ont obtenu que ces trop jeunes filles n'aient pas de voix délibératives aux assemblées — avec quatre membres, la famille Dancourt aurait pu imposer sa loi à la troupe entière — ni d'autres prérogatives[3]. Au demeurant, Manon s'en retira au moment

---

1. Peut-être même est-il né aussi dans la même ville, le père et le mère de Dancourt, protestants convertis depuis peu au catholicisme, résidant à Fontainebleau.

2. Elle avait un an de moins que lui et était fille d'un ancien acteur de la troupe de Molière.

3. Voir André Blanc, *F.C. Dancourt (1661-1725). La Comédie française à l'heure du soleil couchant*, Tübingen, G. Narr, 1984, p. 107.

de son mariage avec un commissaire des guerres, en 1702, mais Mimy, excellente actrice, y fit une longue carrière[4].

Acteur honnête, sans brio particulier, Dancourt a rempli quelques fonctions administratives au sein de la troupe. De 1704 à 1710, il fut l'un des quatre trésoriers chargés d'en gérer les finances, et Dieu sait qu'elles n'étaient pas simples ! les Comédiens-Français étant grevés de dettes depuis qu'il avaient dû, en 1689, acquérir à leurs frais et faire aménager une salle de théâtre[5]. On a surtout recours à lui lorsqu'il y a lieu d'aller à Versailles solliciter quelque faveur auprès du roi, ou porter quelque plainte, contre les acteurs de la Foire, par exemple, car il est beau parleur et bien en cour. Pendant assez longtemps, jusqu'en 1698, il a été l'*orateur* de la troupe, chargé de faire les annonces, et lorsqu'il a dû abandonner ce poste, le public a protesté assez fortement[6]. De caractère violent et emporté, orgueilleux et surtout soucieux de mener sa carrière personnelle, il n'est que médiocrement aimé de ses camarades, encore que ses petites comédies en un acte, les « dancourades », aient souvent permis de remplir le théâtre pendant la saison creuse de l'été ou de l'automne.

La vie parfois quelque peu irrégulière et bohème des Dancourt se stabilise au XVIIIe siècle. Certes, force chansons courent sur les mœurs de Thérèse et de ses filles, mais c'est la rançon du succès, et il ne faut pas trop chercher à savoir comment, malgré des dettes constantes, qui ont pendant plusieurs années totalement absorbé sa part de sociétaire, Dancourt et sa femme ont pu louer en 1701, une grande et belle maison à Paris, acheter l'année suivante une maison de campagne

---

4. Marie, Anne, Armande, dite Manon, épousa en 1702 Guillaume de Fontaine, commissaire des guerres ; elle eut aussi des liaisons extrêmement brillantes. Marie, Anne, Michelle, dite Mimy, épousa en 1712 Samuel Boutinon des Hayes, son cousin germain, qui avait seize ans de plus qu'elle. Elle vécut jusqu'en 1781.

5. Le roi leur avait retiré la salle de la rue Guénégaud et, pendant deux ans, ils cherchèrent en vain un lieu où se fixer.

6. Voir A. Blanc, *op. cit.*, p. 100.

à Auteuil — qu'ils échangèrent bientôt pour une autre, plus vaste et plus belle —, et surtout acquérir en 1714, pour 80 000 livres, le beau château de Courcelles, dans le Berry[7]. C'est là que Dancourt se retira en 1718, sur une demi-brouille avec les comédiens, qui n'acceptaient plus ses pièces avec empressement et même n'avaient pas voulu jouer une *Déroute du pharaon,* qui n'était à vrai dire que la réfection d'une de ses premières comédies, donnée trente ans plus tôt, *La Désolation des joueuses.* C'est là aussi qu'il mourut, devenu dévot, paraît-il, mais toujours violent de caractère[8], le 6 ou 7 décembre 1725, quelques mois après Thérèse, décédée, elle, à Paris.

LES ŒUVRES

En 1700, Dancourt a derrière lui une tragédie et trente-neuf comédies connues. Toutes n'ont pas obtenu un grand succès, certaines même n'ont pas été jugées dignes de l'impression. La plupart sont de ces pochades en prose et en un acte — rarement en trois —, vivement troussées pour donner quelques nouveautés à un public plus rare à certaines époques de l'année, et qui par leur originalité et leurs ressemblances ont presque constitué un genre, puisque du vivant même de leur auteur, d'une façon mi-élogieuse, mi-ironique, on les nommait des *dancourades*[9]. Destinées à être jouées à la suite d'une pièce du répertoire, tragédie ou grande comédie en cinq actes, comme l'étaient naguère les farces, ce sont des œuvrettes amusantes, souvent peinture satirique des mœurs, dont l'intrigue n'est qu'un prétexte pour faire défiler sur la scène un certain

---

7. *Ibid.*, p. 123.

8. En 1722, il n'autorisa pas les officiers royaux à faire l'inventaire des vins qu'il avait dans son château de Courcelles. Il fallut un édit du Conseil pour qu'il y consentît.

9. Sur la *dancourade,* voir notre introduction au premier volume de cette collection consacrée à Dancourt : Florent CARTON DANCOURT, *La Maison de campagne, La Foire Saint-Germain, Les Eaux de Bourbon,* S.T.F.M., 1985.

nombre de personnages pittoresques, parfois des plus cyniques, malgré leur jeunesse et leur emploi d'ingénue ou de jeune premier. Souvent la présence de paysans patoisants leur donne un relief supplémentaire[10]. La pensée y est assez libre, mais le langage fort décent, les sous-entendus discrets ; la scatologie y est ignorée — nous ne sommes pas à la Foire —, la grivoiserie rare, sauf, peut-être, dans les divertissements chantés et souvent dansés qui les terminent dans la bonne humeur générale.

Très souvent critiquées par des censeurs peu indulgents, ces pièces furent néanmoins données constamment pendant tout le XVIIIᵉ siècle, et encore quelquefois sous l'Empire et la Restauration. C'est à cause de ces compléments commodes de spectacle que Dancourt fut, après Molière, l'auteur le plus joué pendant tout l'Ancien Régime. Aujourd'hui encore, il vient au sixième ou septième rang des auteurs dramatiques, mais force est de reconnaître qu'il perd tous les jours du terrain, alors que Marivaux, qui se trouvait encore derrière lui, il y a vingt ans, a probablement dû le dépasser

---

10. Ce patois, toujours d'Ile-de-France et purement conventionnel, dont nous donnons une étude un peu plus détaillée dans l'introduction de l'ouvrage cité à la note précédente, (p. XXVI-XXVII), se manifeste surtout

— phonétiquement par le passage du son *e* ouvert au son *a* en position entravée : *pardre* (perdre), *gobarger, charcher, parsonnes,* etc. ; par des diphtongaisons : *biau, seigner* (signer) ; par des nasalisations inhabituelles : *n'an* (on), *bian* (bien).

— morphologiquement, par un certain nombre de formes anormales dans les verbes : *je m'en vas, laississe, vous aviais,* et surtout *j'avons, je sommes,* etc. ; dans les pronoms : *ly* (lui), *stici, stilà* (celui-ci, celui-là), *queu, queuque* (quel, quelque), etc.

— lexicalement, par des archaïsmes : *bailler, bouter,* très employés, par l'emploi de *itou,* et surtout par des jurons nombreux à forme particulière : *morgué* ou *morguenne, tâtigué,* etc.

— par des tournures, enfin, inutilement compliquées, comme *pour ce qui est d'en cas de ça,* par exemple.

Il nous faut ajouter que, dans les trois comédies que nous donnons ici, le patois employé est très peu pittoresque.

aujourd'hui. A bon droit, sans doute, mais l'oubli complet de Dancourt n'est peut-être pas non plus totalement mérité.

Pendant les dix-huit premières années du XVIIIᵉ siècle — jusqu'à sa retraite —, l'œuvre de Dancourt fut moins régulière qu'elle ne l'avait été jusqu'alors. Entendons que parfois on observe un certain tarissement de sa verve satirique, en même temps qu'il s'essaie dans d'autres directions ; ce qui ne l'empêchera pas de composer quelques comédies dont l'acuité d'analyse et la vivacité font en leur genre de petits chefs-d'œuvre.

Après *La Fête de village,* donnée le 13 juillet 1700, on ne compte guère que deux dancourades à l'état pur, si l'on peut dire, c'est-à-dire composées sans qu'interviennent quelque demande, quelque recherche ou quelque application particulière : ce sont *Les Trois Cousines* (18 octobre 1700) et *Colin-Maillard* (28 octobre 1701). Encore la première est-elle une pièce totalement paysanne, avec prédominance de patois : les trois jeunes amoureuses, comme il se doit, parlent presque seules un français normal. Quant au *Galant Jardinier* (22 octobre 1704), que l'on pourrait ranger dans cette catégorie et qui est presque un répertoire de tous les procédés comiques de notre auteur, il s'en distingue par l'appel à une séance de prestidigitation, qui introduit un élément de spectacle inhabituel, et d'ailleurs fort plaisant.

En octobre 1702, tout d'abord, après un mois de septembre catastrophique pour les comédiens (la part, normalement aux alentours de 300 livres en mauvaise saison, était tombée à 41 livres)[11], Dancourt reprend une petite œuvre de circonstance qui lui avait été commandée lors du carnaval de 1700 par la chancelière de Pontchartrain pour jouer devant la duchesse de Bourgogne, simple farce à l'italienne, précédée d'un prologue mettant en scène un fameux charlatan mort quelques années auparavant. Sous le même titre, *L'Opérateur Barry,* Dancourt conserve la farce, mais refait le prolo-

---

11. Voir les registres des représentations, conservés aux Archives de la Comédie-Française, aux dates correspondantes.

gue, qu'il transporte sur le foyer du théâtre, moyen d'évoquer plaisamment les difficultés des comédiens. Puis, la
troupe décidant, pour se renflouer, de reprendre des pièces
à succès et à grand spectacle, en les rénovant quelque peu,
Dancourt refait les prologues, intermèdes et divertissements
de *L'Inconnu* de Thomas Corneille (21 août 1703), des
Amants magnifiques de Molière (21 juin 1704) et de *Circé,*
tragédie à machines de Thomas Corneille (6 août 1705)[12]. Sur
la même lancée, et sur commande du comte de Livry, qui rece-
vait le dauphin, il écrit une comédie-ballet, c'est-à-dire prologue en vers libres, chants et danses autour d'une de ses pièces
datant déjà de onze ans et peu jouée, *Les Vendanges,* le tout
intitulé *L'Impromptu de Livry* et donné en ce lieu le 12 août
1705 ; puis, le mois suivant, pour la duchesse du Maine, il
broche un spectacle tout à fait copié sur le précédent, *Le
Divertissement de Sceaux* (13 septembre). Apparemment,
aucune de ces deux créations ne fut jouée à Paris.

Ce sont ensuite des adaptations auxquelles se livre Dancourt. Dès la parution du roman de Lesage, au début de l'été
1707, il compose une petite comédie qui porte le même titre,
Le Diable boiteux, assez anodine, mais dont le prologue met
en scène les personnages du roman, et qui fut jouée le
20 octobre. Son succès l'invite à lui donner une suite, cette
fois selon un autre épisode du même roman. Ce *Second Cha-
pitre du Diable boiteux,* donné le 20 octobre, eut le sort habituel des « suites » : un moindre succès. Moins heureuse
encore la transcription en vers d'une traduction en prose faite
par Lesage d'une sorte de tragi-comédie de Francisco de
Rojas, *La Traiciòn busca el castigo,* devenue alors *La Trahison punie.* Bien que non dépourvue de qualités, cette comédie héroïque en cinq actes et en vers n'était peut-être pas du
goût de l'époque et surtout peu conforme au génie de Dancourt. Donnée le 28 novembre, elle n'eut guère de succès. Il
récidiva en 1712, avec un *Sancho Pansa gouverneur,* reprise
corrigée et rajeunie plus qu'adaptation d'une pièce de Gué-

---

12. *L'Inconnu* est de 1675 ; *Les Amants magnifiques* de 1670 et
Circé de 1673.

rin de Bouscal, d'après un épisode du *Don Quichotte*[13]. Jouée le 15 novembre, la pièce ne se maintint que pendant cinq représentations.

Cependant, Dancourt n'ignorait aucunement que, pour être vraiment considéré comme un grand auteur de théâtre, il était indispensable, faute de tragédies, d'écrire de grandes comédies, en cinq actes, et si possible en vers. La dernière d'entre elles qui fut son œuvre, *La Famille à la mode,* datait de 1699. Cette pièce compliquée, où l'on retrouve des éléments de *L'Avare* et de *La Comtesse d'Escarbagnas,* et une intrigue semblable à celle des *Mœurs du temps,* de Sainctyon[14], ne connut que six représentations. On devait cependant la reprendre en 1704, pour dix-huit représentations, cette fois. Mais Dancourt n'abandonne pas ses grands projets. En 1708, c'est avec *Tartuffe* qu'il veut rivaliser en donnant *Madame Artus* (le 8 mai), pièce dont l'intrigue est malheureusement trop complexe ; une scène — presque la seule vraiment comique — est littéralement empruntée aux *Mœurs du temps* de Sainctyon ; par ailleurs, la comédie annonce déjà le genre sérieux. C'est le dernier essai de notre auteur en ce sens, hormis une *Belle-Mère,* développement et transformation en cinq actes d'une comédie en trois actes de Brueys, écrite après qu'il eut pris sa retraite et jouée peu avant sa mort, le 21 avril 1725.

Toutefois deux aspects du théâtre de Dancourt sont particulièrement remarquables au cours de ces deux premières décennies du XVIIIe siècle. C'est d'abord l'apparition de personnages mythologiques. Le troisième acte de *La Comédie des comédiens* (5 août 1710), qui porte lui-même un titre propre, *L'Amour charlatan,* mettait en scène, autour du petit Cupidon, Mercure, Jupiter, Momus[15]. La même année,

---

13. En réalité *Le Gouvernement de Sancho Pansa* n'était que la troisième partie d'une trilogie. *Don Quixotte de la Manche,* datant de 1642. Dancourt a pris des scènes dans les autres parties pour en faire un tout.

14. Appelées aussi *Les Façons du temps,* représentées en 1685.

15. Les deux premiers actes de la comédie sont un pastiche, d'ailleurs fort spirituel et très vif, de la comédie italienne.

l'auteur composait une autre comédie en trois actes, *Céphale et Procris.* Cette histoire, assez peu gaie, de la séduction de Céphale par l'Aurore se passait dans les temps légendaires, aux environs d'Athènes et ne faisait parler que dieux, déesses, nymphes, héros et paysans de l'Attique. Beaucoup plus drôle, *L'Impromptu de Suresnes,* écrit pour l'électeur de Bavière et joué dans le parc du château qu'il possédait, à Suresnes, le 21 mai 1713, mêlait de façon la plus heureuse la Folie, Bacchus et l'Amour à des cabaretiers, des amateurs de bon vin, des veuves pittoresques. Enfin, la dernière de ses pièces acceptées par les comédiens, *La Métempsycose des amours,* a de nouveau recours à Mercure, Jupiter, Faunus, sans compter un anneau magique, réplique de celui de Gygès.

L'autre aspect, moins original chez lui, mais tout aussi frappant en cette période, est son souci de plus en plus grand de s'inspirer de l'actualité, bon moyen *a priori* de plaire. C'est dans cet esprit qu'est composée la remarquable comédie des *Agioteurs* (26 septembre 1710), dénonciation déjà toute balzacienne du trafic de l'argent, si important en ces années de spéculation financière, qui préfigurent le système de Law. *Les Fêtes du Cours,* quant à elles, ont été suscitées par l'habitude toute nouvelle d'organiser promenades et bals dans les allées du Cours-la-Reine, pendant les nuits exceptionnellement belles de l'été 1714 (elles furent jouées le 6 septembre). Si nous ne savons rien de *La Guinguette de la finance,* où intervenaient, paraît-il, Jupiter et sa foudre, mais qui ne fut jouée que quatre fois à partir du 19 mai 1716, *Le Vert-Galant* et *Le Prix de l'arquebuse* sont l'exemple même de ces pochades tirées d'un événement d'actualité ou d'un fait divers. Et si la dernière des comédies publiées sous son nom, *La Déroute du pharaon,* n'est, nous l'avons dit, que la reprise d'une de ses premières pièces — reprise justifiée par une nouvelle interdiction du lansquenet et des jeux de hasard —, *L'Éclipse,* qu'on lui attribue souvent et qui fut jouée le 8 juin 1724, se référait naturellement au phénomène céleste qui avait attiré tous les regards le 22 mai.

Ainsi, c'est à un effort de renouvellement que nous assis-

tons au cours de ces années. Renouvellement qui n'implique
pas que Dancourt renonce à ses procédés habituels, voire à
ses tics d'écriture, renouvellement qui ne lui a certes pas apporté
tous les fruits qu'il en espérait et qui l'a fait parfois se fourvoyer dans des directions qui n'étaient pas les siennes, mais
qui lui a permis peut-être quelques réussites. C'est pourquoi
nous avons choisi parmi les pièces de cette période, une dancourade encore typique, tout entière fondée sur la satire
sociale, *La Fête de village,* et deux petites comédies très amusantes, dont l'une exploite habilement un fait divers plus ou
moins authentique et dont l'autre sait évoquer avec brio un
grand concours de tir dans une petite ville de province : *Le
Vert-Galant* et *Le Prix de l'arquebuse.*

LA FÊTE DE VILLAGE

NOTICE

Le 14 juin 1700, « on a lu à l'assemblée une petite comédie en trois actes de M. Dancourt qui a pour titre Les Bourgeoises ridicules qui a esté acceptée »[1]. Ce titre provisoire, fort expressif, fut changé en celui, moins exact, de *La Fête de village,* sous lequel la pièce fut jouée le 13 juillet suivant.

L'intrigue en est des plus banales, fondée sur la rivalité entre une jeune fille et sa tante, veuve, autour d'un prétendant noble : c'était celle même ou une de celles du *Chevalier à la mode*[2], et, à tout prendre, il reste, très atténués, certains traits du caractère du chevalier de Villefontaine dans le personnage du Comte ; mais l'ingénue, Angélique, ne se soucie aucunement de s'allier à la noblesse et n'est poussée que par son amour. La division en trois actes semble n'avoir d'autre raison que la longueur de ces vingt-neuf scènes, suivies d'un divertissement.

L'objet principal de la comédie est la satire de l'appétit général de noblesse qui caractériserait la bourgeoisie de cette fin du XVIIe siècle. Elle reflèterait, selon Lancaster, la ruine des nobles, qui cependant laisse intact leur prestige social, et l'effort de la bourgeoisie pour s'élever par des mariages ou l'achat de terres ou d'offices[3]. Certes cela n'est pas nou-

---

1. Registre des Assemblées, Archives de la Comédie-Française.

2. Comédie en 5 actes et en prose de Dancourt et Sainctyon, 1687.

3. H. Carrington Lancaster, *A History of French Dramatic Literature in the Seventeeth Century,* Baltimore, Johns Hopkins Press, 1929-1942, Part IV, p. 814.

veau, mais Monsieur Jourdain se présentait comme un cas encore isolé, un comportement anormal : sa soif de noblesse touche à la folie douce. D'autre part, c'est une très grande et très riche bourgeoise que *Le Chevalier à la mode* mettait en scène sous les traits de Madame Patin, qui possédait déjà carrosse rutilant, cocher barbu à la dernière mode[4], et aurait voulu que le luxe, au moins, compensât la naissance. Point de carrosse, semble-t-il chez les procureuse, greffière ou élue de notre comédie. Certes, elles prétendent se faire porter la queue, mais encore s'agit-il d'une « queue tout unie »[5]. Cependant, leur soif de qualité n'est pas moins vive et peut-être d'autant plus frappante qu'elles appartiennent au milieu de la toute petite robe, voire à celui du commerce de détail. Si la greffière brigue un titre de comtesse, qu'elle obtiendra en définitive par complaisance, d'une façon assez peu authentique, avec l'autorisation du véritable titulaire, les autres se contenteront d'une baronnie — ou d'une pseudo-baronnie — et d'une présidence d'un tout petit tribunal d'une toute petite ville, où le juge unique n'a au-dessous de lui qu'un tabellion de village. Qu'importe ? L'essentiel est qu'on puisse se faire appeler Madame la baronne ou Madame la présidente dans les salons parisiens, même si ce ne sont pas ceux que fréquente l'aristocratie.

En ce sens il y a élargissement de la satire des mœurs, non seulement depuis *Le Chevalier à la mode,* mais encore depuis *Les Vacances,* quatre ans plus tôt, autre comédie située dans un village de Brie et dans un milieu de petite robe. Alors, en effet, le procureur Grimaudin, devenu seigneur du village, pour s'être fait adjuger le château en règlement d'un procès interminable, se contente d'être noble chez lui, et, lorsque, obligé de loger des gens de guerre, il déclare à ses invités :

> *Ce sont les troupes du roi qui passent sur mes terres, je ne puis me dispenser de les recevoir. Entre sei-*

---

4. *Le Chevalier à la mode,* I, 1.
5. Acte I, scène 6.

gneurs haut justiciers on est obligé à certains devoirs
l'un envers l'autre[6],

l'énormité de la remarque montre qu'il ne se prend pas tout
à fait au sérieux, mais qu'il joue au seigneur plus qu'il ne
croit l'être vraiment.

Dans *La Fête de village,* la satire est vivement brossée et,
ce qui est un mérite que notre auteur ne possède pas toujours,
plus par des actions que par des portraits, à travers trois femmes, de situation et de caractère différents, les hommes, par
leur sagesse, faisant contrepoint.

La Greffière, veuve, est une réplique socialement plus faible de Madame Patin. Comme elle, c'est en épousant un jeune
gentilhomme qu'elle veut s'anoblir, mais par un enthousiasme
faussement juvénile et certains tics de langage, elle s'apparente à la catégorie des vieilles filles ou femmes mûrissantes
schizophrènes, telles qu'on en voit dans *Renaud et Armide,*
La Foire de Bezons ou *Le Prix de l'arquebuse[7].*

Madame Carmin, simple marchande, se voit d'emblée pro-
mue présidente : c'est son ascension rapide qui provoque une
jalousie effroyable chez Madame Blandineau ou sa cousine
l'Élue. Madame Blandineau obtiendra de son mari l'achat
d'une baronnie, mais l'Élue restera insatisfaite : il ne faut
pas trop donner l'impression d'un conte de fées.

Par ailleurs, la comédie n'est pas sans originalité. Trois
caractères en particulier s'y distinguent.

C'est d'abord celui d'un procureur honnête, sympathique,
ouvert, généreux en la personne de Naquart, peut-être le procureur le plus sympathique du XVIIe siècle, sinon le seul, au
point qu'on le plaint, malgré sa sagesse et sa philosophie,
d'accepter d'épouser une femme telle que la Greffière. Bien
loin de sacrifier au poncif de la caricature, Dancourt en a
fait un portrait vivant, humain, nuancé, qui par endroits
annonce le Monsieur Remy des *Fausses Confidences.*

---

6. *Les Vacunces,* scène 10.

7. Comédies de Dancourt données en 1686, 1695, 1717.

Amant sans scrupules, qui va d'abord là où est l'argent, le Comte est un personnage doublement cynique, bien qu'un des aspects de ce cynisme soit sous-entendu. Amoureux d'Angélique, il est tout prêt à épouser sa tante, uniquement parce qu'elle est riche, et il ne s'en cache pas. En revanche, il laisse supposer qu'Angélique pourrait devenir sa maîtresse. Sans doute, si les bienséances permettent à un personnage de comédie de souhaiter ouvertement être promptement veuf, elles n'autorisent pas à avoir pour maîtresse une jeune fille de bonne famille lorsque l'on est marié. Or, c'est visiblement ce qu'espère le Comte, qui gagnerait ainsi sur les deux tableaux. En témoigne son indignation lorsque Angélique lui déclare que, dans ce cas, elle va se marier de son côté.

Enfin, Angélique, elle-même, s'affirme soudain comme une jeune fille « libérée », qui prétend agir comme celui qu'elle aime, au nom d'une égalité entre les sexes ; protestation féministe à l'accent moderne dans la bouche de l'ingénue et non pas de la soubrette. Si le Comte épouse la vieille et riche Greffière dans l'espoir d'être bientôt veuf, pourquoi n'épouserait-elle pas le procureur Naquart dans le même esprit ? Ce n'est peut-être pas qu'elle en ait réellement l'intention, sinon par coup de tête, mais c'est un moyen de faire prendre conscience à son amant du caractère choquant d'une conduite pourtant socialement admise.

Intituler la pièce *Les Bourgeoises ridicules* correspondait d'assez près au contenu. Mais il est probable que les comédiens craignirent que ce titre n'amenât une confusion avec *Les Bourgeoises à la mode*[8] du même auteur et que le public

---

8. Comédie de Dancourt, en cinq actes et en prose, donnée en 1692. La situation en est toute différente mais certains caractères ont des points communs. Dancourt y met en scène deux jeunes femmes, épouses d'un notaire et d'un commissaire, et qui souffrent elles aussi de leur condition bourgeoise. Angélique se sent née « pour être tout au moins marquise ». Mais elles se consolent en menant grande vie comme Madame Blandineau : jeu, concerts, réceptions de gens de qualité, et en ruinant leurs maris réciproques. Riches parisiennes, elles ont beaucoup plus d'élégance et d'allant que nos procu-

ne comprît pas qu'il s'agissait d'une nouveauté, si tant est que *Les Bourgeoises ridicules* soit le titre proposé par l'auteur et non celui qu'a pu spontanément leur donner le secrétaire de séance après en avoir entendu la lecture. D'autre part, le public aimait les paysanneries de Dancourt. Proposer une *Fête de village* était peut-être plus au goût du jour. Le personnage du magister et celui du tabellion, également patoisants, y donnaient lieu ainsi que le divertissement final[9]. Il est piquant de voir qu'à la reprise de 1724, on changea de nouveau le titre pour en revenir à la signification sociale, reprenant sans scrupule celui d'une comédie de Hauteroche, datant de 1690, *Les Bourgeoises de qualité*[10].

_____

reuses, même si elles sont parfois réduites à des expédients dangereux qui les amènent à fréquenter une revendeuse à la toilette, personnage interlope par définition. En outre, l'intrigue est beaucoup plus étoffée que celle de *La Fête de village*.

9. Sur le patois des paysans de Dancourt, voir note 10, p. 10.

10. Donnée en 1691, elle a très peu de rapport avec *La Fête de village*, mais beaucoup avec *Les Femmes savantes* dont elle est une transposition, la vanité mondaine y tenant exactement le rôle de l'engouement pour le savoir et du pédantisme chez Molière. Un couple y a deux filles ; si le père et la cadette Mariane demeurent simples et n'ont pas honte de leur bourgeoisie, la mère, Olimpe, a beau sortir

> ... d'un sang fécond en procureurs,
> L'air de cour est son faible, elle en est entêtée ;
> Aussi la nomme-t-on Bourgeoise révoltée.
> Son mari, fort bon homme, est le fils d'un marchand,
> Sa noblesse est son bien. (I, 1)

Quant à la fille aînée, Angélique, elle partage la passion de sa mère, allant jusqu'à se faire « porter sa jupe » (c'est-à-dire sa traîne) pour passer dans sa chambre.

Un certain Marquis, déçu par les grands airs d'Angélique, se met à éprouver du penchant pour Mariane ; mais celle-ci est amoureuse de Lisandre, homme simple et discret, que l'on croit pauvre. Pour faire consentir la mère à son mariage, Lisandre va faire passer son valet, l'Espérance, pour un comte, qui, en jouant l'homme de cour au plus haut — et plus ridicule — degré, supplantera le marquis dans l'esprit d'Angélique et convaincra Olimpe de punir Mariane en la

Quoi qu'il en soit, la pièce ne déplut pas : elle connut vingt et une représentations en 1700, dont dix-sept avec part d'auteur et des recettes toujours inférieures à 1 000 livres, mais fort honorables pour les mois d'été. La part de chaque sociétaire en juillet fut de 353 livres et celle d'août de 322 livres. La comédie resta au répertoire jusqu'en 1838 et connut au total trois cent soixante représentations, venant sur le même rang que *Le Chevalier à la mode*. Ce fut donc un des plus grands succès de Dancourt, bien qu'il ne lui ait rapporté que 403 livres 13 sols.

---

donnant à Lisandre, faisant passer celui-ci pour un pauvre petit propriétaire de province, son vassal. Le Marquis démasquera le faux comte, mais le contrat sera déjà signé ; Lisandre se révèle noble et riche. Angélique voudrait alors se rabattre sur le Marquis, mais celui-ci est tout à fait dégoûté d'elle, par suite du mépris dont elle a fait preuve à son égard devant le faux comte, à qui elle donnait, en même temps que sa mère, toute sa préférence.

L'intrigue est assez compliquée, les expédients peu nécessaires, le déguisement du valet n'est là que pour ridiculiser les deux femmes et n'a guère d'autre utilité. La comédie fait la satire des gens de cour, des « petits marquis », qui méprisent les nobles de province vivant sur leurs terres :

> Si j'étais demeuré dans l'un de mes châteaux,
> A compter mes moutons, mes vaches et mes veaux,
> Visitant mes moulins, mettant somme sur somme,
> Je serais Gentillâtre et non pas Gentilhomme.

La comédie s'inspire quelque peu de *L'Homme à bonne fortune* de Baron (1686) et inspirera à son tour certaines scènes du *Joueur* de Regnard (1696).

LA FÊTE DE VILLAGE

Comédie en trois actes
jouée pour la première fois
sur la scène de la Comédie-Française
le 13 juillet 1700

ÉDITIONS

Nous prenons par convention comme édition de base, la dernière édition parue du vivant de Dancourt, qui est la seconde édition de Ribou :

LES ŒUVRES / DE MONSIEUR / D'ANCOURT. / SECONDE ÉDITION / Augmentée de plusieurs Comedies qui n'a / voient point été imprimées. / Ornées de figures en taille-douce, et de / Musique. / TOME CINQUIEME / A PARIS / Chez Pierre Ribou, Quay des / Augustins, à la Descente du Pont / Neuf, à l'Image S. Loüis / MDCCXI / *Avec Approbation et Privilège du Roy.*

Il existe deux autres éditions de référence :

LA / FESTE / de VILLAGE / *COMEDIE* / DE Mr. DANCOURT / A PARIS, / Chez PIERRE RIBOU, proche les / Augustins, à la descente du Pont-neuf / à l'Image S. Loüis / MDCC / *Avec Privilège du Roy.*

C'est l'édition originale (abréviation : *orig.* dans les variantes), qui a été comprise dans l'édition Ribou de 1706, simple recueil factice.

L'autre est l'édition hollandaise de Foulque, continuée par Sivart :

LES / ŒUVRES / DE / M. DANCOURT / CONTE-NANT / Les nouvelles Pièces de / THEATRE / Qui se jouent à Paris, Ornées de Danses et de Musique / TOME CIN-QUIEME / A LA HAYE / chez Etienne Foulque, Mar/chand Libraire, dans le Pooten. / MDCCVI / *Avec Privilege des Etats de Hollande et Westfrise.*

Édition que nous abrégeons *Foulque* dans les variantes.

ACTEURS[1]

M. NAQUART, Procureur de la Cour[2].
M. BLANDINEAU, Procureur au Châtelet[3].
LE COMTE.
LOLIVE, valet du Comte.
LE MAGISTER[4].
LE TABELLION[5].

---

1. *Acteurs* : Personnages. Le mot a aussi le sens actuel.

2. Naquart, Blandineau sont des noms très bourgeois. Peut-être le premier est-il à rapprocher de *naquet,* garçon de jeu de paume, et donc de basse condition.

3. Le Châtelet, du nom de l'endroit où il siégeait, était un tribunal civil et criminel de première instance. Un procureur au Châtelet est de rang moins élevé qu'un procureur de la Cour, nom qu'on donne aux procureurs au Parlement, juridiction souveraine. Ce n'est pas un hasard si le premier est ridiculisé et le second sympathique : les comédiens évitent de s'en prendre aux grands corps de l'État. On trouve la même distinction dans *Arlequin Protée* de Fatouville, scène du Plaidoyer. Les procureurs sont chargés de suivre les procès en lieu et place de leur client, remplissant toutes les fonctions encore récemment attribuées aux avoués.

4. *Magister* : « maître d'école de village, qui enseigne à lire aux jeunes paysans. Il aide aussi à faire l'office au curé et au vicaire » (F. — Cette initiale renvoie au *Dictionnaire universel* de Furetière, 1690.) C'est lui-même un paysan, qui dans les pièces de Dancourt s'exprime toujours en patois.

5. *Tabellion* : « Notaire dans une seigneurie ou justice subalterne pour recevoir les actes qui se passent sous scel authentique et

Mme BLANDINEAU.

LA GREFFIERE.

L'ÉLUE[6].

Mme CARMIN[7].

ANGELIQUE, amoureuse du Comte.

LISETTE.

UN LAQUAIS.

Plusieurs paysans et paysannes chantant et dansant.

La scène est dans un village de Brie.

---

non royal » (F.). Lui aussi s'exprime en patois. Nous ne moderni-sons pas les graphies des répliques en patois : même si elles ne tra-duisent pas une différence sensible de prononciation, elles demeu-rent un *signe* du parler paysan.

6. *Élue* : femme de l'Élu, « officier royal subalterne non let-tré, qui connaît en première instance de l'assiette des tailles et autres impositions, des différends qui surviennent en conséquence, et de ce qui concerne les aides et les gabelles » (F.). *Non lettré* signifie que l'Élu n'est pas obligé d'être gradué en droit. C'est une toute petite charge de finances, cependant l'Élu est un notable de sa ville. Molière (*Tartuffe,* II, 3) semble le mettre à peu près sur le même rang que le bailli.

7. Ce nom est une allusion à la couleur des laines que Mme Car-min vend, ou fait teindre.

LA FÊTE DE VILLAGE
COMÉDIE

ACTE I
SCÈNE PREMIÈRE
NAQUART[a], LE TABELLION.

NAQUART

Cela ne reçoit pas la moindre difficulté, Monsieur le Tabellion, et dès que toute la famille en est d'accord avec moi, cette petite supercherie n'est qu'une bagatelle.

LE TABELLION

Hé bien soit, vous le voulez comme ça, je le veux itou : vous êtes procureur de Paris, et je ne sis que tabellion de village ; comme votre charge vaut mieux que la mienne, je serois un impertinent de vouloir que ma conscience fût meilleure que la vôtre.

---

a. M. NAQUART orig., Foulque. Dans ces deux éditions, en tête de chaque scène, le nom de personnages NAQUART et BLANDINEAU est précédé de M. mais dans la suite des répliques, on a NAQUART et BLANDINEAU tout court. Nous nous abstiendrons de le signaler désormais.

NAQUART

Il ne s'agit point de conscience là-dedans, et entre personnes du métier...

LE TABELLION

Ça est vrai, vous avez raison, il ne peut pas s'agir d'une chose qu'on n'a pas : mais tout coup vaille[8], il ne m'importe, pourvu que je sois bien payé et que vous accommodiais vous-même toute cette manigance-là[9], je ne dirai mot, et je vous lairrai[10] faire, il ne vous en faudra pas davantage.

NAQUART

Je vous réponds de l'événement et des suites.

LE TABELLION

Hé bien tope[a][11], vela qui est fait. Je m'en vas vous attendre ; aussi bien vela M. Blandineau qui, m'est avis, veut vous dire queuque chose.

a. Hé bian tope   *orig., Foulque.*

8. *Tout coup vaille* : « A tout hasard » (F.). « Arrive ce qu'il pourra » (Littré).

9. *Manigance* : « terme populaire dont on se sert pour exprimer la cabale, l'intrigue que font les petites gens pour tromper le bourgeois » (F.).

10. *Lairrai* : futur archaïque et patoisant du verbe laisser.

11. *Tope* : terme du jeu de dés, employé pour indiquer que l'on adhère à une offre, à une proposition.

SCÈNE II
BLANDINEAU, NAQUART

BLANDINEAU

Vous voilà en grande conférence avec notre tabellion. Ce n'est pas moi qui vous interromps, peut-être ?

NAQUART

En aucune façon. Vous m'avez promis votre consentement pour ce mariage, et...

BLANDINEAU

Oui, je vous le donne de tout mon cœur ; mais, je
ne vous promets pas que mon consentement détermine
ma belle-sœur à vous épouser. Elle est un peu folle,
comme vous savez ; et je m'étonne que tous les travers
que vous lui connaissez ne vous corrigent pas de l'envie
que vous avez d'en faire votre femme.

NAQUART

C'est un vœu que j'ai fait, Monsieur Blandineau, de
rendre une femme raisonnable, et plus je la prendrai
folle, plus j'aurai de mérite à réussir.

BLANDINEAU

Et plus de peine à en venir à bout. C'est une chose
absolument impossible. Ma femme n'est pas à beaucoup près si extravagante que sa sœur, et toutes les ten-
tatives que j'ai faites pour régler son esprit et ses manières n'ont jusqu'à présent servi de rien ; je serai réduit,

je pense, pour éviter les altercations[a] que nous avons tous les jours ensemble, à prendre le parti d'extravaguer avec elle, puisqu'il n'y a pas moyen qu'elle soit raisonnable avec moi.

NAQUART

Que pouvez-vous faire de mieux ? Vous avez du bien, vous n'avez point d'enfants, votre femme aime le faste, la dépense, c'est là, je crois, sa plus grande folie, laissez-la faire : au bout du compte, l'argent n'est fait que pour s'en servir.

BLANDINEAU

Oui, mais il y aurait un ridicule à un simple procureur du Châtelet comme moi...

NAQUART

Procureur tant qu'il vous plaira ; quand on gagne du bien, il en faut jouir. Il y aurait un grand ridicule à ne le pas faire.

BLANDINEAU

Mais autrefois, Monsieur Naquart...

NAQUART

Autrefois, Monsieur Blandineau, on se gouvernait comme autrefois. Vivons à présent comme dans le temps présent ; et puisque c'est le bien qui fait vivre, pourquoi ne pas vivre selon son bien ? Ne voudriez-

a. altérations   *Foulque (erreur probable).*

vous point supprimer les mouchoirs[12], parce qu'autrefois on se mouchait sur la manche ?

BLANDINEAU

Pourquoi non ? Je suis ennemi des superfluités, je
me contente du nécessaire, et je ne sache rien au monde
de si beau que la simplicité du temps passé.

NAQUART

Oui, mais si, comme au temps passé, on vous donnait trois sols parisis ou deux carolus pour des écritu-
res que vous faites aujourd'hui payer trois ou quatre
pistoles[13], cette simplicité-là vous plairait-elle, Monsieur
Blandineau ?

BLANDINEAU

Oh, pour cela non, je vous l'avoue. Ce ne sont pas
nos droits[14] que je veux simples, ce sont nos dépenses.

---

12. Les mouchoirs étaient connus depuis au moins deux siècles,
mais c'est sous Louis XIV que l'usage s'en répandit dans toutes les
couches de la société.

13. Les comptes de l'époque font référence au sol tournois, valant
12 deniers, vingtième partie de la livre tournois ; le sol parisis valait
15 deniers et la livre parisis vingt sols, donc plus cher que la livre
tournois. Le carolus, monnaie frappée par Charles VIII, valait
10 deniers. D'après les exemples de Naquart, les émoluments des procureurs auraient augmenté de deux cents fois environ ; mais le « temps
passé » auquel il se réfère, comme pour les mouchoirs, remonte à
un siècle. Aucune de ces monnaies n'a plus cours alors et leur nom
même a un parfum d'archaïsme.

14. *Droit* : c'est le terme exact : « salaire qu'on taxe, ou qui est
ordonné à quelqu'un pour ses peines et vacations (...) Droit de con-
sultation, de révision des procureurs » (F.).

NAQUART

Il faut régler les unes par les autres, Monsieur Blandineau, à la sotte vanité près. Les manières de votre femme sont très bonnes, les ridicules que vous lui trouvez ne sont que dans votre imagination ; plus vous prétendez les corriger, plus ils augmenteront ; vous la contraindrez, vous vous ferez haïr ; croyez-moi, il vaut mieux pour vous et pour elle que vous vous accommodiez à ses fantaisies que de prétendre la soumettre aux vôtres.

BLANDINEAU

C'est là votre sentiment, mais ce n'est pas le mien. Que je serai ravi de vous voir le mari de ma belle-sœur la greffière ! nous verrons si vous raisonnerez aussi de sang froid.

NAQUART

C'est un plaisir que vous aurez, et puisque vous approuvez la chose, j'employerai pour la faire réussir des moyens dont je ne me servirais pas sans votre aveu.

BLANDINEAU

Et qu'est-ce que c'est que ces moyens ?

NAQUART

Je vous les communiquerai. La voici, proposez-lui l'affaire ; selon la réponse qu'elle vous fera, nous réglerons les mesures que nous aurons à prendre ensemble.

BLANDINEAU

Sans adieu ; je ne tarderai pas à vous rendre réponse.

SCÈNE III

BLANDINEAU, LA GREFFIERE, LISETTE

LA GREFFIERE

Je ne saurais me tranquilliser là-dessus, ma pauvre Lisette, cette journée-ci sera malheureuse pour moi, je t'assure ; j'ai éternué trois fois à jeun, j'ai le teint brouillé, l'œil nubileux, et je n'ai jamais pu ce matin donner un bon tour à mon crochet[15] gauche.

BLANDINEAU

Ah ! vous voilà, ma sœur, j'allais monter chez vous.

LA GREFFIERE

Chez moi, mon frère ! et à quel dessein ? Je n'aime point les visites de famille, comme vous savez.

BLANDINEAU

Celle-ci ne vous aurait pas déplu. Il s'agit de vous marier, ma sœur.

LA GREFFIERE

De me marier, mon frère, de me marier ? Cela est assez amusant, vraiment : mais qu'est-ce que c'est que le mari ? C'est ce qu'il faut savoir.

BLANDINEAU

Un vieux garçon fort riche : Monsieur Naquart, procureur de la Cour.

---

15. *Crochet* : « petite mèche de cheveux frisés, arrondie et collée sur le front ou sur les tempes » (Littré).

LA GREFFIERE

Un vieux garçon à moi ? Un procureur, Lisette ? Monsieur Naquart ! Je serais Madame Naquart, moi ? Le joli nom que Madame Naquart ! C'est un plaisant visage[16] que Monsieur Naquart, de songer à moi.

LISETTE

Hé fi, Madame, il faut faire châtier cet insolent-là.

BLANDINEAU

Comment donc ? Hé qui êtes-vous, s'il vous plaît ? Fille d'un huissier qui était le père de ma femme, ma belle-sœur à moi, qui ne suis que procureur au Châtelet, veuve d'un greffier à la peau[17], que vous avez fait mourir de chagrin. Je vous trouve admirable, Madame la Greffière !

LA GREFFIERE

Greffière, Monsieur ? Supprimez ce nom-là, je vous prie. Feu mon mari est mort, la charge[18] est vendue, je n'ai plus de titre, plus de qualité, je suis une pierre d'attente[19], et destinée sans vanité, à des distinctions

---

16. *Visage* : emploi ironique, fréquent chez Dancourt : « un plaisant visage est un homme digne d'être moqué » (Littré).

17. *Greffier à la peau* : greffier chargé de mettre en *grosse* les arrêts et sentences ; ces grosses s'écrivaient sur parchemin, d'où l'appellation.

18. Ces charges étaient vénales et propriété du titulaire.

19. *Pierre d'attente* : « pierres avancées alternativement à l'extrémité d'un mur pour en faire la liaison avec celui qu'on a dessein de bâtir auprès. On le dit aussi au figuré quand on laisse des marques d'un ouvrage, d'un dessein qu'on a entrepris et qu'on n'a encore exécuté qu'à demi » (F.). La Greffière emploie le terme inexactement, voulant simplement dire qu'elle est en attente, disponible pour de nouveaux mariages... et veuvages.

qui ne vous permettront pas avec moi tant de familiarité que vous vous en donnez quelquefois.

BLANDINEAU

Vous êtes destinée à devenir tout à fait folle, si vous
n'y prenez garde. Écoutez, Madame ma belle-sœur, il
se présente une occasion de vous donner un mari fort
riche et fort honnête homme : si vous ne l'épousez,
vous pouvez compter que je ne vous verrai de ma vie.

LA GREFFIERE

Vous devez bien aussi vous attendre, quand je serai
comtesse et vous procureur, que nous n'aurons pas
grand commerce ensemble.

BLANDINEAU

Comment, comtesse ! Allez, vous êtes folle.

LA GREFFIERE

Je débute par là, c'est assez pour un commence-
ment : mais cela augmentera dans la suite ; et de mari
en mari, de douaire[20] en douaire, je ferai mon chemin,
je vous en réponds, et le plus brusquement qu'il me sera
possible.

BLANDINEAU

Il faudra la faire enfermer.

---

20. *Douaire* : « Bien que le mari assigne à sa femme en se mariant
pour en jouir par usufruit pendant sa viduité, et en laisser la propriété à ses enfants » (F.).

LA GREFFIERE

Holà ho ! laquais, petit laquais, grand laquais, moyen laquais, qu'on prenne ma queue. Avancez, cocher ; montez, Madame, après vous, madame ; Eh non, Madame, c'est mon carrosse. Donnez-moi la main, Chevalier ; mettez-vous là, Comtin ; touche ; cocher. La jolie chose qu'un équipage ! la jolie chose qu'un équipage[21] !

SCÈNE IV

BLANDINEAU, LISETTE

BLANDINEAU

Voilà un équipage qui la mènera aux Petites-Maisons[22]. Elle a tout-à-fait perdu l'esprit, Lisette[a], je vais me hâter d'une manière ou d'une autre de la faire au plus tôt déloger de chez moi, pour ne pas donner à ma femme un exemple aussi ridicule que celui-là.

LISETTE

Vous n'avez rien à craindre, Monsieur, Madame votre femme est raisonnable, elle ne tient point du tout de la famille.

a. Lisette, et je   *orig., Foulque.*

---

21. *Équipage* : « Provision de tout ce qui est nécessaire pour voyager ou s'entretenir honorablement, soit de valets, chevaux, carrosses, habits, armes, etc. » (F.). On l'emploie couramment pour désigner particulièrement, comme ici, un carrosse, des chevaux, un cocher. La Greffière rêve tout éveillée. *Cf.* aussi *Le Bourgeois gentilhomme,* I, 2 : « Laquais ! holà, mes deux laquais » *etc.,* à cela près que les laquais de M. Jourdain sont réels.

22. Asile d'aliénés célèbre.

BLANDINEAU

Elle est raisonnable ?

LISETTE

Assurément, et vous devez lui en savoir bon gré, car il ne tient qu'à elle d'être aussi folle que pas une autre : elle a tous les talents qu'il faut pour cela, je vous en réponds.

BLANDINEAU

Oh vraiment je sais bien qu'elle les a, de par tous les diables, et s'en sert souvent, c'est le pis que j'y trouve.

LISETTE

Paix, taisez-vous, la voilà, Monsieur, ne la chagrinez[23] point.

SCÈNE V

M. et Mme BLANDINEAU, LISETTE

Mme BLANDINEAU

A quoi vous amusez-vous donc, Mademoiselle Lisette ? Il y a une heure que je vous fais chercher. Allons vite, mes coiffes[24] et mon écharpe.

---

23. *Chagrin* : inquiétude, ennui, mélancolie, d'où mauvaise humeur.

24. *Coiffe* : « Couverture légère de la tête. (...) A l'égard des femmes, ce sont des couvertures de taffetas, de gaze, de crêpe, qu'elles mettent quand elles sortent, ou qu'elles n'ont pas ajusté leurs cheveux » (F.). Sauf exceptions, les femmes ne portaient pas de chapeau.

LISETTE

Laquelle, Madame ? celle à réseau[25] ou celle à frange[a] ?

Mme BLANDINEAU

Non, celle de gaze ou celle de dentelle, Mademoiselle Lisette ; les autres sont des housses[26], des caparaçons qu'on ne saurait porter. Ah ! vous voilà, Monsieur Blandineau, je suis bien aise de vous trouver ici. Donnez-moi[b] de l'argent, je n'en ai plus.

BLANDINEAU

De l'argent, Madame ? vous aviez hier vingt-cinq louis d'or[27].

Mme BLANDINEAU

Cela est vrai, Monsieur. J'ai joué, j'ai perdu, j'ai payé, je n'ai plus rien ; je vais rejouer, il m'en faut d'autres en cas que je perde.

a. celle à réseau, celle à frange ?   *orig., Foulque.*
b. de vous trouver. Donnez-moi   *orig., Foulque.*

---

25. *Réseau* : « ouvrage de fil ou de soie tissu et entrelacé, où il y a des mailles ou des ouvertures » (F.).

26. *Housse* : Entre autres sens, « couverture que l'on met sur la selle des chevaux » (F.). Son emploi pléonastique avec *caparaçon,* qui est rigoureusement la couverture du cheval, laisse entendre que ces écharpes à réseau ou à franges sont tout juste bonnes pour des chevaux et non pour des femmes qui se veulent élégantes.

27. La valeur du louis d'or varie entre 11 et 12 livres (ou francs). Il est très difficile d'en donner une équivalence. Vingt-cinq louis correspondent à peu près au salaire minimum annuel ; mais celui-ci, en pouvoir d'achat, est bien en-dessous du SMIG. On peut estimer que cette somme, de toute façon, représente plus de 10 000 F.

BLANDINEAU

Mais, ma femme...

Mᵐᵉ BLANDINEAU

Hé fi donc, Monsieurᵃ Blandineau, que de façons !
Au lieu de me remercier d'en prendre du vôtre.

BLANDINEAU

Vous remercier ?

Mᵐᵉ BLANDINEAU

Oui vraiment, c'est un bien mal acquis qui ne fait
point de profit[28] : je perds tout ce que je joue.

BLANDINEAU

Hé pourquoi jouer, Madame Blandineau ?

Mᵐᵉ BLANDINEAU

Pourquoi jouer, Monsieur ? pourquoi jouer ? Je vous
trouve admirable. Que voulez-vous donc qu'on fasse
de mieux, et à la campagne surtout ? J'ai la complaisance de venir avec vous dans une chaumière[29] bourgeoise avec votre ennuyeuse famille : il se trouve par
hasard dans le village des femmes d'esprit, des person-

a. Hé fi, Monsieur   *Foulque.*

---

28. Allusion au proverbe plus connu sous la forme : « Bien mal
acquis ne profite jamais ».

29. *Chaumière* : s'emploie « figurément et par exagération quand
on veut parler modestement de quelque maison de campagne qui n'est
pas fort superbe » (F.). Ce n'est pas par modestie que Mᵐᵉ Blandineau l'emploie, mais par esprit de dénigrement.

nes du monde, de jeunes gens polis ; il se forme une agréable société de plaisir et de bonne chère, c'est le jeu qui est l'âme de toutes ces parties, et je ne jouerai pas ? Non, Monsieur, ne comptez point là-dessus, et donnez-moi de l'argent, s'il vous plaît, ou j'en emprunterai : mais ce sera sur votre compte.

BLANDINEAU

Oh bien, Madame, voilà encore dix louis d'or : mais si vous les perdez...

Mme BLANDINEAU

Si je ne les perd pas je les dépenserai, ne vous mettez pas en peine. A propos, c'est aujourd'hui la fête du village, nous sommes les plus considérables, on soupe ici ce soir, je crois que vous en êtes bien et dûment averti ?

BLANDINEAU

Quoi, votre dessein ridicule continue, et malgré tout ce que je vous en ai dit[a] ?...

Mme BLANDINEAU

Ce sont vos discours, Monsieur, vos remontrances qui ont achevé de me déterminer.

BLANDINEAU

Madame Blandineau, vous me pousserez à des extrémités...

---

a. ce que je vous ai dit   *orig., Foulque.*

Mᵐᵉ BLANDINEAU

Monsieur Blandineau, vous me ferez faire des choses...

BLANDINEAU

Je vous défie, Madame Blandineau, de faire pis que vous faites.

Mᵐᵉ BLANDINEAU

Comment, Monsieur, suis-je une libertine, une coquette ?

BLANDINEAU

Vous êtes pis que tout cela, Madame ma femme. Quelle extravagance de rassembler huit ou dix femmes plus ridicules l'une que l'autre, qui ne sont assurément pas de vos amies, pour leur donner à souper ? leur faire manger votre bien ?

Mᵐᵉ BLANDINEAU

Que vous avez l'âme crasse[30], Monsieur Blandineau ! que vous avez l'âme crasse, et que vous savez peu vous faire valoir ! J'aime à paraître, moi, c'est là ma folie[31].

BLANDINEAU

Et vous devriez vous cacher d'être aussi peu raisonnable...

_____

30. *Crasse* : épaisse et grosssière.
31. *Folie* : passion dominante (F.).

Mme BLANDINEAU

Vous voyez, Monsieur, comme vous vous révoltez contre le souper : Oh bien, nous aurons les violons, de la musique, un petit concert, le bal, et une espèce d'opéra même, si vous continuez à me contredire.

BLANDINEAU

Ah, quel abandonnement[32] ! quel désordre ! mais quand vous seriez la femme d'un traitant[33], vous ne feriez pas plus d'impertinences.

Mme BLANDINEAU

C'est ma sœur qui fait cette dépense-là, ne vous chagrinez pas.

BLANDINEAU

La malheureuse !

SCÈNE VI

M. et Mme BLANDINEAU, LISETTE

LISETTE

Voilà votre écharpe, madame.

---

32. *Abandonnement* : D'après Furetière, s'emploie plus volontiers qu'abandon.

33. *Traitant* : « C'est un nom qu'on donne maintenant aux gens d'affaires qui prennent les fermes du roi, et se chargent du recouvrement des deniers et impositions : c'est au lieu de celui de *Partisan,* qui est devenu odieux » (F.). Le terme vient du *traité* signé avec le roi.

Mme BLANDINEAU

Adieu, mon ami. Appelez Cascaret, qu'il vienne porter ma queue[a].

BLANDINEAU

Votre queue, Madame Blandineau ! Vous, vous faire porter la queue ?

Mme BLANDINEAU

Oui, Monsieur Blandineau, moi-même et puisque j'ai eu la complaisance de prendre une queue tout unie[34], je me la ferai porter, s'il vous plaît, pour ne pas figurer avec la populace.

BLANDINEAU

Mais, ma femme...

Mme BLANDINEAU

Mais, mon mari, point de dispute. Quantité de bougies dans la salle, et surtout, que le couvert soit propre[35], Lisette.

LISETTE

Oui, Madame.

a. Vienne prendre ma queue   *orig., Foulque.*

---

34. Avoir une *queue,* c'est-à-dire une robe à traîne, est réservé aux femmes de l'aristocratie. A plus forte raison se la faire porter. Mme Blandineau ne va pourtant pas jusqu'aux broderies, aux galons ou aux franges.

35. *Propre* : entendez : disposé avec soin et élégance.

Mme BLANDINEAU

Jasmin et Cascaret rinceront les verres, le filleul[a] et le cousin de Monsieur verseront à boire, et le maître-clerc mettra sur table[36].

BLANDINEAU

Mon maître-clerc ? Il n'en fera rien.

Mme BLANDINEAU

Il le fera, mon ami, je l'en ai prié : il n'est pas si impoli que vous, il n'oserait me contredire.

BLANDINEAU

Mais, Madame Blandineau, songez...

Mme BLANDINEAU

Ne vous gênez point, mon fils[37], si la compagnie ne vous plaît pas, nous n'avons que faire de vous, on vous dispense d'y être.

BLANDINEAU

Oh, parbleu, j'y serai, je vous en réponds, et vous verrez...

a. le fillot   *orig., Foulque.*

---

36. Autrement dit, le maître-clerc fera fonction de maître d'hôtel, puisqu'il disposera les plats sur la table, à chaque service.

37. *Fils* : terme affectueux, fréquent entre époux, employé souvent machinalement, comme ici.

Scène VII

BLANDINEAU, LISETTE.

LISETTE

Voilà une maîtresse femme, Monsieur, et qui met votre maison sur un bon pied. Faire une espèce de maître d'hôtel d'un maître clerc ! cela est délicatement imaginé, au moins[38].

BLANDINEAU

Il ne fera point cette sottise-là, j'en suis sûr.

LISETTE

Il la fera, Monsieur. Madame et lui sont fort bons amis, il fait tout ce qu'elle veut.

BLANDINEAU

Ne trouves-tu pas que cette femme-là devient un peu folle, Lisette ?

LISETTE

Non, Monsieur, je la trouve de fort bon esprit au contraire : elle prend ses commodités et ses plaisirs, et vous avez la peine et les chagrins de tout. Qui est le plus fou de vous deux ?

BLANDINEAU

Oh, c'est moi, sans contredit : mais j'ai opinion que

---

38. *Au moins* : Restriction ironique : c'est le moins qu'on en puisse dire.

c'est sa sœur qui la gâte ; et je voudrais bien être débarrassé de cette folle-là, sans être obligé de quereller avec
ma femme ; c'est pour cela que je la voudrais marier
à Monsieur Naquart.

LISETTE

Que vous importe à qui, pourvu qu'elle soit mariée ?
Tenez, Monsieur, je la soupçonne de quelque dessein,
dont elle aura peine à ne me pas faire confidence.
Laissez-moi sonder un peu ses sentiments, j'aurai soin
de vous en rendre compte.

BLANDINEAU

Hé bien, fais, Lisette : mais dépêche-toi. Je vais trouver Monsieur Naquart, et nous attendrons ensemble de
tes nouvelles.

LISETTE

Allez, Monsieur, vous ne tarderez pas à en avoir.
Laissez-moi faire[39]. Ce Monsieur Blandineau, il est à
plaindre. Mais voici une petite personne qui l'est encore
plus que lui, quoique son malheur soit d'une autre
nature.

SCÈNE VIII
ANGELIQUE, LISETTE

ANGELIQUE

Quoi, te voilà seule, Lisette, et tu ne viens pas me

---

39. M. Blandineau sort à cet endroit. Les phrases suivantes sont
prononcées par Lisette en aparté.

trouver ? Que tu es cruelle de m'abandonner à mes chagrins, et de ne pas être avec moi le plus souvent qu'il
t'est possible !

LISETTE

Je ne puis pas suffire à toute la famille, c'est à qui
m'aura. Madame Blandineau pour pester contre son
mari, le mari pour se plaindre de sa femme ; Madame
la Greffière pour m'entretenir de son ajustement et de
ses charmes, et vous pour parler de votre amant. Voilà
bien de l'occupation dans un même ménage.

ANGELIQUE

Que mes tantes sont folles, Lisette, et que je suis malheureuse de me trouver sans bien, sans autres parents
qu'elles seules, avec tant de faiblesse dans le cœur pour
un amant aussi perfide !

LISETTE

Oh, pour moi, je ne comprends pas comment depuis
huit jours que nous sommes ici, vous n'avez point eu
de ses nouvelles : il faut qu'il soit mort ou malade.

ANGELIQUE

Il est pis que cela, Lisette, il est inconstant. Quelques jours avant notre départ, il te souvient que nous
le vîmes dans ta chambre[40] ; il s'y rendit une heure plus
tard que de coutume, il y demeura beaucoup moins,

---

40. Lisette a donc une chambre personnelle, où Angélique pouvait recevoir son amoureux, le jeune comte, chose que la bienséance
lui interdisait de faire dans sa propre chambre ; en outre, celle de
Lisette pouvait être d'accès plus facile.

il était chagrin[41], inquiet, interdit[42], embarrassé ; il commençait à ne me plus aimer, Lisette, et l'absence l'a fait m'oublier tout-à-fait.

LISETTE

Si cela est, ce sont vos tantes qui en sont cause.

ANGELIQUE

Que je les hais, Lisette !

LISETTE

L'une avait assez de penchant pour lui, à la vérité : mais elle ne voulait pas qu'il en eût pour vous.

ANGELIQUE

Oui, cela est vrai : ma tante la greffière, n'est-ce pas ? Je crois qu'elle était amoureuse de lui.

LISETTE

Justement, et c'en est assez pour faire déserter un joli homme ; outre que Madame Blandineau, de son côté, qui ne veut point vous voir plus grande dame qu'elle, a fait aussi ce qu'elle a pu pour l'éloigner à force de brusqueries : c'est ce qui l'a rebuté, sur ma parole.

ANGELIQUE

Quelle injustice ! Et que je l'aime bien plus qu'il ne

---

41. Voir note 23, p. 39. Le terme s'emploie souvent comme adjectif.

42. *Interdit* : Étonné, troublé, qui ne peut répondre (Littré).

m'aimait ! Plus on me défendait de le voir et de lui parler, plus sa présence et sa conversation me causaient
de joie et de ravissement, ma pauvre Lisette.

LISETTE

Il y a là-dedans plus d'opiniâtreté que de constance.

ANGELIQUE

Non, je t'assure.

LISETTE

Oh, si fait, si fait : vous êtes fille, et le plaisir de contredire fait quelquefois plus de la moitié de nos pas-
sions, à nous autres.

ANGELIQUE

Ah ! ma chère Lisette, voici Lolive. Son maître n'est
point inconstant. Que je suis heureuse !

LISETTE

Le Ciel en soit loué, j'en suis ravie.

SCÈNE IX

ANGELIQUE, LISETTE, LOLIVE.

LOLIVE

Je suis bien heureux, Mademoiselle, de vous trouver ainsi d'abord en arrivant, avant que personne...

ANGELIQUE

Donne-moi tes lettres, dépêche.

LOLIVE

Je n'ai point de lettres à vous donner, Mademoiselle.

ANGELIQUE

Tu n'as point de lettres à me donner ? Qui t'amène donc ici ? Que fait ton maître ?

LOLIVE

La plus mauvaise manœuvre du monde. C'est un traître, un chien qui ne mérite pas de vivre, un homme à pendre, Mademoiselle.

LISETTE

Voilà un bel éloge !

ANGELIQUE

Que veux-tu donc dire ?

LISETTE

T'envoie-t-il ici pour nous dire cela ?

LOLIVE

Non, mais il y va venir, lui, pour le justifier.

ANGELIQUE

Il va venir ici ? Quoi faire ?

LOLIVE

Une très haute sottise : épouser votre tante.

ANGELIQUE

Épouser ma tante, Lisette !

LISETTE

Épouser votre tante ! cela ne se peut pas.

LOLIVE

Si fait vraiment, ce n'est pas celle qui a son mari, c'est celle qui est veuve, Madame la Greffière ; et j'ai ici une lettre pour elle que je m'en vais lui rendre au plus vite.

ANGELIQUE

Un lettre pour elle ! Je la verrai, donne.

LOLIVE

Non, Mademoiselle, vous ne la verrez point. J'ai déjà eu cent coups de pied dans le ventre[43] pour cette affaire-ci ; il est bon de m'en tenir là. Qu'il ne s'aperçoive pas, je vous prie, que je vous aie avertie de rien.

SCÈNE X

ANGELIQUE, LISETTE.

ANGELIQUE

Ma tante est-elle devenue folle, de vouloir épouser Monsieur le Comte ?

---

43. Exagération. C'est d'ailleurs un lieu commun chez les valets de comédie ; mais les voies de fait de la part de maîtres violents n'étaient pas exceptionnelles.

LISETTE

Non, c'est Monsieur le Comte qui est devenu fou de vouloir épouser votre tante.

ANGELIQUE

Cela ne sera point, Lisette, c'est un prétexte qu'il prend pour s'approcher de moi. Il trompe ma tante ; ma tante aime à se flatter[44], cela tournera tout autrement que tu te l'imagines.

LISETTE

Vous aimez à vous flatter vous-même.

ANGELIQUE

Il n'importe, ne me détrompe point, ma chère Lisette je vais attendre Monsieur le Comte à l'entrée du village, je veux lui parler la première, je saurai ses sentiments par lui-même, et je ne le quitterai point qu'il ne m'ait promis de n'épouser que moi.

LISETTE

Vous ferez fort bien de vous emparer de lui. On reprend son bien où on le trouve, une fois.

ANGELIQUE

Assurément. Viens avec moi, ma pauvre Lisette.

---

44. *Se flatter* : se déguiser la vérité. Un peu comme la Bélise des *Femmes savantes*.

LISETTE

Non, prenez quelque petite fille du village[45] et me lais-sez parler à votre tante. J'en tirerai quelque confidence qui ne vous sera pas inutile.

Fin du premier acte.

---

45. Comme chaperon. Une jeune fille ne sort jamais seule.

ACTE II

Scène Première

La Greffiere, Le Magister.

La Greffiere

Que cela soit bien tourné, Monsieur le Magister, que cela soit bien tourné.

Le Magister

Ne vous boutez[46] pas en peine, partant que les garçons ne manquiont pas de vin et les filles de tartes, et que vous nous bailliais[a] ces vingt écus que vous m'avez dit pour les ménétriers et pour ces petites chansonnettes que je fourrerons par ci par là, nan ragaillardira votre soirée de la belle façon, je vous en réponds.

La Greffiere

Voilà six louis d'or, Monsieur le Magister, ce sont dix francs plus que les vingt écus[47].

a. et que vous baillais   *orig., Foulque.*

---

46. *Boutez* : mettez.

47. Vingt écus valent soixante francs, ce qui donne, comme cours du louis 11 livres 6 sols 2 deniers. A cette époque, le louis varie en effet entre 11 et 12 livres.

LE MAGISTER

Bon, tant mieux : je vous baillerons queuque petit par-dessus pour ça ; et comme j'ai queuque doutance que vous allez vous remarier, j'aurons soin de faire votre épitra... votre épita...

LA GREFFIERE

Mon épitaphe ?

LE MAGISTER

Hé, morgué[48], nenni, c'est tout le contraire, votre épitralame[49] je pense, je ne sais pas bien comme ça s'appelle : mais ce seront des vars à votre louange, toujours.

LA GREFFIERE

Ne manquez pas surtout d'y bien marquer les agré-ments de la fin du siècle ; il est si fortuné pour moi, si fortuné, que je veux que ma reconnaissance en soit publique.

LE MAGISTER

Oh, tâtigué[50], laissez-moi faire, j'en suis du moins aussi content que vous. J'ai perdu ma femme[51], et puis j'avons cette année bon vin, bonne récolte, je sommes

---

48. *Morgué* : forme patoisante de morbleu.

49. Épithalame, évidemment, pour célébrer le mariage de la Gref-fière et du Comte. Le magister connaît la chose, mais bute sur le terme savant.

50. *Tâtigué* : forme patoisante du juron têtebleu.

51. Se réjouir de son veuvage est une trace de la farce, tradition-nelle dans la dancourade.

tretous si aises. Allez, je chanterons à plein gozier et je remuerons le jarret de la belle manière.

LA GREFFIERE

Oui, mais c'est pour ce soir, Monsieur le Magister : et ces vers à ma louange...

LE MAGISTER

Oh, que ça sera bientôt bâti. Il n'est pas malaisé de vous louer : vous êtes belle, vous êtes bonne, vous êtes riche.

LA GREFFIERE

Je suis jeune aussi, Monsieur le Magister.

LE MAGISTER

Voulez-vous que je mette itou ça ? hé bien, volon-tier, tout coup vaille[52] ; mais vous baillerais queuque chose pour l'âge.

LA GREFFIERE

Gardez-vous bien de l'oublier.

LE MAGISTER

Vous avez raison. Je daterons la chanson, et cela vous sarvira de baptistaire[53]. Adieu, Madame ; je sis content de vous, vous serez contente itou de la date, sur ma parole.

---

52. Voir note 8, p. 30.
53. *Baptistaire,* ou plutôt baptistère : registre des baptêmes.

LA GREFFIERE

Adieu, Monsieur le Magister, votre très humble servante. Ah ! que je suis ravie ! que j'envisage un charmant avenir ! quels heureux moments ! quels heureux moments ! Je ne me sens pas de joie.

SCÈNE II

LA GREFFIERE, LISETTE.

LISETTE

Comment donc, Madame, on dit que vous mettez en joie tout le village ? Est-ce à cause de la fête, ou si vous avez quelque sujet particulier de vous réjouir ?

LA GREFFIERE

Les mauvais présages de ce matin sont évanouis, ma pauvre Lisette ; j'ai reçu les plus agréables nouvelles...

LISETTE

Il y aurait de l'indiscrétion, peut-être, de vous demander ce que c'est, Madame ?

LA GREFFIERE

Qu'on blâme les devineresses tant qu'on voudra, je suis fort contente de la du Verger[54], pour moi.

---

54. Les voyantes étaient fort à la mode. En 1679 avait été joué avec grand succès la comédie de Thomas Corneille et Donneau de Visé, *La Devineresse ou Madame Jobin,* qui mettait en scène la tristement célèbre Voisin.

LISETTE

Comment donc, Madame ?

LA GREFFIERE

Nous y voilà parvenues, ma pauvre Lisette, nous y touchons du bout du doigt, ma chère enfant.

LISETTE

Hé, à quoi, Madame ?

LA GREFFIERE

A cet heureux temps que la du Verger m'a tant promis, à la fin du siècle et à mon bonheur.

LISETTE

Hé, qu'a de commun la fin du siècle avec votre bonheur, Madame ?

LA GREFFIERE

Je n'ai pas eu de grands plaisirs pendant le cours de celui-ci ; mais je vais passer l'autre agréablement, sur ma parole.

LISETTE

Voilà de beaux projets !

LA GREFFIERE

Je suis déjà veuve, premièrement[55].

---

55. Voir note 51, p. 57. Mais pour la Greffière, le veuvage n'est qu'une étape vers la noblesse.

LISETTE

Cela promet, vous avez raison.

LA GREFFIERE

Et je ne la[56] serai pas longtemps encore.

LISETTE

Comment donc, Madame ?

LA GREFFIERE

C'est la saison des révolutions que la fin des siècles, et tu vas voir d'assez jolis changements dans ma destinée.

LISETTE

Hé quels changements encore ?

LA GREFFIERE

Je serai dès aujourd'hui femme de condition[57].

LISETTE

Femme de condition ! Cela ne me surprend point, vous êtes taillée pour cela, et vous en avez toutes les manières.

---

56. *Je ne la serai* : construction classique, le sujet étant féminin. Madame de Sévigné se refusait à employer ce *le* neutre, où elle voyait un masculin incongru.

57. *Femme de condition* : sous-entendu *noble*. Emploi courant, équivalent de femme de qualité. La réflexion de Lisette à la réplique suivante est ironique.

La Greffiere

C'est sans affectation, cela m'est naturel.

Lisette

Hé ! quel heureux petit seigneur aura le bonheur de vous faire femme de condition ?

La Greffiere

Le petit comte, ma chère Lisette, le petit comte[58].

Lisette

Qui, le petit comte ? celui qui était amoureux de votre nièce ?

La Greffiere

Dis qui feignait de l'être pour s'approcher de moi.

Lisette

Ah, le petit fourbe !

La Greffiere

Nous avons bien conduit cela, n'est-ce pas ?

Lisette

Hé, qu'était-il besoin de conduite là-dedans ? vous ne dépendez que de vous.

---

58. Cette expression, qui visiblement se rapporte à la taille, laisse supposer que le rôle était tenu par Dancourt, dont la petitesse est souvent soulignée, par lui-même ou ses confrères.

LA GREFFIERE

L'agrément du mystère, mon enfant, l'agrément du mystère, j'avais même dessein qu'il m'enlevât : oh ! je crois que c'est un grand plaisir d'être enlevée.

LISETTE

Oui, cela a son mérite, assurément.

LA GREFFIERE

Nous nous serions mariés en cachette, *incognito,* sous seing privé[59], pour éviter les manières bourgeoises.

LISETTE

Cela était noblement pensé.

LA GREFFIERE

Mais le plaisir de faire enrager de près mon beau-frère le procureur, qui est un fort impertinent personnage, la joie que j'aurai d'être témoin du dépit de ma sœur et de ma nièce, et de jouir par mes propres yeux du désespoir de toutes les femmes de ma connaissance, nous a fait prendre la résolution de faire ce mariage à leurs barbes : oh, cela est bien satisfaisant, je te l'avoue.

---

59. *Sous seing privé* : accord établi par les deux parties, mais non devant un officier public. Un mariage sous seing privé est souvent un euphémisme pour désigner le concubinage. Ce ne saurait être le cas ici, la Greffière désirant hautement être reconnue comme comtesse. Il s'agit donc d'un mariage véritable devant un prêtre, mais sans contrat devant notaire, pour éviter la fête bourgeoise, certes, mais aussi pour mettre son beau-frère devant le fait accompli, de sorte qu'il lui soit impossible de s'y opposer.

LISETTE

Il n'y a rien de plus gracieux, vous avez raison.

LA GREFFIERE

Le petit comte va arriver, et en poste[60], même ; son valet de chambre est déjà ici, cette affaire-là sera bientôt publique.

LISETTE

Ne le serait-elle point déjà, Madame ? Voilà votre sœur et votre cousine qui me paraissent bien échauffées.

SCÈNE III

Mme BLANDINEAU, LA GREFFIERE, L'ELUE, LISETTE.

Mme BLANDINEAU

Qu'est-ce que c'est donc, ma sœur ? Il se répand un bruit dans le village, qui me paraît des plus surprenants.

L'ELUE

Et à moi des plus ridicules.

LA GREFFIERE

En quoi donc ridicule ? Et qu'est-ce que c'est que ce bruit, s'il vous plaît, Mesdames ?

---

60. *En poste* : en chaise de poste, voiture légère et rapide, dont les chevaux sont changés à chaque relais. Elle ne peut contenir qu'une seule personne. Pour arriver plus vite, le comte l'a préférée à son carrosse. Le valet de chambre, lui, est venu à cheval.

Mme BLANDINEAU

Que vous allez épouser Monsieur le Comte, un homme de qualité, un petit étourdi qui n'a rien. Oh ! je ne trouve point cela[a] vraisemblable.

LA GREFFIERE

Cela n'est pas moins vrai, ma sœur, me voilà comtesse ; et grâces au Ciel, nous ne figurerons[61] plus ensemble.

Mme BLANDINEAU

Comtesse, vous ? Vous comtesse, ma sœur ?

LA GREFFIERE

Dites Madame, Madame Blandineau, et Madame tout court, entendez-vous ?

Mme BLANDINEAU

Madame tout court ! Ah ! je n'en puis plus. Ma sœur comtesse, et moi procureuse ! Un siège, et tôt, dépêchez, Lisette.

LISETTE

Madame, Madame ; holà donc, Madame[62] !

a. je ne trouve pas cela   *orig., Foulque.*

---

61. Nous ne formerons plus une *figure* à nous deux ; on ne nous verra plus ensemble, sur le même rang en public.

62. Ces exclamations indiquent que Madame Blandineau se trouve mal.

L'ELUE

Vous seriez comtesse, vous, ma cousine la Greffière ?

LA GREFFIERE

Ah ! plus de cousinage, Madame l'Elue, plus de cousinage.

L'ELUE

Un fauteuil aussi : tôt, du secours ; à moi Lisette.

LISETTE

Oh, par ma foi, donnez-vous patience.

L'ELUE

Je m'affaiblis, je suffoque, j'agonise, et je m'en vais mourir de mort subite.

Mme BLANDINEAU

Écoutez, ma sœur, il n'y a qu'un mot qui serve : vous voulez le porter plus beau[63] que moi, parce que vous êtes mon aînée, ç'a toujours été votre fureur : mais je me séparerais d'avec mon mari s'il me laissait avoir ce déboire-là[64]. Vous verrez de belles oppositions, laissez faire.

---

63. *Porter beau* : terme de manège. Se dit d'un cheval « lorsqu'il a une belle encolure haute, tournée en arc à la façon des cygnes » (F.). Équivalent de porter haut la tête, faire la fière.

64. *Déboire* : « Mauvais goût qui reste en la bouche après avoir bu une liqueur corrompue ou désagréable. Se dit figurément en morale des chagrins qui restent après qu'une affaire a eu un mauvais succès ou après qu'on a eu quelques mauvais traitements » (F.).

L'ELUE

Il ne faut pas que la famille demeure les bras croisés dans cette affaire-ci, il faut agir, il faut se remuer, ma cousine[65].

LA GREFFIERE

Oh, remuez-vous, remuez-vous, je me remuerai aussi, moi, je vous en réponds.

LISETTE

Mort de ma vie, que de mouvement ! Voilà une famille bien sémillante[66] !

LA GREFFIERE

Mais, vraiment, je les trouve admirables, elles m'empêcheront de m'élever, de faire fortune : ces bourgillonnes-là[67] sont si ridicules...

Mme BLANDINEAU

Bourgillonnes, Madame l'Élue, bourgillonnes !

L'ELUE

Ah, Ciel ! bourgillonne, moi qui suis, par la grâce de Dieu, fille, sœur et nièce de Notaire, et femme d'un Élu, ma cousine[68].

---

65. Avec Madame Blandineau le cousinage demeure.

66. *Sémillante* : « qui est remuant éveillé, qui ne peut tenir en place. Il ne se dit presque que des enfants » (F.).

67. *Bourgillonnes* : diminutif dépréciatif de bourgeoises.

68. D'après les parentés énumérées, ce cousinage est donc du côté de M. Blandineau, ou de son mari, l'Élu.

Mme BLANDINEAU

Et moi, ma cousine, qui ai eu plus de treize mille francs en mariage[69], tant en argent comptant qu'en nippes[70] et bijoux. Je suis dans une colère...

L'ELUE

Et moi dans une rage...

LA GREFFIERE

Oh, je deviendrai furieuse[71], moi, je vous en avertis, prenez-y garde.

LISETTE

Hé, là, là, Mesdames, un peu de modération ; voulez-vous donner à rire à tout le village ? Voilà cette grosse marchande de laine de la rue des Lombards[72], qui, comme vous savez, n'est pas une bonne langue.

---

69. *Mariage* : dot.

70. *Nippes* : « Terme général qui se dit des petits meubles » (F.). « Tout ce qui sert à l'ajustement, surtout en linge » (Littré).

71. *Furieuse* : folle furieuse ; il y a gradation par rapport à la *colère*, puis à la *rage*.

72. La rue des Lombards, aujourd'hui dans le 1er arrondissement, était, comme la rue Saint-Denis et les autres rues avoisinantes, une des rues les plus commerçantes de la capitale.

Scène IV

Mme Blandineau, La Greffiere, L'Elue, Mme Carmin, Lisette.

Mme Carmin

Bonjour, ma chère Madame Blandineau.

Mme Blandineau

Madame Carmin, votre très humble servante.

Mme Carmin

Je ne puis être de votre souper, je m'en retourne à Paris, je viens prendre congé de vous, mes chères[a] enfants.

La Greffiere

Ah ! ne partez que demain, je vous prie, vous ne me refuserez pas d'être témoin...

Mme Carmin

Je ne puis différer mon départ. Je viens de recevoir des nouvelles d'une affaire dont j'attendais la conclusion avec impatience ; elle est finie, il faut que je parte.

L'Elue

Hé, quelle affaire, Madame Carmin ? Sont-ce des laines d'Hollande[73], d'Angleterre[b] qui vous arrivent ?

a. mes chers enfants   *orig., Foulque.*
b. d'Hollande ou d'Angleterre   *Foulque.*

---

73. L'*H* initial de Hollande n'est pas aspiré au XVIIe siècle.

Mme CARMIN

Ah ! fi donc : rien moins que cela, Mesdames. Je quitte le négoce, je m'y suis enrichie, cela est au-dessous de moi à l'heure qu'il est ; j'achète une charge à mon mari, je me fais Présidente.

Mme BLANDINEAU

Vous, Présidente, Mme Carmin ?

Mme CARMIN

Moi-même.

L'ELUE

Madame Carmin Présidente !

Mme CARMIN

Oui, Madame.

LA GREFFIERE

Et moi comtesse, madame Carmin.

Mme CARMIN

Vous, comtesse, Madame ?

LA GREFFIERE

Oui, Madame la Présidente.

Mme CARMIN

J'en suis ravie, Madame la Comtesse.

Mme BLANDINEAU

Et moi, je suffoque, je n'en puis plus.

L'ELUE

Il y a pour en mourir[74], je n'en reviendrai point.

LISETTE

Voilà de belles fortunes. Et Madame Carmin remplira bien cette place-là[75].

Mme CARMIN

Oh, ce ne sera pas moi qui exercerai, ce sera mon mari : mais je lui recommanderai certaines affaires.

LA GREFFIERE

Il sera bon d'être de vos amies.

Mme CARMIN

Ce n'est qu'une charge de campagne, à la vérité, et dans une élection[76], d'une très petite ville du côté d'Étampes : mais il y a de grands agréments, de grandes prérogatives[77].

L'ELUE

Hé quelles prérogatives, Madame ?

---

74. Il y a de quoi mourir de dépit. Les précieuses déjà aimaient ces expressions hyperboliques ; passées de mode, elles sentent leur province.

75. Commentaire ironique.

76. *Élection* : « Tribunal où les élus rendent leur justice, où on juge les différends sur les tailles et impôts en première instance » (F.).

77. *Prérogative* : privilège, avantage qu'une personne a sur une autre. Selon Littré, la prérogative est un honneur et se rapporte au rang, tandis que le privilège a plutôt rapport avec l'intérêt.

Mme CARMIN

On est maître absolu dans le pays premièrement : il n'y a, je crois, dans toute la juridiction, ni procureurs, ni avocats, ni conseillers même, et Monsieur le Président peut se vanter qu'il est lui seul toute la Justice ; cela est fort beau, Mesdames.

Mme BLANDINEAU

Oui, cela sera fort beau de voir Monsieur Carmin juger tout seul, lui qui ne sait ni latin, ni pratique[78] ; ni lire, ni écrire, peut-être.

Mme CARMIN

Oh, je vous demande pardon, Madame Blandineau, il signera son nom fort librement, et avec un paraphe[a][79], encore, à cause de la charge.

L'ELUE

Mais ce n'est pas assez de savoir signer, il faut juger auparavant.

---

a. une pataraphe   *orig., Foulque. L'édition de base donne* une paraphe   *Nous rétablissons le masculin.*

---

78. *Pratique* : procédure. « Se dit en termes de Palais de la science d'instruire un procès selon les normes prescrites par l'ordonnance, les coutumes du pays et les règlements faits sur ce sujet (...) Un procureur doit bien savoir la pratique et un avocat le droit » (F.).

79. Un *paraphe* est une « marque et caractère particulier composé de plusieurs traits de plume mêlés ensemble, que chacun s'est habitué de faire toujours de la même façon, pour mettre au bout de son nom et empêcher qu'on ne contrefasse sa signature » (F.). C'est dans cet esprit que M. Carmin ne se contentera pas d'écrire son nom, comme un paysan, mais y ajoutera des fioritures. L'édition originale porte même *pataraphe,* qui est « plusieurs traits et paraphes brouillés, confus, où on ne connaît rien » (F.).

Mme CARMIN

Belle bagatelle ! Il y a dans la ville un tabellion[80] qui règle tout, moyennant trente ou quarante francs par année ; et puis quand on a bon sens, bon esprit, on n'a qu'à juger à la rencontre[81], c'en est assez pour des gens de province.

LISETTE

Assurément, et les juges les plus habiles ne sont pas toujours les plus équitables.

Mme CARMIN

Au bout du compte, ce n'est pas mon affaire. Je ne veux qu'un rang, moi, cela m'en donne un qui me distingue. Monsieur Carmin est un bon homme qui aime la retraite, la campagne : il jugera comme il pourra. Il vivra content dans sa petite ville, et moi à Paris, comme une présidente.

LA GREFFIERE

Et moi, comme une comtesse. Nous nous retrouverons, Madame la Présidente.

Mme CARMIN

Adieu, ma chère Madame Blandineau, à mon retour nous ferons ensemble quelque partie de plaisir.

Mme BLANDINEAU

Adieu, madame Carmin, bon voyage.

---

80. *Tabellion* : voire note 5, p. 27.
81. *à la rencontre* : comme cela se rencontre, au hasard.

Mme Carmin *à l'Élue*

Votre très humble servante, Madame.

L'Elue

Vous m'avez vendu des laines éventées[82], je vous les renverrai[a], Madame la Présidente.

Mme Carmin

On vous les changera. Madame l'Élue. Adieu, mon agréable comtesse.

La Greffiere

Adieu, ma chère présidente.

Lisette

Quelle politesse il y a parmi les femmes de qualité ! Au bout du compte, voilà de belles fortunes ! Une femme placée, une femme en charge[83].

Mme Blandineau

Je n'y puis plus tenir, je suis au désespoir ; Monsieur Blandineau en achètera une[84] qui m'ennoblisse, ou je ne le veux voir de ma vie.

---

a. je vous les renvoirai   *orig., Foulque et édition de base. Nous corrigeons cette forme vieillie.*

---

82. « Les laines s'éventent à l'air, se corrompent » (F.).

83. Jeux de mots avec femme en place, c'est-à-dire domestique, et femme de charge, servante « qui a le soin de la vaisselle d'argent, des meubles et des provisions d'un logis » (F.).

84. Une charge : la construction est correcte au XVIIe siècle.

L'Elue

Monsieur l'Élu cessera de l'être, ou je trouverai bien moyen de n'être plus sa femme.

Scène V

La Greffiere, Lisette.

Lisette

Courage, Madame, voilà le champ de bataille qui vous demeure, et il faut qu'il crève une douzaine de bourgeoises de cette affaire-ci.

La Greffiere

C'est mon beau-frère à qui j'en veux le plus. Il m'a tantôt[85] traitée de folle quand je lui parlais de devenir comtesse, je veux qu'il devienne fou, lui, de voir que je lui ai dit vrai.

Lisette

Le voilà qui vous amène Monsieur Naquart.

La Greffiere

Ah, tu vas voir comme je les recevrai.

---

85. *Tantôt* : il y a peu de temps.

Scène VI

Blandineau, Naquart, La Greffiere, Lisette.

Blandineau

Hé bien, ma sœur, avez-vous réfléchi sur la proposition que je vous ai tantôt faite ? Quel est le fruit de vos réflexions ?

La Greffiere

Que c'est un animal bien persécutant qu'un beau-frère, Monsieur Blandineau.

Naquart

C'est sous les auspices de Monsieur, Madame, que je prends la liberté...

La Greffiere

Bonjour, monsieur Naquart, bonjour, vous m'aimez, on me l'a dit, je le crois. Je ne vous aime point, je vous le dis, vous pouvez m'en croire.

Blandineau

Mais, ma belle-sœur...

La Greffiere

Mais, mon beau-frère, ne m'en parlez pas davantage. C'est une affaire jugée en dernier ressort dans mon imagination[86] ; il n'y a point d'appel à cela[87]. Quand

---

86. *Dans mon imagination* : dans mon esprit, mais l'emploi du mot n'est pas innocent de la part de l'auteur.

87. *Dernier ressort... point d'appel* : La Greffière use naturellement du langage juridique ; il est vrai qu'elle s'adresse à un procureur.

j'ai pris une fois mon parti, je n'en reviens jamais, demandez à Lisette.

LISETTE

Oh pour cela non, c'est une des plus grandes perfections de Madame.

NAQUART

J'avais cru, Madame...

LA GREFFIERE

Vous êtes un malcréant, Monsieur Naquart.

NAQUART

Que vous ayant adressé autrefois mes premiers hommages...

LA GREFFIERE

Les temps sont changés, Monsieur Naquart, j'étais une sotte, une enfant, une imbécile : il est vrai, je m'en souviens, j'avais pour vous une heureuse faiblesse ; et si j'en avais été crue, je serais veuve de vous à l'heure qu'il est.

NAQUART

Veuve de moi, Madame ?

LA GREFFIERE

Oui vraiment, il était de mon étoile d'être veuve dans le temps que la suis devenue[a], et je ne crois pas qu'en votre faveur mon étoile en eût eu le démenti.

a. je le suis devenue   *orig., Foulque.*

BLANDINEAU

Ce premier danger est passé ; laissez courir à Monsieur Naquart les risques d'un second.

LA GREFFIERE

Oh pour cela non, qu'il ne s'y joue pas ! je ne lui conseille pas d'insister là-dessus, mon étoile est terrible pour les maris ; et selon le calcul que j'en ai fait faire, elle en doit encore exterminer trois ou quatre, et en très peu de temps, et de qualité même : voyez combien durerait un pauvre diable de procureur.

LISETTE

Quoi, Madame, vous aimez Monsieur le Comte, et vous avez la dureté de l'exposer à la malignité de l'influence[88] ?

LA GREFFIERE

Oui, pour la combattre, ma pauvre Lisette. C'est un jeune homme qui lui résistera davantage.

LISETTE

Vous avez raison, il n'y a pas le mot à dire.

NAQUART

Je n'aurai donc pas le bonheur de vous posséder, Madame ? de vous être quelque chose ?

---

88. *Influence* : au sens premier, astrologique : « Qualité qu'on dit s'écouler du corps des astres, ou l'effet de leur chaleur et de leur lumière, à qui les astrologues attribuent tous les événements qui arrivent sur la terre » (F.). Il s'agit de l'influence de l'étoile de la Greffière, laquelle est maligne pour ses maris.

BLANDINEAU

Vous êtes plus fou qu'elle, Monsieur Naquart.

LISETTE

Voilà un bon homme qui vous aime à la rage[89].

LA GREFFIERE

Qu'il est embarrassant d'avoir trop de mérite ! Mais si vous avez tant d'envie de m'appartenir, Monsieur Naquart, épousez ma nièce Angélique, c'est une autre moi-même, je vous la donne.

LISETTE

Ah, ah ! en voici bien d'une autre.

NAQUART

Parlez-vous sérieusement, Madame ?

LA GREFFIERE

Oui, sans doute, et vous me ferez plaisir même. La pauvre enfant ! il faut bien faire quelque chose pour elle. Je lui enlève Monsieur le Comte, qui était son amant ; je l'épouse ce soir, plus par vanité que par amour, moins pour son mérite que pour sa qualité, car je ne veux qu'un nom, moi, je ne veux qu'un nom, c'est ma grande folie[90].

BLANDINEAU

Vous épouseriez ce jeune homme qui était amoureux d'Angélique ?

---

89. *Aimer à la rage* : aimer à la folie.
90. *Folie* : voir note 31, p. 43.

LA GREFFIERE

Oui, vous dis-je, je lui vole son amant : Monsieur Naquart est le mien, je le renvoie à elle, ce ne sera qu'une espèce de troc et tu lui feras entendre, Lisette, que je lui donne plus que je ne lui dérobe[91].

LISETTE

Vous devriez demander du retour[92]. Je vais la chercher au plus vite pour lui apprendre cette bonne nouvelle. Que je vais la réjouir !

SCÈNE VII

BLANDINEAU, NAQUART, LA GREFFIERE.

NAQUART

Songez bien à quoi vous vous engagez, Madame.

LA GREFFIERE

A vous donner ma nièce, Monsieur Naquart.

NAQUART

Quand il sera question de signer, n'allez pas vous aviser de vous dédire.

---

91. En fait, la Greffière, en dépit de sa mauvaise foi, n'a peut-être pas tort : les qualités de M. Naquart semblent bien supérieures à celles du jeune comte.

92. *Retour* : « supplément de prix quand on troque des choses d'inégale valeur » (F.). Réflexion ironique de Lisette.

La Greffiere

Me dédire, moi, Monsieur Naquart, moi me dédire, une comtesse manquer de parole ! Ah ! ne craignez pas cela. Vous avez l'usage des affaires, faites au plus tôt dresser votre contrat et le mien, nous les signerons dans le moment [93] que nous aurons ici Monsieur le Comte.

Blandineau

Mais ce Monsieur le Comte...

La Greffiere

Écoutez, ne vous avisez pas de me manquer de respect devant lui, Monsieur Blandineau. Adieu, Messieurs les procureurs, Madame la Comtesse est votre très humble servante.

Scène VIII

Blandineau, Naquart.

Blandineau

Son extravagance est au plus haut point, et je vous avertis que je ne souffrirai point qu'elle épouse ce jeune homme là.

Naquart

Elle ne l'épousera point, laissez-moi faire.

---

93. *Moment* : le mot a le sens d'instant très bref, « comme d'un clin d'œil » (F.). Nous dirions : à l'instant même où...

BLANDINEAU

C'est un homme ruiné, qui n'a pas le sou[a].

NAQUART

Je sais mieux ses affaires que personne, je suis son procureur et son curateur[94] tout ensemble, et il ne fera rien que je n'y donne les mains. Demeurez en repos[95].

SCÈNE IX

BLANDINEAU, NAQUART, CLAUDINE.

CLAUDINE

Hé, venez vite, Monsieur, parler à Madame. La voilà qui étouffe, et qui va mourir parce que Madame la Greffière va être comtesse.

BLANDINEAU

Autre extravagante.

CLAUDINE

Madame l'Élue est avec elle, qui fait tout comme elle ; elles s'assoient[b], elles se lèvent, elles se tourmentent,

a. pas le sol.   *orig., Foulque.*

b. Elles s'asseient   *orig.*   elles s'asseyent *Foulque.*

94. *Curateur* : celui qui est élu ou nommé pour avoir soin des biens et des affaires d'une personne émancipée, ou interdite. Il s'agit ici probablement du premier cas : le Comte peut être encore trop jeune pour s'occuper seul de ses affaires, mais il n'a plus de tuteur. Sur le *procureur,* voir note 3, p. 27.

95. *Demeurez en repos* : Soyez tranquille.

elles se lamentent ; elles m'ont donné chacune deux soufflets, parce que je ne pouvais m'empêcher de rire.

BLANDINEAU

Oh quel embarras, Monsieur Naquart ! On ne voit que des folles, de quelque côté qu'on se tourne.

NAQUART

Elles deviendront sages, et si vous voulez m'en croire, nous jouirons de notre bien, Monsieur Blandineau, et nous leur remettrons aisément l'esprit en nous accommodant, pour quelque temps du moins, à leur ridicule et à leurs faiblesses, que nous corrigerons tout à fait dans la suite.

Fin du second acte.

ACTE III

Scène Première

Angelique, Le Comte.

Angelique

Monsieur le Comte, vous me désespérez.

Le Comte

Charmante Angélique, je vous adore.

Angelique

Et vous croyez me le persuader en devenant le mari de ma tante ?

Le Comte

Mais, que voulez-vous que je fasse ? Vous êtes sans bien, je n'ai ni emploi, ni revenu, un procès que je viens de perdre achève de me ruiner absolument, ma naissance et ma qualité me sont même à charge dans la situation où je me trouve. Me pardonnerais-je à moi-même de vous associer à mon malheur ?

Angelique

Oui, j'aime mieux être malheureuse avec vous que de vous voir heureux avec ma tante.

Le Comte

Je ne le serai point, je vous assure : ce n'est point elle, c'est son bien que j'épouse, pour le partager avec vous.

Angelique

Je n'en veux point, Monsieur, je n'ai que faire de bien, je ne veux que vous.

Le Comte

Ah ! soyez sûre de tout mon cœur, il ne sera jamais qu'à vous ; je vous chérirai, je vous aimerai, je vous adorerai toute ma vie.

Angelique

Et vous ne m'épouserez point ? Je ne veux point de cela.

Le Comte

Que vous êtes cruelle ! Laissez-moi céder pour un temps à notre mauvaise fortune, pour nous en assurer une meilleure : nous sommes jeunes l'un et l'autre, votre tante n'a que très peu de temps à vivre.

Angelique

Et vous croyez que pour vous avoir j'aurai la patience d'attendre qu'elle meure ? Non pas, s'il vous plaît, je veux que vous m'épousiez la première ; ma tante a déjà été mariée, c'est à elle d'attendre.

Le Comte

Mais que ferons-nous ? que devenir ? comment vivre ?

ANGÉLIQUE

Nous nous aimerons, Monsieur le Comte, et je serai contente : cela ne vous suffira-t-il pas comme à moi ?

LE COMTE

Charmante Angélique ! adorable personne !

SCÈNE II

ANGELIQUE, LE COMTE, LISETTE.

ANGELIQUE

Ne me dites point tant de douceurs et aimez-moi davantage, Monsieur le Comte. Ah, te voilà, ma chère Lisette ! viens m'aider à le rendre raisonnable : il s'obstine à vouloir épouser ma tante, pour faire fortune.

LISETTE

Hé bien, mort de ma vie, laissez-le faire, et épousez aussi quelqu'un qui fasse la vôtre. Monsieur Naquart est plus riche que votre tante, il ne tiendra qu'à vous de devenir sa femme.

LE COMTE

Elle épouserait Monsieur Naquart, mon procureur ?

LISETTE

Pourquoi non ? Ce procureur-là s'est emparé d'une partie de votre bien, il peut bien s'emparer aussi de votre maîtresse. La tante et lui sont déjà d'accord, cela ne dépend plus que de Mademoiselle.

ANGELIQUE

Oui ? Oh bien, bien, Monsieur, épousez ma tante, vous n'avez qu'à le faire, Monsieur Naquart m'en vengera.

LE COMTE

Vous consentiriez à cette union ?

ANGÉLIQUE

Ne faut-il pas céder à la mauvaise fortune ? Nous sommes jeunes l'un et l'autre, et je serai veuve aussitôt que vous pour le moins.

LISETTE

Oh, pour cela oui, j'en réponds.

LE COMTE

Je vous verrais entre les bras d'un autre ?

ANGÉLIQUE

Nous nous retrouverons, Monsieur, je vous donne rendez-vous quand nous serons tous deux devenus riches.

LE COMTE

Angélique, vous me mettez au désespoir.

ANGELIQUE

C'est vous, Monsieur, qui avez commencé à m'y mettre.

LE COMTE

Conservez-vous toute à moi, de grâce.

Angelique

Conservez-vous à moi vous-même. Mais voyez un peu pourquoi je n'aurais pas le même privilège que lui ! cela est admirable.

Lisette

Il faut que cela soit égal de part et d'autre, il n'y a rien de plus juste.

Le Comte

Hé bien, je n'épouserai point votre tante, je vous le proteste.

Angelique

Et si vous ne vous hâtez de m'épouser, moi, j'épouserai Monsieur Naquart, je vous le promets.

Le Comte

Je l'empêcherai bien. Le voici, nous allons voir.

Angelique

Ah, qu'il est vilain, ma pauvre Lisette !

Scène III

Naquart, Le Comte, Angélique, Lisette.

Naquart

Ah ! c'est vous que je cherche, Monsieur le Comte : on vient de me dire que vous étiez arrivé.

Le Comte

Je suis ravi de vous rencontrer aussi, Monsieur, pour vous dire...

Naquart

Comme je suis occupé à une affaire qui vous regarde, je suis bien aise de vous entretenir quelques moments avant de la mettre en état d'être terminée.

Le Comte

Avant de finir cette affaire comme vous vous la proposez, Monsieur, il faut que vous trouviez les moyens de m'ôter la vie.

Naquart

Cela est violent.

Angelique

Je suis aussi mêlée dans cette affaire, à ce qu'on dit, moi, Monsieur ?

Naquart

Oui, Mademoiselle.

Angelique

Oh bien, Monsieur, ce ne sera pas de mon aveu qu'elle se fera ; et à moins que Monsieur le Comte n'ait l'impertinence d'épouser ma tante, je ne ferai jamais la sottise de vous épouser, moi, vous pouvez compter là-dessus.

LISETTE

Voilà une déclaration fort obligeante.

NAQUART

Elle devrait me rebuter, mais j'ai fait serment de vous rendre heureuse, et je veux que ce soit Monsieur le Comte lui-même qui vous porte à faire ce que je souhaite.

LE COMTE

Moi, Monsieur ?

ANGELIQUE

Oh pour cela je suivrai son exemple ; qu'il prenne bien garde à ce qu'il fera.

NAQUART

Laissez-moi lui parler et allez nous attendre avec Lisette chez le tabellion du village : vous y trouverez presque toute votre famille. Si les contrats que je fais dresser vous conviennent, on les signera, sinon...

ANGELIQUE

Ils ne me conviendront point, Monsieur, je vous en réponds.

NAQUART

On vous y fait des avantages qui vous feront peut-être ouvrir les yeux.

ANGELIQUE

Plus je les ouvrirai, Monsieur, et moins je voudrai de vous, j'en suis sûre.

NAQUART

On ne prétend pas vous faire violence ; ayez seulement la complaisance de passer chez le tabellion.

ANGELIQUE

Je n'y veux point aller sans Monsieur le Comte.

LISETTE

Hé, pourquoi non ? Allons, venez, on ne vous fera pas signer[a] par force.

ANGELIQUE

Au moins, Monsieur le Comte, ne vous laissez pas persuader d'épouser ma tante : j'épouserais Monsieur par dépit, moi, je vous en avertis.

SCÈNE IV

NAQUART, LE COMTE.

NAQUART

Oh çà, Monsieur, nous voici seuls, parlez-moi sincèrement. Que venez-vous faire ici ?

LE COMTE

Chercher un asile contre la misère où je prévois que le mauvais état de mes affaires me va réduire.

a. ne vous fera rien signer   *orig., Foulque.*

NAQUART

Et cet asile est la maison de Madame la Greffière que vous venez épouser, à ce que l'on m'a dit.

LE COMTE

On vous a dit vrai, c'est mon dessein. Elle a des rentes, des maisons, vingt mille écus d'argent comptant[96], dont je deviendrai le maître ; je me mettrai dans les affaires[97].

NAQUART

Un homme de votre qualité dans les affaires ?

LE COMTE

Pourquoi non ? Les gens d'affaires achètent nos terres, ils usurpent nos titres et nos noms mêmes ; quel inconvénient de faire leur métier, pour être quelque jour en état de rentrer dans nos maisons et dans nos charges ?

NAQUART

Je vous y ferai rentrer d'une autre manière si vous voulez suivre mes conseils.

LE COMTE

Hélas ! Monsieur Naquart, ce sont vos conseils qui m'ont perdu : on me proposait un accommodement

96. *Argent comptant* : « argent qui est présent, réel, effectif (...) En ce sens, il est opposé à *crédit* » (F.).

97. *Les affaires* : les finances. Le Comte songe à devenir partisan, ce qui serait déroger. En fait, beaucoup de grands seigneurs, par l'intermédiaire de prête-noms se livrent aux « affaires ».

avantageux, vous m'avez empêché de l'accepter, j'ai perdu mon procès.

NAQUART

Vous le deviez gagner tout d'une voix, mais il ne se trouve que de jeunes juges à une audience, et nous plaidons contre une jolie femme : le moyen d'avoir raison !

LE COMTE

Ces réflexions sont aussi tristes qu'inutiles, il n'y a point de retour[98] ; la seule chose qui me reste à faire est de chercher les moyens de ne pas vivre misérable. Une riche veuve me tend les bras, il faut m'y jeter sans réflexion.

NAQUART

Mais vous êtes aimé d'Angélique, vous l'aimez tendrement ?

LE COMTE

Hélas ! Monsieur, je mourrai de douleur peut-être de ne pouvoir la rendre heureuse.

NAQUART

Il faut trouver des moyens pour cela. Voici Madame la Greffière, entretenez-la dans les sentiments où elle est pour vous, et venez me joindre chez le tabellion, où je vais vous attendre avec Angélique.

---

98. Il n'est pas possible de revenir en arrière.

LE COMTE

Je m'y rendrai, Monsieur, le plus tôt qu'il me sera
possible.

SCÈNE V

LE COMTE, LA GREFFIERE, LOLIVE.

LOLIVE

Il aura d'abord été chez vous en arrivant, Madame,
il sera bien fâché de ne vous avoir pas rencontrée.

LA GREFFIERE

Mais quel chemin aura-t-il pris ? Je l'attendais du
côté de la petite ruelle : outre que c'est le plus court
et le plus commode, la sympathie[99] l'y devait attirer,
mon pauvre Lolive.

LOLIVE

La sympathie se sera trouvée en défaut, Madame.

LA GREFFIERE

Hé ! le voilà.

LE COMTE

Madame[100].

---

99. *Sympathie* : penchant instinctif qui attire deux personnes l'une
vers l'autre, par suite d'une conformité mystérieuse. On croit encore
à des rapports secrets entre certains êtres ou certaines choses.

100. Ce mot accompagne quelque révérence.

La Greffiere

C'est donc vous que je vois, mon cher comtin[101] ?
Vous me cherchiez, je vous cherchais, nous nous cher-
chions tous deux ; l'amour nous conduit l'un vers
l'autre, l'hymen va nous unir : quelle félicité ! La
sentez-vous bien, mon cher petit comte, et m'aimeriez-
vous toujours autant que vous m'avez fait l'honneur
de me l'écrire ?

Le Comte

Vous ne pouvez sans me faire tort, Madame, douter
de la continuation de mes sentiments ; ils dureront
autant que vos charmes.

La Greffiere

Autant que mes charmes ? Ah ! comtin, qu'ils soient
éternels je vous prie.

Le Comte

Ils le seront, je vous le promets[102], Madame.

Lolive

Oui, chaque fois que vous renouvellerez d'attraits,
Monsieur renouvellera d'amour, Madame.

La Greffiere

Mais veillai-je ? N'est-ce point un songe ? Suis-je

---

101. *Comtin* : Diminutif affectueux, que les dictionnaires ne don-
nent pas ; peut-être imité de l'italien *Contesino*.

102. Phrase à double entente : les sentiments du Comte à l'égard
de la Greffière ne changeront point..., mais ils ne sont pas ceux qu'elle
imagine.

bien moi-même ? Est-il possible que j'aie soumis un petit cœur fier comme celui-là ?

LE COMTE

Il ne dépend pas de moi de ne me point attacher à vous, Madame ; une nécessité indispensable m'y réduit[103].

LA GREFFIERE

Mon cher comtin ! Oh, il y a de l'étoile dans mon fait[104], et la du Verger me l'a toujours dit.

LE COMTE

Lolive ?

LOLIVE

Monsieur.

LE COMTE

Voilà une maîtresse folle[105] dont je suis déjà bien fatigué.

LA GREFFIERE

Que dites-vous, aimable comtin ?

---

103. Encore une phrase à double entente : la Greffière pense à une destinée déterminée par les astres, mais la nécessité à laquelle le Comte fait allusion n'est que le besoin d'argent.

104. La Greffière croit fermement à l'astrologie. Sur la du Verger, voir note 54, p. 59.

105. *Maîtresse folle* : expression ambiguë. On pourrait comprendre : une maîtresse (au sens large) qui est folle, mais il faut plutôt considérer maîtresse comme un adjectif, maîtresse folle étant alors le féminin de maître fou : une folle hors de pair.

Le Comte

Je dis, Madame...

Lolive

Il dit que le voyage l'a bien fatigué.

La Greffiere

Cela est vrai, le voilà tout je ne sais comment, il a l'air abattu.

Lolive

Oh, cela se remettra, Madame, cela se remettra.

La Greffiere

Oh, qu'oui. Je m'en vais lui faire prendre de bons consommés, de bons potages, et j'ai déjà dit qu'on lui fît de la tisane ; de la tisane, comtin ;

Le Comte

De la tisane à moi, Madame ?

La Greffiere

Oui, comtin, pour vous rafraîchir[106]. Laissez-moi gouverner votre santé, vous savez combien je m'y intéresse.

Le Comte

Je vous suis bien redevable, Madame. Maugrebleu de l'extravagante avec sa tisane !

---

106. *Rafraîchir* : au sens médical ; la tisane est réputée rafraîchir le sang ; c'est aussi un véhicule commode de poison : y aurait-il chez la Greffière le projet inconscient d'habituer le Comte à une boisson susceptible d'aider quelque jour à un nouveau veuvage ?

LOLIVE

Pour moi, Madame, comme ma santé ne vous est pas si chère, il me faudra du vin, s'il vous plaît, et en quantité, pour me rafraîchir.

LA GREFFIERE

Tu ne manqueras de rien, ne te mets pas en peine.

SCÈNE VI

LA GREFFIERE, LE COMTE, LE MAGISTER, LOLIVE.

LE MAGISTER

Madame, velà les filles et les garçons du village avec les ménétriers qui s'assemblont sous l'orme, et qui s'en allont faire un petit essayement de cette petite sottise[107] que vous m'avez dit de faire. Hé parguenne[108], venez-vous en voir ça[a].

LA GREFFIERE

Non, qu'ils viennent ici, Monsieur le magister.

LE MAGISTER

Ici, soit. Je m'en vais vous les amener. Çà ne sera peut-être pas biau drès[109] l'abord, mais je tâcherons de faire mieux dans la suite.

a. voir ç'à   *orig., (erreur probable)*.

---

107. *Sottise* : « composition littéraire sans mérite » (Littré). Peut-être reste d'un sens médiéval, en rapport avec sotie.

108. *Parguenne* : juron patois pour pardi.

109. *Drès* : déformation de *dès*.

LA GREFFIERE

Qu'on nous apporte ici des sièges. Allons, mon cher comtin, prenez place.

LE COMTE

Comment, Madame, qu'est-ce que c'est que ceci ?

LA GREFFIERE

C'est une petite fête galante dont je veux régaler votre arrivée, un divertissement de village que je vous ai fait préparer.

LE COMTE

Pour moi, Madame ?

LA GREFFIERE

Pour vous, pour moi, pour tous tant que nous sommes ici. La fin du siècle m'est heureuse, je me fais un plaisir de la célébrer.

LE COMTE

Cela est d'une belle âme assurément : et pendant que vous donnerez vos soins aux préparatifs de votre fête, permettez-moi d'aller aussi donner les miens à une petite affaire qui m'inquiète, et qui ne me laisse pas l'esprit dans une entière liberté.

LA GREFFIERE

Allez donc, comtin, mais ne tardez pas à revenir, je vous prie.

LE COMTE

Non, Madame, suis-moi, Lolive.

LA GREFFIERE

Adieu, comtin.

LOLIVE

Adieu, comtine.

SCÈNE VII

LA GREFFIERE *seule*.

Le joli petit homme ! il est fait pour moi, je suis faite pour lui : et c'est l'amour assurément qui nous a tous deux faits l'un pour l'autre.

SCÈNE VIII

Mme BLANDINEAU, LA GREFFIERE

Mme BLANDINEAU

Ma chère sœur, que je vous embrasse ; je n'ai plus de chagrin, plus de rancune contre vous. Je vous félicite de devenir comtesse, félicitez-moi d'être baronne.

LA GREFFIERE

Vous êtes baronne, ma chère sœur ?

Mme BLANDINEAU

Oui, ma chère comtesse, c'est une affaire faite. Monsieur Blandineau vend sa charge, et il donne quarante mille francs de la baronnie de Boistortu[110] ; le marché est conclu, je ne suis plus Madame Blandineau, je suis la baronne de Boistortu à l'heure que je vous parle.

LA GREFFIERE

Mais cela est fort joli, cela est fort gracieux, ma sœur. Ma sœur, la baronne, votre sœur, la comtesse, en est ravie, et voilà notre famille fort illustrée, au moins.

Mme BLANDINEAU

Notre cousine l'élue mourra de chagrin, Madame la Substitue s'en pendra, nous aurons ce soir à notre souper des visages bien tristes.

LA GREFFIERE

Il faut tenir son rang, s'il vous plaît, Madame la Baronne. Aujourd'hui fait[111], plus de familiarité avec cette bourgeoisie-là, je vous le demande en grâce.

Mme BLANDINEAU

Oh, voilà qui est fini, je vous l'accorde, Madame la Comtesse.

LA GREFFIERE

Monsieur Naquart épouse Angélique ; si nous pou-

---

110. *Boistortu* : en deux mots, c'est un terme technique de forestier ou de charpentier. Ici, c'est un de ces noms de terre qui permettent d'ajouter une particule à son patronyme et en général ne sont signe que de fausse noblesse. On pense au « Monsieur de la Souche » de *L'École des femmes*. Le prix indique une terre assez médiocre.

111. *Aujourd'hui fait :* à partir d'aujourd'hui.

vions aussi le faire quitter : c'est un fort bon homme, et qui mérite assez de devenir de qualité.

Mᵐᵉ BLANDINEAU

Il en sera, je vous en réponds. Il est en marché d'un marquisat, lui.

LA GREFFIERE

D'un marquisat, ma sœur ! d'un marquisat ? Monsieur Naquart marquis ! Monsieur le marquis Naquart, cela serait fort plaisant mais ce nom-là, ma sœur, n'est point fait pour avoir un titre.

On entend une symphonie.

SCÈNE IX

Mᵐᵉ BLANDINEAU, LA GREFFIERE, LE MAGISTER.

Tout notre monde est là, Madame ; mais comme velà Monsieur le Tabellion qui vient avec une grosse compagnie vous apporter à signer queuque chose, afin de n'être pas interrompus, et de ne pas interrompre, j'attendrons que cela soit fait, si bon vous semble.

LA GREFFIERE

Cela ne tardera pas à l'être ; dépêchons.

SCÈNE DERNIÈRE

M. et Mme BLANDINEAU, NAQUART, LA GREFFIERE,
ANGELIQUE, LE COMTE, LISETTE,
LE TABELLION, LE MAGISTER

LA GREFFIERE

Cela est-il comme il faut, Monsieur Naquart ?

NAQUART

J'ai fait pour vous comme pour moi, Madame. Vous
n'avez qu'à lire, Monsieur le Tabellion.

LE TABELLION *lit*
Par-devant Bastien Trigaudinet...
LISETTE

Hé, fi donc, lire, voilà du temps bien employé vraiment ! que vous avez peu d'impatience, Madame !
vous serez comtesse une heure plus tard.

NAQUART

Pour moi, Madame, l'empressement que j'ai d'être
votre neveu...

LE COMTE

L'excès de mon amour me fait souffrir avec chagrin
le moindre retardement, je vous l'avoue.

LA GREFFIERE

Ce cher mouton ! Oh, il ne sera pas dit que je sois

moins vive que vous, mon cher comtin, je vous en réponds. Donnez, donnez, Monsieur le Tabellion. Allons, à vous, comtin. Signez, Monsieur Naquart.

NAQUART

Je n'y entends pas plus de finesse que vous, je signe aveuglément, Madame.

LA GREFFIERE

Vous risquez beaucoup, vraiment. Dépêchez, ma nièce.

ANGELIQUE

Je n'examine point, ma tante. Il suffit que ce soit me conformer à vos volontés[112].

LA GREFFIERE

Vous prenez le bon parti. Çà, ne signez-vous pas aussi, Monsieur le baron de Boistortu ?

BLANDINEAU

Je n'ai garde de refuser de signer des mariages qui sont si fort selon mon goût, et il y avait longtemps que je souhaitais de vous voir la femme de Monsieur Naquart, et de donner Angélique à Monsieur le Comte.

LA GREFFIERE

Oh bien, Monsieur, puisqu'il est ainsi, ne signez donc

---

112. Ces signatures à l'aveuglette, nécessaires pour amener un dénouement heureux, existent aussi dans *Le Notaire obligeant, La Foire de Bezons, Les Eaux de Bourbon, Madame Artus.*

pas, je vous en avertis, car cela est tout autrement que vous ne souhaitez. C'est Angélique qui est Madame Naquart, et c'est moi qui suis Madame la Comtesse.

Le Tabellion

Nenni, nenni, Madame, ça n'est pas comme ça. Quoique je ne soyons que notaire de village, je ne faisons point de si grosse bévue.

La Greffiere

Comment, cela n'est pas comme cela ? Vous êtes un sot, Monsieur le Tabellion, cela est comme je vous le dis.

Le Tabellion

Hé non, Madame, la peste m'étouffe[113].

La Greffiere

Ouais[114] ! voici qui est admirable ! Lisette ?

Lisette

Vous avez tort de disputer, Madame, il le sait mieux que vous, c'est lui qui a fait les contrats, une fois[115].

La Greffiere

Monsieur Naquart ?

---

113. *La peste m'étouffe* : sous-entendu, si je mens. Imprécation familière.

114. *Ouais* : « Interjection familière, qui exprime la surprise » (Littré).

115. Emploi à la fois épenthétique et intensif (devenu aujourd'hui un belgicisme) fréquent chez Dancourt (voir acte I, sc. 10, p. 54).

NAQUART

C'est un quiproquo, Madame, une méprise, et cela sera difficile à rectifier.

LA GREFFIERE

Difficile tant qu'il vous plaira ; Monsieur le Comte ni moi nous ne serons[a] point les dupes d'un quiproquo, sur ma parole, n'est-ce pas, comtin ?

LE COMTE

Non, Madame, je n'en serai point la dupe, mais j'en profiterai, s'il vous plaît.

LA GREFFIERE

Comment, vous en profiterez, petit perfide ? Est-ce en profiter que de me perdre ?

NAQUART

Je ne compte pas comme cela, moi, Madame, et je ferai tout mon bonheur de vous posséder.

LA GREFFIERE

Oh, vous ne me posséderez point, Monsieur Naquart ; vous avez beau faire, vous ne me posséderez point, je vous en réponds.

BLANDINEAU

Vous venez de signer le contraire.

___

a. ni moi, ni vous, nous ne serons   *Foulque.*

LISETTE

Est-ce que vous voudriez que Monsieur le Tabellion eût l'embarras de récrire tout cela, Madame ?

LE TABELLION

Ce serait bien de la peine, au moins, Madame Naquart, ce serait bien de la peine.

LA GREFFIERE

Madame Naquart ! On m'appellerait Madame Naquart ? J'aimerais mieux être morte.

NAQUART

Si ce n'est que le nom qui vous chagrine, on vous appellera Madame la Comtesse, si vous voulez. La terre de Monsieur le Comte est à moi, je la lui rends ; après ma mort je lui assure tout mon bien ; vous avez assuré tout le vôtre à votre nièce, ils peuvent bien vous céder un titre qui vous fait plaisir[116].

---

116. Il y a déjà du mépris pour les titres nobiliaires dans cette phrase de Naquart, qui les estime peu de chose à côté du bien. Dans *Le Glorieux* de Destouches (1732), le bourgeois Lisimon, à qui le notaire demande s'il n'a point quelque seigneurie, répond :

Ah ! je me souviens d'une. Écrivez, je vous prie.

Il dicte.

Antoine Lisimon, écuyer.

LE COMTE

Rien de plus ?

LISIMON

Et seigneur suzerain... d'un million d'écus.

Le Comte

Très volontiers, Monsieur, vous êtes le maître[117].

La Greffiere

C'est un accommodement qui change la chose, et pourvu que j'aie un équipage et que vous ne soyez plus procureur...

Naquart

Vous serez contente, Madame.

La Greffiere

Je veux trois grands laquais des mieux faits de Paris[118].

Naquart

Vous en prendrez quatre, si bon vous semble.

La Greffiere

Nous logerons ensemble, Madame la Baronne.

Le Comte

Vous vous moquez, je crois ? L'argent est-il un titre ?

Lisimon

Plus brillant que les tiens. Et j'ai dans mon pupitre
Des billets au porteur dont je fais plus de cas
Que de vieux parchemins, nourriture des rats.

(Acte V, scène 5)

117. *Vous êtes le maître* : formule de politesse, qui exprime ici la stricte réalité, puisque le jeune comte est ruiné et dépend de Naquart.

118. Le bon air des laquais indique la richesse et l'élégance de leurs maîtres.

Mᵐᵉ BLANDINEAU

Et nous prendrons un suisse à frais communs, Madame la Comtesse ?

LA GREFFIERE

Oh, pour cela oui, très volontiers. Je le savais bien que je serais de qualité, et que je ferais figure[119]. Vous me regretterez, petit vilain, vous me regretterez : mais je serai bientôt veuve. Allons, Monsieur le Magister, voyons votre petite bagatelle en attendant le souper ; et quand on aura servi, que le maître d'hôtel de ma sœur la baronne nous avertisse en cérémonie.

FIN

---

119. *Faire figure* : « être dans une situation avantageuse, paraî-tre beaucoup, dépenser beaucoup » (Littré).

DIVERTISSEMENT

Plusieurs paysans et paysannes, conduits par le magister, viennent répéter la fête que Madame la Greffière a commandée.

PREMIÈRE PAYSANNE

Célébrons l'heureuse greffière,
Qui lorsque le siècle prend fin,
Se fait pour le siècle prochain
Comtesse de la Naquardière.

> *Le beau destin !*
> *Que de noblesse !*
> *Que de jeunesse !*
> *De quelle vitesse*
> *Greffière comtesse*
> *Fera son chemin ?*

Entrée de quatre paysannes.

UN PAYSAN

Que la fin de ce siècle est belle
Pour quiconque a bonne moisson,
De bon vin, maîtresse fidèle,
Et des pistoles à foison.

Entrée de paysans et de paysannes.

LE PAYSAN

Bourgeoises charmantes,
Ne croyez pas
Etre moins brillantes
En simple damas[120] *:*
De jeunes fillettes
Aimables, bien faites,
Autant que vous l'êtes,
Font dans leurs grisettes[121]
Bien plus de fracas
Que de vieux appâts
En or de ducats.

Entrée de paysans.

PREMIÈRE PAYSANNE

Que sur notre simplicité
Chacun se forme et se modèle ;
Toute notre félicité
Vient de cette simplicité :
Parure, attrait, gloire et beauté,
Nous trouvons toujours tout en elle.

---

120. *Damas* : à l'origine, luxueux tissu de soie à fleurs et reliefs, mais le mot désigne ici une simple étoffe damassée en fil, laine ou coton, fabriquée en Basse-Normandie.

121. *Grisette* : vêtement d'étoffe grise que portaient les femmes du peuple. Par métonymie, le mot désignait aussi les filles de basse condition, puis, par glissement de sens, il deviendra, au XIXe siècle, synonyme de fille entretenue à bon marché, souvent concubine d'étudiant. Le terme est assez répandu pour être le titre d'une comédie de Champmeslé, datant de 1671.

Que sur notre simplicité
Chacun se forme et se modèle.

LE PAYSAN

Que les maris seraient contents
De voir leurs femmes en grisettes.
Le bon exemple ! O l'heureux temps !
Que les maris seraient contents.
Moins les habits sont éclatants,
Plus les fredaines sont secrètes[122].
Que les maris seraient contents
De voir leurs femmes en grisettes.

SECONDE PAYSANNE

Si l'on ne vous eût pas quitté,
Modeste ornement de nos mères,
Vertugadin[123], collet monté[124].
Si l'on ne vous eût pas quitté,
On eût gardé la pureté
De leurs mœurs et de leurs manières,
Si l'on ne vous eût pas quitté,
Modeste ornement de nos mères.

---

122. Ainsi vêtues, leurs femmes se confondront plus facilement avec d'autres et il y aura moins de risque de scandale. Morale bien légère, comparée à celle de la strophe suivante.

123. *Vertugadin* « Gros et large bourrelet que les femmes avaient coutume de porter au-dessous de leur corps de robe » (Littré).

124. *Collet monté* : grand col soutenu par du carton, des empois, du fil de fer, etc. Comme vertugadin, le mot ici fait simplement référence aux modes d'autrefois, dont un poncif fait une époque toujours plus vertueuse que le temps présent.

Du ridicule ici traité
Paris fournit mainte copie ;
Chacun ressent la vérité
Du ridicule ici traité.
Tout est orgueil et vanité
Dans la plus simple bourgeoisie.
Du ridicule ici traité
Paris fournit mainte copie.

Fin du divertissement

LE VERT-GALANT

NOTICE

Le Registre des assemblées de la Comédie-Française porte, à la date du 12 octobre 1713, la mention suivante :

> Aujourd'huy Jeudy 12 octobre, la Compagnie s'est réunie pour entendre la lecture d'une comedie de Monsieur Dancourt qui a pour titre Le Verd Galand et les presens ont signe avant dix heures *[suivent les signatures]* Après avoir entendüe la lecture du verd galand, on s'est servi du scrutin pour laisser la liberté de dire son sentiment. Les feves noires qui estoient pour refuser se sont trouvées au nombre de dix contre six feves blanches.

En date du lundi 17 septembre 1714, on lit de nouveau :

> La Compagnie a entendu la lecture d'une comedie de M. Dancourt intitulée le Vert galant et les presens ont signé pour la Reception[1].

Suivent onze signatures.

Dancourt semble n'avoir été présent à aucune des deux séances. A cette époque, d'ailleurs, il assistait très rarement aux assemblées. Comme toujours, les comédiens se soucient peu de la précision quand elle n'est pas nécessaire. Ce deuxième vote fut-il d'abord au scrutin secret, ou par approbation générale, ou bien se fit-il par signatures, les adversaires éventuels s'étant abstenus ? Nous n'en savons rien. Le recours au scrutin en 1713 « pour laisser la liberté de dire son

---

1. Registres des assemblées, Archives de la Comédie-Française.

sentiment » est au contraire assez significatif et montre une certaine tension. Le *Mercure* de cette époque, par la plume de Dufresny, accuse souvent Dancourt d'exercer une véritable tyrannie sur la troupe du Théâtre-Français pour obliger ses camarades à jouer ses pièces. Nous estimerions plutôt qu'il a parfois du mal à les faire accepter : si, comptant trois membres de sa famille dans cette troupe, il est à la tête d'une cabale, il rencontre aussi une forte opposition. D'où la prudence du scrutin secret, méthode qui n'est pas toujours appliquée et à laquelle il semble que l'on ait recours lorsqu'une majorité éclatante ne se dégage pas d'emblée.

Que s'est-il passé pendant ces onze mois ? Des remaniements, peut-être, ou bien faut-il en croire ce que dit le *Mercure* et dont nous allons avoir l'occasion de parler ?

Le sujet de la comédie est des plus simples, et purement anecdotique : un teinturier parisien se venge de l'amant de sa femme — ou plutôt de celui qui voudrait en être l'amant — avec la complicité de celle-ci, en le teignant en vert. Dancourt l'a-t-il inventé de toutes pièces ou s'est-il inspiré d'un fait divers ? L'article du *Mercure,* dans le numéro d'octobre 1714, l'accuse de toute une machination.

> M. Dancourt vient de donner encore une comedie nouvelle que le public trouve mal taillée et mal cousüe. Je n'en dirois rien si je n'étois pas obligé de parler de toutes les pieces qui se presentent, quoi qu'elles n'aient pas de succez, mais celle-cy a Pignon sur rüe : Voicy l'histoire de son establissement.
>
> M. Dancourt lut aux Comediens il y a environ un an, la comedie du *Vert-Galand* ; ses camarades qui la trouverent mauvaise refuserent absolument de la joüer ; quand il vit qu'ils n'en vouloient point, il la negligea, et quelque temps après, il avoüa à ceux qui étoient de son party qu'il avoit fait courir dans le monde le Conte de l'Abbé vert, pour donner plus de credit à sa piece : Voilà ce qu'on appelle inventer à propos des Vauxdevilles pour le Theâtre. Ils réüssissent s'ils peuvent, qu'importe ? les esprits sont toûjours prévenus, et voilà le Vert galant[2]

2. *Le Nouveau Mercure galant,* octobre 1714, p. 350-351.

Trente-cinq ans plus tard, les frères Parfaict, dans leur *Histoire du théâtre français,* commentent ainsi la pièce :

> Un événement vrai ou faux, qui se répandit dans le Public, au commencement de l'Été de cette année, occasionna la composition de cette Comédie ; voici le fait tel qu'il fut raconté dans le temps. Un Abbé à simple tonsure, se rendit très assidu chez un Teinturier, mari d'une fort joli femme. L'Abbé devint pressant, la Dame en rendit compte à son mari, et ce dernier, d'accord avec sa femme, feignit d'avoir une affaire pour quelques jours à la Campagne ; il affecta d'en parler devant l'Abbé, et prit congé de lui. L'Abbé, charmé de cet événement, demanda à la femme du Teinturier, la permission de venir souper avec elle. Après quelques petites difficultés, la Dame se rendit, et la partie s'exécuta. Au milieu du repas, le mari parut subitement, mais ce ne fut pas en jaloux, au contraire, il fut de la meilleure humeur du monde : on ajoute qu'il engagea l'Abbé à se laisser baigner, et que le bain lui donna une couleur qui tiroit sur le vert, ce qui lui fit donner le nom de *l'Abbé vert.* M. Dancourt, au lieu d'un Abbé. substitua M. Tarif, Agioteur, et composa une petite intrigue. Cette pièce eut peu de succès. Voilà le compte que le Sieur le Fèvre en rendit, où sa haine pour M. Dancourt se découvre pleinement.

Ils citent alors la deuxième partie de l'article que nous avons déjà donné, et concluent :

> Ce Galimatias du Sieur le Fèvre ne marque que sa noire malice, et ne donne aucune idée critique de la Comédie dont il parle[3].

Il faut louer les frères Parfaict de prendre ainsi la défense de Dancourt, mais il faut bien reconnaître aussi qu'ils ne réfutent pas les propos de son adversaire. Ils laissent même supposer que le fait divers dont ils parlent ait pu être faux.

---

3. François et Claude Parfaict, *Histoire du théâtre français depuis son origine jusqu'à présent...*, t. XV, p. 180.

Il est donc bon d'examiner les autres pièces du dossier, assez abondantes, quoique pour la plupart sans datation garantie.

Tout d'abord, en remontant dans le temps, le même *Mercure,* dans son numéro d'octobre 1713, au moment même où Dancourt lisait sa pièce aux comédiens, qui la refusaient, publiait le texte suivant :

L'Homme rouge,

Nouvelle métamorphose.

Tout Paris a crû trop legèrement qu'un epoux, de concert avec sa tres-aimable moitié, avoit teint en verd un galant homme, qui les incommodoit par ses frequentes et tres-importunes visites, et par la liberté qu'il prenoit tous les jours de faire nombre à leur table sans en avoir jamais été invité. Il est inutile de rapporter le détail de cette fiction, où personne n'a varié ni changé la moindre circonstance pour la rendre encore plus croyable sur le compte de celui aux depens de qui elle a été imaginée ; et comme le public se dédit rarement, l'homme verd passe aujourd'hui dans ses chroniques pour être parvenu en se lavant et frottant bien tous les jours, à n'être plus que de couleur de verd de Tourville ; ce sont encore deux ou trois nuances vertes qu'il faut qu'il essuye pour se trouver à sa couleur naturelle.

Un jeune et tres-étourdi Gascon n'en sera pas quitte à meilleur marché. On a mandé ici qu'il étoit d'Aire, ville et Évêché de Gascogne, et qu'étant arrivé sur la fin du printemps dernier à Marseille en qualité de jeune Peintre qui voyage, il s'y mit en teste de faire la fortune[4] à la niece d'un Peintre, qui est jolie et qui a vingt fois plus de bien que lui. Elle a perdu très-jeune son père et sa mere et a été élevée par un oncle, qui est son tuteur, avec plus de soin que si elle eût été sa propre fille. Les complimens outrez et les offres de service à perte de vüe du Gascon furent d'abord reçües par l'oncle avec beaucoup d'indifference. Les Provençaux trop prévenus contre les Gascons, sont persua-

---

4. Faire la cour, tenter sa fortune auprès de...

dés que tout l'univers met de grandes differences entre leur caractere et celui d'un Languedocien, d'un Périgourdin, d'un Gascon et de tous leurs autres voisins, semblables en cela aux Normands et aux Manceaux, qui quoy qu'également fins, subtils et prevoyans, affectent neanmoins d'avoir en particulier de belles qualitez et de n'estre jamais sujets à certains défauts dont les quolibets et les mauvais proverbes caractérisent également les uns et les autres. Le seul nom de Gascon mit donc en garde le Provençal qui ne prit pas pour argent comptant les vingt mille écus que le jeune Peintre disoit que son père étoit fort en état de lui donner s'il se presentoit un parti qui lui convint. Il avançoit aussi que sa famille étoit alliée à toute la noblesse de son pays ; que ses ancestres avoient blanchi au service du Prince. Il ne manquoit que des preuves et des titres à tout cela ; et l'oncle qui commença à écouter avec plaisir les récits romanesques que le Gascon faisoit de ses ancêtres et de sa fortune affecta de ne le contredire en rien. Il ne rebuta donc point le dessein qu'il avoit d'epouser sa niece ; et pour rendre le roman plus long et plus complet il demanda à l'amant des lettres et des assurances que la recherche de sa niece leur étoit agreable.

Le Gascon écrit donc à son père pour lui dire qu'il était desiré en mariage par une très-belle et très-riche Damoiselle qui heriteroit encore d'un oncle, qui le poussoit l'épée dans les reins pour la conclusion du mariage de sa niece, dont tout le pays de Marseille jazoit depuis qu'il lui comptoit des fleurettes.

Le Gascon et l'hôte chez qui il logeait fabriquent une fausse réponse pour le cas où celle du père ne leur plairait pas. Mais celle-ci est assez positive. Le père estime d'abord que son fils va un peu vite, qu'il y a à leur porte « des filles riches, belles et de condition, qui ne demandent pas mieux que notre alliance » ; que, s'ils gagnent un procès, ils seront riches et il pourra avoir « un carrosse à six chevaux » ; qu'il ne doit donc se mésallier « qu'à condition que la fille que vous poursuivez en mariage soit une grande heritière ». Qu'il songe aussi aux tares éventuelles de corps et d'esprit de la famille « car

parbleu on ne peut rien reprocher à ma race et nous sommes
tous gaillards et sains comme des poissons ». Il lui enverra
« par la première poste » son extrait de baptême et un pouvoir de sa mère et de lui-même pour se marier, lui réservant
leur succession dès qu'ils seront morts :

> J'oubliois de vous dire que vôtre mere a une belle
> et riche croix d'or où pendent six rubis et trois perles
> fines de grand prix, elle a aussi un fort beau collier
> et des bracelets d'ambre, qui sont les presens de nôce
> que vôtre ayeule lui fit lorsque je l'épousai, elle les con-
> serve bien cherement pour en faire un present à vôtre
> epouse, à qui nous vous chargeons de faire et redou-
> bler quelque joli compliment de nôtre part. Je suis
> vôtre père et bon ami. DE CAGAGNAC.

Le Gascon montre cette réponse à l'oncle qui s'en divertit
avec ses amis : « on ne parla pendant plus d'un mois dans
Marseille que de la lettre du Gascon, que tout le monde voulut voir et copier ». On se moque donc du Gascon en lui faisant compliment de sa famille « et quoy qu'on sceust qu'il
n'estoit que le fils d'un petit marchand de drap, on le trai-
toit neanmoins en homme de qualité, et avec des manieres
qui acheverent de lui gâter l'esprit »[5].

Mais le peintre marseillais ne sait comment finir la plaisanterie, d'autant que le Gascon dit à tout le monde que le
mariage ne dépend plus que de lui et accumule les « gascon-
nades ». L'oncle alors « ménagea un entretien seul à seul avec
l'amant, à qui il fit confidence d'un bruit qui couroit de sa
niece, non pas qu'il le crust capable d'un pareil attentat : mais
bien un Gentilhomme que sa niece écoutoit trop favorable-
ment depuis pres de deux ans ». Le Gascon est surpris, mais
finalement « se jette aux pieds de l'oncle, le conjurant de ne
pas approfondir un mystere amoureux », pensant sans doute
que la nièce avoit fait courir ce bruit pour hâter son mariage
avec lui. Il se déclare donc prêt à l'épouser. L'oncle, voyant
que le Gascon, malgré ce qu'il lui avait dit, n'était pas dégoûté

---

5. *de lui gâter l'esprit* : lui faire perdre l'esprit, le rendre fou.

de sa nièce, lui défend l'entrée de sa maison, lui disant qu'il est résolu à donner sa nièce « au Gentilhomme dont elle estoit entestée ». Le Gascon n'en revint pas moins souper, sans en avoir été prié « et but effrontément à la santé de la belle qui ne pouvoit plus s'en dédire ». L'oncle, alors, invite le jeune homme à souper pour le lendemain et, priant deux amis de venir le seconder, il leur dit son intention « d'imiter ce qu'on avoit fait à Paris depuis trois mois à l'homme verd ». La nièce ne figura pas au souper pour qu'ils fussent « en état de parler gayment et à cœur ouvert de ce que le Gascon pretendoit s'être passé entre elle et lui ».

On se met à table. Toasts. On verse au jeune homme du vin soporifique ; on le couche sur un lit et on le porte chez lui « après qu'on lui eut peint tout le visage en rouge couleur de masque de furie ».

Et de conclure :

> Ne voilà que deux couleurs usées pour des amans importuns et indiscrets, et tous ceux qui leur ressemblent meritent au moins de pareils traitemens.
> Cette aventure m'a été envoyée par M. L***[6].

Lorsque l'on compare cet article d'octobre 1713 avec celui d'octobre 1714, force est de reconnaître que les auteurs du *Mercure* manquent de logique : ils prétendent que Dancourt a inventé et fait courir dans les salons parisiens « le conte de l'Abbé verd » après que les comédiens avaient refusé sa pièce, pour en faire une comédie d'actualité qui attirerait le public, alors que leur histoire de « L'Homme rouge » fait allusion à cette anecdote, dont elle conteste l'authenticité — nous verrons pourquoi —, comme ayant eu lieu trois mois plus tôt, soit vers le mois de juin précédent. Ce manque de logique peut d'ailleurs s'expliquer par le changement de rédacteur : Dufresny l'étant encore en 1713 et Lefèvre lui ayant succédé en 1714. Trois mois, c'est plus de temps qu'il n'en faut à un auteur fécond pour composer une pochade en vingt-six courtes scènes. En revanche, il faudrait vraiment possé-

---

6. *Le Mercure galant,* octobre 1713, p. 13-39.

der le génie de la complication pour inventer une histoire sur laquelle on brocherait, trois mois plus tard une comédie, pour qu'elle soit acceptée avec enthousiasme — ce qui fut loin d'être le cas. Tant d'ingéniosité et surtout de prévoyance ne ressemble pas à Dancourt, auteur rapide, auquel d'ailleurs les sujets ne manquent pas. Il nous semble donc que l'accusation du *Mercure* ne tient pas. Quant à la véracité de l'aventure de l'abbé vert, c'est une autre question, qui vaut, elle aussi, la peine d'être examinée.

Le *Journal historique sur les matières du temps,* dit *Journal de Verdun,* donne, à la fin de 1713, la nouvelle suivante :

> Voici un divertissement d'une autre espèce ; Les Lettres de Paris ont fait mention d'une aventure des plus plaisantes. Un Abbé rendant de trop grandes assiduités à la femme d'un Teinturier, au moins au gré du mari ; celui-ci demandant un jour par forme de conversation au petit collet quelle étoit sa couleur favorite, l'Abbé se déclara pour le verd : le Teinturier lui dit qu'il en avoit de plusieurs manieres et l'ayant insensiblement engagé de descendre dans l'endroit de son laboratoire, le fit dépouiller tout nud par deux Compagnons robustes, qui le plongèrent trois fois comme un Catéchumène dans une grande cuve d'airain, remplie de teinture verte : laquelle quoi qu'à froid, ne laissa pas de peindre nôtre Abbé de sa couleur favorite ; après quoi on le mit dans la rue en lui faisant prendre ses habits sous son bras. On l'assura que s'il n'étoit pas content de cet échantillon, il pouvoit y revenir et qu'on lui en donneroit gratuitement une plus forte dose.

Le même journal, en février suivant, cite 42 vers, sous le titre : « Vers sur l'Abbé mis en teinture », qui proviennent d'une première ébauche du conte donné tout au long de ses 156 vers libres, par les *Mémoires politiques, amusans et satiriques,* publiés en Hollande, en 1716, sous la signature J.N.B.D.C de L. (Jacques Moreau de Brasey, comte de Lyon)[7]. Selon lui, l'événement se serait bien passé en juillet

---

7. En réalité Jacques Moreau, capitaine de cavalerie, aventurier expatrié, auteur de la suite du *Virgile travesti* de Scarron (1663-1723).

1713, mais à Anvers. Pour faire plus couleur locale ? Plutôt parce que, conscient ou non, le glissement est tout naturel de « l'abbé vert », « l'abbé teint en vert », l'abbé « en vert » à l'abbé « d'Anvers ».

Ce conte se lit aussi, à quelques détails insignifiants près, dans les recueils de chansonniers Clairambault et Maurepas. Voici la version Maurepas, à la date de 1713 :

> *L'Abbé mis en teinture ou l'Abbé verd.*
>
> Je l'avouerai qu'en fait de cocuage,
> Tous les jours on entend d'assez plaisans propos ;
> Mary dupé n'est plus qu'un badinage,
> J'en vois peu sur ce point faire aujourd'hui les sots.
> Jadis l'Espagne et l'Italie
> **Abondoient en maris jaloux ;**
> Revenus de cette folie,
> On les voit à présent aguerris comme nous.
> Comme nous ? Eh fi donc, d'où vient cette licence ?
> Dites-nous s'il vous plaît, comment l'entendez-vous ?
> Époux disgrâciez ne seroient-ils qu'en France ?
> Non, non, cornes, ma foy, sont de tous les pays.
> Il se trouve partout femme jeune et coquette,
> Partout il est des Adonis
> Qui d'honneur de Maris cherchent à faire emplette.
> Anvers a sur ce fait d'une belle leçon
> Regalé depuis peu l'affame de nouvelles ;
> Le cas est tout nouveau, le pays est fecond
> En pareil limaçon[8]
> Et selon moi l'histoire est toutes des plus belles.
> Mais pour la debiter avec ses agremens,
> **Lui donner son eclat et tous ses ornemens,**
> Je ne suis pas comme fut La Fontaine,
> Favory des neuf sœurs du Vallon d'Hypocraine.
> A tout hasart amusons-nous.
> Un Teinturier d'humeur et d'esprit assez doux
> Avoit fringante epouse et faite au badinage.

---

8. Le limaçon porte des cornes...

L'Histoire veut que de son pucelage
  Le bon homme n'eut pas les gands
  Et qu'avant luy maints officiers galans
Avoient dans Anvers même ebauché son ouvrage,
    Cela s'est veu dans tous les temps.
Un jeune Abbé charmé des appas de la belle
Mais un Abbé poli, frais, brillant, gracieux,
    Soit qu'il ne la crût point cruelle
    Ou bien qu'il connût dans ses yeux
Qu'il pourroit être un jour heureux
A sa porte souvent étoit en sentinelle,
Procuroit sourdement de l'ouvrage au mary,
Regaloit sa moitié d'une Chanson nouvelle,
Luy parloit d'une ardeur qu'il vouloit éternelle ;
Enfin il fit si bien qu'il fut le favory
    De l'époux et de la Donzelle.
          Notre Abbé fut pressant,
Proposa des repas à la tendre femelle,
Appas presqu'infaillible au bon pays flamant
Et qu'à propos toujours mit en œuvre un amant.
        Après quelque cérémonie,
Quelques refus masqués d'un air de pruderie,
La Donzelle à l'Abbé se livra largement,
L'amour d'un même nœud les unit constamment :
    Ainsy chacun content de sa trouvaille
      S'ingenüe (*sic*) et se travaille
A se perpétuer si doux contentement.
L'amant à petit bruit entre dans la carrière,
Il craint d'effaroucher l'interessé mary ;
Mais à se croire heureux a t'on donné matière :
Un peu moins circonspect devient le favory.
Presque par là toujours une amoureuse affaire
              Se découvre et s'éclaire.
      D'exemple il en est à foison,
Sans que sur ce point-là l'on se fasse raison.
Notre petit Colet ne quitte plus la belle
Qui n'est pas moins que lui contente de le voir.

Elle le souffre en son Comptoir,
Sur le ton doucereux badiner avec elle ;
Il y soupe les soirs, la conduit au Caffé,
Fait litière[9] d'orgeat, de chocolat, de thé,
La mène au Cabaret, l'enyvre de Champagne,
Et les Fetes tous deux vont courir la Campagne.
La pauvre Teinturier, doux, tranquille et benin,
N'y pensoit aucun mal ; bon bon d'un air serein
Il laissait en repos l'amant avec sa femme
          Savourer les douceurs
          Qu'excitoit dans leurs cœurs
     L'ardeur d'une amoureuse flamme.
La belle enfin parut si bien choyer l'amant,
Tous deux sans nul égard prirent tant de licence
Qu'ils ouvrirent les yeux de l'aveugle manant.
     Le voilà dans la méfiance
     Et résolu d'en prendre connoissance ;
     Ce qui se fit avec attention,
          Et beaucoup de discrétion.
Un jaloux prévenu toujours à la sourdine
          Conduit sa marche et son dessein
Pour venir seurement à son but, à sa fin.
A l'Abbé celuy-ci fit toujours bonne mine,
L'attira même exprès souvent dans sa maison,
Et buvoit avec lui tranquillement chopine
     Sans lui montrer le plus léger soubçon.
     L'Abbé quoiqu'à teste assez fine,
Goba de tout son cœur ce friand hameçon.
Le mari cependant à mine débonnaire,
Cherchoit à se venger ; c'est assés l'ordinaire,
Il ne promettoit point poire molle au rival ;
Mais salaire éclatant qui n'eut jamais d'égal.
     Il auroit pû, comme je pense,
L'assassiner ou bien lui couper... halte-là !

---

9. *Faire litière* : répandre à profusion ; l'abbé ne regarde pas à
la dépense.

Non, le cocu jamais n'imagina cela,
Moins perilleuse fut son ire, et sa vengeance,
   Que le Rasoir, ou bien l'assassinat.
Or, voicy donc comment le drosle se vengea.
Une Cuve de verd fut pour lui preparée,
En secret il y mit de quoi teindre la peau,
Et guettant le moment du souper de l'Oiseau
Quand il viendroit chez lui chercher la picorée ;
Pour ne le point manquer, il feignit un écart,
Dit qu'il devoit aller pour affaire à Maline
Et sort de grand matin, laissant la Pelerine
En droit de profiter de cet heureux départ.
   Ce qu'elle fit sans nul retard,
   Car aussitôt notre Coquette
   A son amant en donne part,
Lui lâche un rendez-vous ; par qui ? par sa soubrette
   Qui l'avertit qu'au logis du manant
Sa belle l'attendoit dans le même moment.
Notre Abbé bien instruit, plein d'une joye extrême,
Beau comme un Adonis s'y transporte à l'instant,
En linge des plus blancs, poudré, frisé de même
   Qu'un jeune époux qu'on conduit à l'autel.
Estoit-il sur la terre un plus heureux mortel ?
Entrant, il aperçoit sa Teinturière aimable,
En habit de combat, sans corset, sans Jupon,
Couverte d'une robe ouverte, et sans façon,
Buffet meublé des mieux, bonne et friande table
   Et vins exquis de Beaune et de Macon.
Le Tonsuré d'abord embrasse le Tendron,
Et par de longs baisers jusqu'à perdre l'haleine
Annonça que bientôt il calmeroit sa peine
Et la regaleroit au gré de ses désirs,
   De l'élixir de tous plaisirs.
   Que dirai-je de la figure ?
   Des agrémens, de la tournure
   De cette belle à rendez-vous ?

Ma foi, sans l'avoir vu, je la croirais de mise[10],
    Femme du goût d'homme d'Église
Me paroît de ces fruits à cultiver bien doux.
Le déjeûner fut court, et mesuré, je pense,
    Sur l'amoureuse impatience
    Qu'ils avoient d'éteindre les feux
    Qui les embrasoient tous les deux.
Les voilà dans le lit en pleine jouissance
Et déjà dans les draps le Tonsuré goûtoit,
    Mais goûtoit à son aise
Les charmes d'un plaisir qu'amour lui reservoit.
Quand le mary venant d'embraser sa fournaise
Pour échauffer le bain qu'il gardoit à l'Abbé,
Le surprit dans son lit, nud, confus et troublé,
Où sans aucun respect pour un homme d'Église,
    Luy faisant quitter sa chemise,
Dans la Cuve de verd plongea son corps douillet
Et l'y sauça des mieux. Le bain fit son effet :
L'amant fut coloré des pieds jusqu'à la teste
D'un coloris si vif, si naturel, si beau,
Qu'il ne pourra changer s'il ne change de peau ;
Marys, cette vengeance est-elle d'une beste[11] ?

Il existe aussi une chanson de 120 vers, en strophes de 6 vers, sur l'air dit « des pendus », air très célèbre depuis que trois ans plus tôt, Jacques Autreau en avait composé une chanson contre J.-B. Rousseau. La voici :

    Sur l'Abbé verd. air des pendus

Écoutez le triste recit
D'une histoire qui fait grand bruit.

---

10. *De mise* : « On dit au figuré qu'un homme est de mise, pour dire qu'il a de la mine, de la capacité, qu'il peut trouver aisément de l'emploi, qu'il peut rendre de bons services » (F.).

11. Voir Notice, p. 139. Texte du *Recueil Maurepas,* (B.N. fr. 12645, ff. 93-99).

C'est un Abbé de consequence
Grand ennemi de continence
Lequel par un très grand malheur
Un beau jour changea de couleur.

Le drolle vouloit guerroier
Chez la femme d'un Teinturier
Il étoit complaisant pour elle
Tant que l'Époux eut en cervelle
Que ce gentil Monsieur pincé[12]
Sçavoit plus que son a b c.

Le mari l'avertit un jour
Qu'il pourroit lui jouer d'un tour
S'il venoit chez lui d'avantage
L'Abbé meprisa ce langage
Et chez sa femme tres souvent
Alloit tousjours comme devant

Voiant que l'amoureux transi
Son avis meprisoit ainsi
Dit qu'il alloit a la Campagne
Mais comme il arrive en Espagne
Le jaloux ne fit pas sejour
Et revint sur la fin du jour.

Il entra chez lui brusquement
Non sans causer d'etonnement
Bon pain, bon vin, bonne volaille
Nos deux Amans faisoient ripaille
Il se mit a table avec eux
Et fit semblant destre joieux

Comme toujours un ouvrier
Aime a parler de son metier,
Pour mieux cacher sa jalousie :

---

12. *Pincé* : qui pince les lèvres, c'est-à-dire qui a dans la physio-
nomie quelque chose de sec et de hautain, ce qui est une allure de
petit-maître.

Abbé dites moi je vous prie
Des couleurs qui frapent vos yeux
Laquelle vous plairoit le mieux ?

L'Abbé jeune robuste et verd
Lui dit Monsieur j'aime le verd
L'autre dit j'en aurai memoire
Venez dans mon laboratoire
Allons amy je le veux bien
Car il ne se doutoit de rien.

Quand ils furent tous deux en bas
Deux garçons saisirent ses bras
Ça Monsieur point tant de chicane
Depouillez viste la soutanne
Nous allons tout de bout en bout
Vous servir selon vostre goust

Il eut beau gemir et prier
On le plongea dans le Cuvier
Ou si vous voulez dans la Cuve
Il etoit comme en une Estuve
Et les garçons de temps en temps
Lui mettoient la teste dedans.

Quant le galant eut bien trempé
D'estonnement il fut frapé
Se voiant verd comme poiree[13]
Grand Dieu qu'elle triste soiree
Pour avoir esté trop coquet
Je suis verd comme un perroquet.

Apres beaucoup de complimens
On lui donna la clef des champs
Pour avoir raison de l'affaire
Il fut droit chez le Commissaire

---

13. *Poirée* : ou bette, légume aux feuilles bien vertes et aux ner-
vures blanches.

Qui l'appercevant se signa
Tant son abord l'epouvanta.

L'homme de robbe lui a dit
Monsieur emploiez le credit
D'un juge aux malheureux propice
C'est le Lieutenant de police
Allez courez y de ce pas
Et lui contez vostre ambaras

Lorsque Monseigneur *dargençon*
Vit aprocher ce beau garcon
Il s'escria sur sa figure
Car il se connoist en peinture
L'Abbé fit un humble salut
Et commença par ce début.

Monseigneur je viens devant vous
Me plaindre d'un mari jaloux
Qui sous une fausse apparence
M'a teint en couleur d'esperance
Cependant sa chaste moitié
De moi n'a jamais eu pitié.

Le Magistrat repond soudain
Je prens part a vostre chagrin
Il faut envoier chercher l'homme
Et nous aprendrons de lui comme
Il a cru qu'un homme de bien
Songeoit a lui ravir son bien.

Le Teinturier vint dans l'instant ;
Vraiment vous estes bien plaisant
Lui dit le juge debonnaire
De regaler d'un tel salaire
Et de reduire en cet estat
Un homme qui porte un rabat

Le mari sans se demonter
Pria qu'on voulut l'ecouter :

Monseigneur, cette devote ame
En contoit tousjours a ma femme
Je ne scay s'il s'en est moqué
Pour moi je ne l'ai pas manqué

Encore qu'il fut maistre passé[14],
Le juge fut embarassé ;
Que prononcer sur cette affaire ?
Mais connoissant bien le mistere
Ce jugement fut entendu
Qui plus a mis plus a perdu[15]

Le mary sortit fort content
Mais l'Abbé ne l'etoit pas tant
Il a grand tort le pauvre prestre
Comme lui je voudrois bien estre
Car en Esté comme en hiuer
On ne le prendra pas sans verd[16]

Or vous Messieurs porte-collets,
Qui faites partout les muguets,
Profitez de cette avanture ;
Gourmez un peu plus la nature,
Car vous trouveriez des maris
Qui vous feraient peut-être pis[17].

Qui était donc et abbé, dont le conte et la chanson parlent sans le nommer, et le *Mercure* aussi, tout en prétendant le conte totalement inventé ? Les différents recueils manuscrits contenant la chanson[18] proposent trois noms : l'abbé de For-

14. Encore qu'il fût passé maître (en tant que juge).

15. On entendit ce jugement : « Qui plus a mis plus a perdu », c'est-à-dire que les parties sont renvoyées dos à dos.

16. On ne le prendra pas au dépourvu. Expression venant de l'usage de porter sur soi quelque chose de vert le 1er mai. Si ce jour-là « on vous prend sans vert », vous avez un gage.

17. Allusion possible aux fabliaux cités plus loin, p. 138 et 139.

18. *Recueil de chansons en vaudevilles,* B.N., Fr. n° 15130. La chanson se rencontre aussi dans les recueils Maurepas et Clairambault.

tia, l'abbé Chastelain de Reims et l'abbé Perno. Mais toutes les opinions convergent sur le premier dont les « Dossiers bleus » déclarent « qu'il est dit l'Abbé vert pour avoit été plongé dans une chaudière par un teinturier dont il voulait séduire la femme »[19]. Il ne peut en effet s'agir, selon Alexandre Sokalski, que de l'abbé Anne-Bernard de Fortia. Certes, il avait 54 ans en 1713. Peut-on le dire alors « jeune et vert » ? Vert... peut-être ; jeune : le conte n'est pas obligé à une stricte vérité ; mais l'autre abbé Fortia, *a priori* possible, Charles de Fortia n'avait que 11 ans en 1702, et ne reçut la tonsure qu'en 1724.

Ajoutons que, comme Alexandre Sokalski l'observe très finement, le nom de l'agioteur, Tarif, est l'anagramme de Fortia[20].

Alors ? Médisance ou calomnie ? Le recueil Clairambault donne deux extraits provenant de deux lettres de d'Argenson à Pontchartrain, l'une du 23 octobre 1713, qui assure que l'aventure de l'Abbé vert « n'a pas plus de fondement que les contes des Mille et une nuits » l'autre, du 7 novembre, qui conseille de ne pas répondre et de laisser la calomnie

---

19. B.N., Dossiers bleus 276, n° 7221, f. 10.

20. C'en est même l'anagramme exact, si l'on considère que la seule lettre non utilisée est le *O*, c'est-à-dire *zéro*. Les Fortia appartenaient à une maison catalane très ancienne, établie en France dès le XVe siècle. Un Paul de Fortia était au nombre des meurtriers du fils de Malherbe. Les Fortia furent souvent accusés d'être d'origine juive, notamment par le poète, dans le sonnet qu'il fit sur la mort de son fils. Une épigramme courait à propos de leurs armoiries :

> Rends l'or à ceux dont tu l'as arraché,
> L'aigle à l'Empire et l'azur à la France,
> Et des trois clous retiens la jouissance
> Dont Jésus fut par les tiens attaché.

Ce texte est cité, ainsi que la plupart de ceux que nous rapportons par Alexandre Sokalski, dans son excellente étude, « Autour du *Vert-galant* », parue dans les *Studies on Voltaire...,* CLXIII, 1976, Genève, p. 155-202. Je lui emprunte beaucoup ; qu'il lui en soit rendu hommage.

s'éteindre d'elle-même[21]. Ce pouvait être une tactique prudente pour éviter des vagues, et d'Argenson s'y entendait ; l'attitude du *Mercure* — peut-être inspirée — va dans le même sens. Cependant, son fils, René d'Argenson, dans ses *Notices sur les œuvres de théâtre,* exprime une opinion différente, mais, il est vrai, un peu tardive :

> C'est l'une des dernières pièces de l'autheur, et quoyque l'imprimé la marque jouée en 1699, cependant le vray est qu'elle le fut en 1714, à l'occasion de l'avanture veritable d'un teinturier de Paris, qui teignit, dit-on, en verd un abbé galant de sa femme, ce qu'on appela depuis l'abbé verd. On dit que cela arriva à l'abbé de Fortia. Dancourt ainsi que Legrand saisissait volontiers ces nouvelles de la ville pour en donner des farces au public[22].

L'histoire du galant puni par un bain de teinture, ou qui se jette dans une cuve de teinture pour éviter d'être surpris n'est d'ailleurs pas neuve. Un fabliau du XVe siècle, par Gautier, relate une aventure qui a quelque rapport avec la nôtre. Celle-ci est censée être arrivée à Orléans,

> Chés un bourgeois, qui mout grans biens
> Fesoit .I. prestre son voisin.

Il lui envoyait souvent à manger et à boire, mais cela ne contentait pas le prêtre :

> Mieus vosist gesir o sa fame[23]
> Qui mout estoit cortoise dame
> Et fresche et avenante et bele.

Le prêtre lui fait la cour. Elle le chasse de chez elle en lui lançant « un tison » :

---

21. Recueil Clairambault, (B.N., fr. 12722), f. 1028bis. Une apostille à la lettre copiée précise : « Cependant on l'assure et on nomme l'abbé de Fortia ».

22. René d'Argenson, *Notices sur les œuvres de théâtre...,* publiées par H. Lagrave, *Studies on Voltaire...,* vol. XLII, Genève, 1966, p. 186.

23. « Mieux eût aimé coucher avec sa femme ».

Que peu s'en faut qu'ele ne l'esfondre[24].

Tenace, malgré tout, le prêtre s'adresse à une entremetteuse, Dame Hersent, pour essayer — en vain — de convaincre la jeune femme, qui finit par se fâcher et par donner à l'entremetteuse deux grands coups sur le visage. Pour la venger, le prêtre menace d'excommunier le couple. La femme alors raconte la chose à son mari, qui lui dit de donner rendez-vous au prêtre pour le lendemain. Elle préparera un bain et un repas pour leur hôte, et lui, mari, surviendra au bon moment.

Le prêtre arrive donc, apportant dix livres, selon les conditions du marché, et une oie grasse. La dame le remercie, fait plumer l'oie « que li prestre avoit occise » et fait chauffer le bain, où le prêtre s'installe au retour de la dame. On entend alors arriver le mari. Le prêtre, épouvanté, sort du bain et se précipite dans une cuve voisine

        ... qui fut pleine
    De teint, de brasil et de graine[25]
    Où la dame le fit saillir[26].

Puis les deux époux se mettent à table ; mais soudain

    De son provere[27] li souvient :
    Allons garder où est le teint[28]
    Se mon crucifix est bien teint ;
    Que l'on m'a hui demandé :
    Alons le trere[29] de par Dé.

---

24. « Peu s'en faut qu'elle ne l'enfonce, qu'elle ne l'écrase ». Un « tison » est un gros morceau de bois, un pieu — qui n'est pas forcément en train de brûler.

25. *Teint* : teinture ; *brasil* : brésil, bois rouge propre à la teinture ; *graine* : cochenille ou kermès, produit employé pour obtenir l'écarlate.

26. *Saillir* : sauter.

27. *Provere* : prêtre (cas régime).

28. « Allons regarder où en est la teinture ».

29. *Le trere* : le tirer.

On découvre la cuve[30] et l'on trouve le prêtre, étendu

> En tel maniere con s'il fust
> Ouvré ou en pierre ou en fust[31].

On le tire par les quatre membres, on le soulève à plus d'une toise en le trouvant lourd. Le prêtre se laise faire en silence et en se raidissant :

> Or, oiez jà grand aventure :
> Il est si pris en la teinture
> Qu'il est plus teint et plus vermeil
> Qu'au matinet n'est le soleil
> Au jour quand il doit plus raier[32].

On l'appuie contre la cheminée et on se remet à table, laissant le prêtre exposé nu à la chaleur du feu, mais celle-ci

> ... qui vers on dos raie
> Li fait son baudoin[33] drecier.

La dame s'en aperçoit et son mari aussi, dont nous apprenons qu'il se nomme Dant Picons, qui, aux rires de l'assistance, commente ainsi le phénomène :

> Dame, fet-il, je vos afi[34]
> Que mès tel crucifix ne vis
> Qu eust ne coille ne vit,
> Ne je ne autre mès tel vit[35].

La dame approuve ; celui qui l'a taillé n'était pas très habile :

> La dame dit : « Vous dites voir ;
> Cil n'a mie trop grand savoir
> Qui le tailla en tel maniere.

---

30. La cuve avait un couvercle, ce qui explique que le prêtre ait voulu s'y cacher.

31. « Exactement comme s'il avait été fabriqué en pierre ou en bois ».

32. *Raier* : rayonner.

33. *Baudoin* : membre viril (c'est aussi le nom du baudet).

34. *Je vos afi* : Je vous assure.

35. « Ni moi ni personne d'autre n'a jamais vu un tel (crucifix) ».

Alors le mari à sa femme, que l'auteur appelle la « danzelle » :

> Va, fet-il, de très[36] cele porte,
> Ma trenchant coignée m'aporte :
> Si li couperé cele coille
> Et cel vit qui trop bas pendoille.

La jeune femme obéit, mais, quand elle ouvre la porte :

> Li prestre a la coille empoignée
> Et vet fuiant aval la rue[37],
> Et dans Picons après li hue.
> Sailli s'en est en son ostel ;
> Dant Picons ne demandoit el[38]
> Mais que du prestre fust vengié
> Or est de li bien estrangié[39].

Certes, dans ce fabliau, rien ne dit qu'il s'agit d'un teinturier de profession, mais le texte présente des lacunes. D'autre part, sa connaissance, au XVIIe siècle ne pouvait être qu'orale. On peut s'étonner en revanche qu'on veuille teindre un crucifix en rouge, car telle est bien la couleur obtenue par les produits employés. On peut se demander s'il ne s'agit pas de la couche préparatoire de rouge dont on badigeonne le bois ou le plâtre avant de le dorer.

Il existe un autre fabliau, *Du prestre crucifié,* dans lequel un prêtre, mis dans même situation, essaie de se faire passer pour un crucifix en se cachant parmi d'autres — sans teinture, cette fois. Moins chanceux que notre prêtre teint, il

---

36. *De très* : de l'autre côté de...

37. « Et s'enfuit en descendant la rue ».

38. « Le sieur Picon ne demandait rien d'autre que d'être vengé du prêtre ».

39. « Mais voici qu'il est bien loin de lui ». Ce fabliau est reproduit dans A de Montaiglon et Gaston Raynaud, *Recueil général et complet des fabliaux des XIIIe et XIVe siècles,* Paris, 1890, t. VI, p. 157. Le fabliau du « prestre crucefié » se trouve au tome II, p. 194-197.

n'échappe pas au châtiment d'Abélard. Mais ce deuxième fabliau a beaucoup moins de rapport avec l'histoire de l'Abbé vert que le premier, dont le conte et la chanson reprennent plusieurs éléments significatifs : le prêtre galant, le repas interrompu par l'irruption du mari, la plongée dans la cuve de teinture et... la menace du mari, voilée, certes, car le langage a perdu sa verdeur, mais qui se laisse deviner, tant dans les deux vers du conte,

> Il aurait pu, comme je pense,
> l'assassiner ou bien lui couper... halte-là !

que dans sa clausule,

> Marys, cette vengeance est-elle d'une beste ?

qui peut s'entendre comme une critique des vengeances violentes et grossières, ou dans celle de la chanson, en sous-entendus :

> Car vous trouveriez des maris
> Qui vous feraient peut-être pis.

Quant à la pièce de Dancourt, elle a en commun avec le fabliau la connivence de la femme et du mari. Ces rencontres, au demeurant, n'impliquent pas qu'il n'y ait pas eu un fait divers contemporain, mais des réminiscences ont pu influer sur sa narration, voire l'embellir.

Pour porter à la scène le fait divers et les récits qu'il en a pu connaître, Dancourt doit procéder à quelques modifications. Il ajoute un couple de jeunes premiers, personnages très secondaires, pour que la comédie puisse, comme il sied, finir par un mariage. Comme on ne saurait représenter sur le théâtre un abbé dans une situation aussi scabreuse, il le remplace par un agioteur, tête de Turc à la mode depuis quelques années[40]. La connivence préalable du mari et de la femme est également plus conforme aux bienséances. On ne saurait non plus évoquer des ébats amoureux, sinon très discrètement

---

40. Quatre ans plus tôt, Dancourt lui-même les a cloués au pilori dans sa comédie, *Les Agioteurs*.

à travers la formule latine *in flagrante delicto*[41], que l'auteur se garde bien d'exploiter par la traduction grivoise que l'on pourrait attendre. Mais surtout, il étoffe le contexte dans le sens d'une peinture réaliste de la vie d'un artisan parisien, chose nouvelle dans un théâtre qui jusqu'alors ne connaît guère que des jardiniers ou des viticulteurs, des cabaretiers, des revendeuses à la toilette et des professions libérales. Les caractères sont presque tous excellemment dessinés. Si l'avocat Gaspard n'a qu'un rôle épisodique, si Angélique et Javotte — autres petits rôles — demeurent assez plates, Éraste, brave garçon, mais qui rougit de son ascendance bourgeoise, a déjà plus de relief. Les commères, Mmes Tarif et Clopinet, forment un arrière-plan sur lequel se détachent Tarif, goguenard, puis penaud, suppliant, éperdu, prêt à faire tout ce qu'on voudra pour retrouver sa couleur naturelle, Lépine, ancien gamin de Paris, aux répliques narquoises, tout heureux de retrouver un métier qu'il aime, et qui s'entend fort bien, encore que ce soit un des plus honnêtes valets du théâtre, à se faire attribuer nièce et boutique au dénouement, commençant ainsi son ascension sociale, Madame Jérôme, jeune femme honnête et gaie, qui a médité elle-même une punition — on ne sait trop laquelle —, mais s'efface devant son mari et le laisse, non sans un peu de regret, mener l'affaire à sa guise. Le personnage le plus fouillé est sans doute Jérôme lui-même, qui, tout cocu potentiel qu'il est, demeure infiniment sympathique. Brave homme sans malice, qui accueille à bras ouverts son neveu prodigue et ne saurait soupçonner les noirs desseins de son voisin, mais qui imagine fort bien une vengeance à la fois douce et singulièrement vexatoire, puis, pris de scrupules et de regrets, craint d'être allé trop loin, redoute que la justice ne s'en mêle, et finalement ne demande qu'à faire le bonheur de tous.

Cette excellente dancourade ne connut pas le succès qu'elle méritait : elle n'eut que dix représentations, encore que le public ne l'ait jamais boudée ; la recette fut deux fois supé-

---

41. « En flagrant délit », scène 23, p. 203.

rieures à 2 000 livres et ne tomba que deux fois au-dessous
de 1 000 livres. Elle rapporta à son auteur 565 livres 12 sols,
plus que *La Fête de village*. A quoi donc ce retrait préma-
turé peut-il être dû ? Aux critiques du *Mercure* ? A l'hosti-
lité d'un certain nombre de ses camarades envers Dancourt ?
Ou bien à la pression discrète de d'Argenson, soucieux de
ménager la famille Fortia ?

Quoi qu'il en soit, la pièce ne fut jamais reprise.

LE VERT-GALANT

Comédie en un acte
jouée pour la première fois
sur la scène de la Comédie-Française
le 24 octobre 1714

ÉDITION

Il semble que, du vivant de Dancourt, il n'y ait eu qu'une
édition du *Vert-Galant*. L'exemplaire conservé à la bibliothèque de la Comédie-Française est rigoureusement identi-
que à celui de la Bibliothèque nationale (Yf 7706), à cela près
que la page de titre manque dans celui-ci. C'est cette édition
qui a été reprise au tome VIII de la « Seconde édition des
Œuvres de M. Dancourt », Ribou, 1711. Ce volume, en effet,
daté de 1714, est, à la différence des autres, un recueil factice.
Comme nous n'avons pas de manuscrit de la pièce, nous ne
connaissons pas de variantes. L'édition se présente ainsi :
LE / VERT-GALANT / *COMEDIE* / Par Monsieur DAN-
COURT / Le prix est de vingt sols six deniers / [Fleuron] /
A *PARIS*, / chez PIERRE RIBOU, Quay des Augus / tins, à
la descente du Pont-neuf, / à l'Image S. Loüis / MDCCXIV
/ *Avec Approbation et Permission.*
Au verso de la p. 49, on lit au-dessous de l'Approbation :
« Fait à Paris ce 19 septembre 1714, DANCHET ».

NOMS DES ACTEURS[1]

M. JEROME, Teinturier.
Mme JEROME.
M. TARIF, Agioteur[2].
Mme TARIF.
JAVOTTE, nièce de Monsieur Jérôme.
ANGELIQUE, nièce de Monsieur Tarif.

---

1. Voir note 1, p. 27.

2. Le mot d'*Agioteur* est récent. Dancourt l'a consacré en donnant ce titre à une comédie en 1710. A la fin d'une historiette rapportant un fait divers dans le numéro de septembre-octobre de la même année, intitulée « L'Agioteur dupé », le *Mercure galant* croit utile d'ajouter une explication, preuve que l'usage n'en était pas encore courant

> « Le mot d'Agioteurs vient du mot Italien *Adgio :* Supplement ou Adjustement. *Adjiustamento,* Ajustement ou Convention d'interest entre les Agents de change ou Banquiers. *Quel avantaggio ché si da a ricevé per adjoustamento della valuta d'una moneta a quella d'una altra* ». (« C'est le bénéfice qu'on retire de l'ajustement de la valeur d'une monnaie à celle d'une autre »).

En fait, le terme *agio* a trois sens :

a/ plus-value ou prime d'une monnaie métallique sur une autre ou sur le papier-monnaie.

b/ bénéfice réalisé sur les transactions monétaires.

c/ commission retenue par le banquier sur les effets présentés à l'escompte ou à l'encaissement.

A l'époque de notre comédie, bien que les agioteurs fassent aussi les banquiers le cas échéant, ce sont surtout les premiers sens qui prédominent. C'est à ceux-là que se livre principalement notre M. Tarif, au nom transparent : c'est le barème des échanges entre le papier et les espèces. Sur le choix de cette profession pour le per-

ERASTE, neveu de Monsieur JEROME, Officier de Dragons[3].

LEPINE, valet d'Éraste.

M. GASPAR, Avocat, cousin de Monsieur Jérôme.

Mme CLOPINET, voisine de Monsieur Jérôme.

CARMIN, garçon Teinturier.

La scène est à Paris, chez Monsieur Jérôme.

---

sonnage, voir la Notice. Au reste, nous ne le verrons jamais en exercice. Le seul trait qui s'y rattache est son évidente richesse. Il n'a aucun rapport avec les personnages des *Agioteurs,* tout autrement peints et typés.

3. *Dragon* : « en termes de guerre, est une sorte de cavalier sans bottes, qui marche à cheval, et qui combat à pied (...) Ils sont réputés du corps de l'infanterie, et en cette qualité ils ont des colonels et des sergents ; mais ils ont des cornettes, comme la cavalerie » (F.)..

LE VERT-GALANT
COMEDIE

SCÈNE PREMIÈRE
LEPINE, ERASTE.

LEPINE

Ma foi, Monsieur, c'est le meilleur parti que nous puissions prendre. Il ne faut point chercher d'auberges. Voilà deux quartiers d'hiver[4] que nous avons passés à crédit dans cinq ou six hôtels garnis différents. On nous connaît, allons-nous en planter le piquet[5] chez l'oncle.

ERASTE

Moi, officier de dragons, aller loger chez un teinturier, que l'on sait qui est mon oncle ! C'est à quoi je ne puis me résoudre, mon pauvre Lépine.

---

4. *Quartier d'hiver* : « est le lieu qu'on assigne aux troupes pour passer l'hiver, et aussi le temps qu'on demeure en ces logements, et les avantages qu'en tirent les capitaines » (F.). Ici, c'est le deuxième sens qui s'applique. On sait que normalement, il n'y avait pas de campagne en hiver.

5. *Planter le piquet* : camper (F.).

LEPINE

Mais nous arrivons sans argent, et presque sans ressource, que devenir ?

ERASTE

Le hasard nous fournira quelque aventure favorable, dont il faudra tâcher de profiter.

LEPINE

Quelque aventure favorable ! Depuis que j'ai l'honneur de vous servir, ou à Paris, ou à la garnison, Monsieur, je ne vois pas que vous ayez eu de bonnes fortunes fort utiles. Vous êtes jeune, assez bien fait, hardi, entreprenant et insolent même quelquefois ; mais cela ne vous a encore mené qu'à la connaissance de quelques coquettes de frontière[6], et à deux ou trois mois de crédit, que nous avons attrapés par-ci par-là de vos hôtesses. Votre bourse, assez dégarnie, a achevé de se vider pendant la campagne, votre linge s'est usé, vos galons d'or sont devenus de soie[7] et vos plumets sont fort sales. L'oncle les remettrait en couleur, ce devrait être une raison déterminante que celle-là.

ERASTE

Ne m'en parle point. Tu sais les vues qui m'amènent ici, cela rétablira mes affaires.

---

6. *Coquette de frontière* : la coquette est une « dame qui tâche de gagner l'amour des hommes (...) Les coquettes tâchent d'engager les hommes et ne veulent point s'engager ». Il s'agit des coquettes des villes de garnison proches de la frontière, où la troupe est cantonnée pendant l'hiver. *Coquette* ici est probablement un euphémisme pour femme galante.

7. Les galons sont en soie recouverte de fil d'or. Une fois l'or parti par usure, on ne voit plus que la soie.

LEPINE

Quoi, votre mariage avec cette jeune personne qui est nièce de M. Tarif l'usurier ! Ce sont là des vues bien éloignées, Monsieur.

ERASTE

L'affaire est plus avancée que tu ne penses ; nous nous sommes envoyé mutuellement une promesse de mariage.

LEPINE

Ah ! Monsieur, vous n'y songez pas.

ERASTE

Comment donc ?

LEPINE

Vous avez honte d'être le neveu d'un teinturier, et vous voulez devenir celui d'un agioteur.

ERASTE

Pourquoi non ? Je ne rougis point de ma famille, mais je n'ai que faire d'afficher qui je suis, en allant demeurer chez Monsieur Jérôme[8]. J'ai des mesures à garder avec cent officiers de mes camarades.

LEPINE

Oui ! Oh bien, Monsieur, moi qui n'ai point de

_____

8. Ce prénom devenu nom de famille, marque assurément la roture et la bourgeoisie, mais il est dépourvu de toute connotation satirique ; il convient à un personnage simple, bon enfant et sympathique.

mesures à garder avec mes confrères les valets de chambre, et qui étais garçon de Monsieur Jérôme, d'où vous
m'avez débauché fort mal à propos, je vous dirai naturellement que je veux retourner à mon premier métier,
et que j'aime mieux teindre et dégraisser les vieux habits
du public, que de continuer à nettoyer les vôtres.

ERASTE

Quoi, tu veux me quitter, Lépine ?

LEPINE

C'est que vous ne pouvez me garder, Monsieur. Voilà
la paix faite, vous serez réformé, vous quitterez le service malgré vous. Je le quitte de moi-même, je me
réforme, cela me paraît plus noble.

ERASTE

Mais attends encore quelques jours, du moins.

LEPINE

Hé bien soit, je vous donne la semaine. Je fais bien
les choses, comme vous voyez. Mais voici votre oncle,
voulez-vous que j'aborde le bonhomme[9] ?

ERASTE

Fais en sorte qu'il me prie de demeurer chez lui ; je
n'y entrerai que les soirs[10], du moins.

---

9. *Bonhomme* : « se dit d'un vrai homme de bien, et aussi d'un
vieillard qui ne peut faire de mal, d'un homme simple qui ne songe
à aucune malice, qui n'entend point de finesse, qui croit de léger »
(F.). L'appellation, familière, mais non irrespectueuse, convient tout
à fait à M. Jérôme, qui n'a aucun soupçon de la conduite de son
voisin.

10. *Les soirs* : pour que ses camarades ne sachent point où il loge.

SCENE II

ERASTE, JEROME, LEPINE, CARMIN.

JEROME

Holà, ho, Carmin.

CARMIN

Plaît-il, Monsieur ?

JEROME

Tout est-il prêt pour achever de teindre en vert ce meuble de damas ?

CARMIN

Oui, Monsieur.

JEROME

On travaillera à cela demain matin. Je vais coucher ce soir à ma maison d'Antony[11], et je serai ici demain à soleil levant.

CARMIN

Nous tiendrons tout prêt, Monsieur.

---

11. *Antony* : dans la banlieue sud, à une quinzaine de kilomètres du centre de Paris. C'est là que Jérôme possède une « maison des champs ». Ces « résidences secondaires » de banlieue sont fréquentes jusqu'au début du XXe siècle.

JEROME

Dites à madame Jérôme que je ne pars pas tout à l'heure[12], et que je viendrai lui dire adieu.

CARMIN

Oui, Monsieur.

LEPINE

Il parle de Madame Jérôme ; le bonhomme se serait-il ennuyé du veuvage pendant notre absence ?

SCÈNE III

JEROME, ERASTE, LEPINE.

JEROME

Voilà, je crois, ce pauvre diable de Lépine, et mon fripon de neveu qui me l'a débauché.

LEPINE

Oui, Monsieur, vous revoyez deux favoris de Mars de votre connaissance, échappés des dangers de la campagne.

JEROME

Ha, ha, ha, soyez les bien trouvés, Messieurs les favoris de Mars. Vous ne me paraissez pas être ceux de la fortune, et vous ne revenez pas de la guerre en bon équipage[13].

_____

12. *Tout à l'heure* : immédiatement.

13. *Équipage* : Voir note 21, p. 38. « N'être pas en bon équipage, c'est être mal vêtu » (F.).

ERASTE

Je suis confus, mon oncle, de paraître devant vous si négligé : mais l'impatience d'arriver à Paris m'a fait prendre la poste[14] ; je n'ai eu que le temps de me débotter[15], pour vous venir rendre mes premiers devoirs.

LEPINE

Voilà un garçon bien revenu des premiers égarements de sa jeunesse, il vous aime à présent...

JEROME

Je l'ai toujours aimé, moi, quoique ce ne fût qu'un vaurien ; et j'ai été comme cela oui quand j'étais jeune, il ne fallait pas me marcher sur le pied, non plus qu'à présent[16]. Viens çà, grand coquin, que je t'embrasse.

LEPINE

Ah, le bon oncle que vous avez là, Monsieur.

ERASTE

Tu sais mes sentiments pour lui, Lépine.

LEPINE

Et combien vous vous faites honneur d'être son neveu.

---

14. *Prendre la poste* : voir note 60, p. 64.

15. *Débotter* : Se présenter en bottes, c'est-à-dire en tenue de voyage, est contraire aux usages. Le Dom Juan de Molière est indigné de voir Elvire se présenter dans son palais « en équipage de campagne » (acte I, scène 2).

16. Phrase jalon, qui laisse prévoir la réaction de Jérôme lorsqu'il sera au courant de la conduite de Tarif.

JEROME

Je me suis remarié depuis peu, comme tu sais, ou comme tu ne sais pas.

ERASTE

Quoi, mon oncle !...

LEPINE

Je l'ai deviné d'abord.

JEROME

Ne te chagrine point, tu n'en seras pas moins mon héritier.

ERASTE

Mon oncle est fait pour la société, Lépine.

JEROME

Oui, j'ai pris une bonne grosse réjouie, belle et de bonne humeur.

LEPINE

La succession est en danger.

JEROME

Elle aime tout ce que j'aime, le plaisir, la bonne chère ; elle reçoit mes amis parfaitement bien[17]... Elle sera ravie de t'avoir au logis.

---

17. Détail qui explique l'audace d'un Tarif.

ÉRASTE

Je suis ravi de mon côté, mon oncle, que vous ayez fait un si bon choix.

LEPINE

Je serai charmé du mien, d'avoir une aussi bonne maîtresse ; car vous voulez bien, Monsieur, que je rentre chez vous dans mon devoir, et dans mes anciennes fonctions de maître-garçon ?

JEROME

Ce n'est pas la peine, mon enfant, je vais quitter.

LEPINE

Tant pis.

ÉRASTE

Vous allez quitter, mon oncle ? Quel ravissement pour moi ! quelle joie[18] !

JEROME

Je suis riche, j'ai plus de deux cent mille francs de bien, j'achèterai quelque charge qui m'anoblira[19] ; et comme te voilà de retour, mon dessein est de te donner ma place et mes pratiques, et de te faire au plus tôt passer maître.

---

18. Ainsi Éraste n'aura plus l'humiliation d'être neveu d'un teinturier. Un artisan, même maître et riche, est placé très bas dans l'échelle sociale.

19. Par exemple la charge de Trésorier de France, qui valait une trentaine de mille francs et permettait de prendre le titre de chevalier, charge qu'achetèrent La Bruyère et Regnard, entre autres.

ERASTE

Moi, mon oncle ?

JEROME

Oui, toi-même.

LEPINE

Fort bien, l'officier de dragons deviendra teinturier, et le teinturier gentilhomme[20] ; ce sera là une jolie métamorphose.

ERASTE

Vous savez, mon oncle, que ma destination n'a jamais été...

JEROME

Je sais que ta destination n'a jamais été bonne ; il faut changer d'objet, je te donnerai mon fonds, te dis-je.

LEPINE *à part*

Ne refusez rien, prenez toujours, nous nous en accommoderons[21].

ERASTE

Je ferai ce que vous voudrez, mon oncle, vous êtes le maître[22].

---

20. C'est la première des deux transformations qui est la plus surprenante, et qu'Éraste a de la peine à accepter, bien que, pour qui n'est pas noble, il ne puisse y avoir de grande carrière dans l'armée. *Le Retour des officiers* (1697) a montré des officiers qui quittaient l'armée, mais pour la robe ou la finance.

21. Lépine envisage déjà de diriger l'entreprise, ce qui est son rêve.

22. *Vous êtes le maître* : voir note 117, p. 108. Ici aussi, la formule de politesse traduit la stricte réalité.

JEROME

Tu prends le bon parti. Quand cela sera fait, nous songerons à te marier, j'ai en main une fort jolie fille.

LEPINE

Nous en avons aussi une, ne vous mettez pas en peine d'en chercher d'autre.

JEROME

En ce pays-ci ?

ERASTE

Oui, mon oncle.

JEROME

Où vous ne faites que d'arriver ?

LEPINE

C'est que nous prenons nos mesures de loin. C'est une de nos amies, Madame Clopinet, votre voisine, qui a fait cette affaire-là.

JEROME

Hé, de quelle manière ?

LEPINE

Elle nous a envoyé le portrait de la fille, nous lui avons envoyé celui de mon maître. Les parties[23] ont été

---

23. *Parties* : terme juridique, légèrement ironique : ce projet de mariage est présenté comme un litige à régler.

contentes des copies, et les originaux sont devenus amoureux l'un de l'autre par la poste. C'est une affaire presque faite, il ne faut plus que le consentement des familles.

JEROME

Effectivement, cela me paraît bien avancé. Hé, qui est cette petite personne-là, qui s'amourache si promptement ?

LEPINE

Une petite personne fort aisée à vivre et sans façon, comme vous voyez.

JEROME

Mais encore ?

LEPINE

Votre proche voisine.

JEROME

Que vous appelez ?

ERASTE

Angélique.

JEROME

Angélique, dites-vous ?

LEPINE

Nièce d'un intéressé[24].

---

24. *Intéressé* : « se dit de tout homme qui est associé avec d'autres pour un négoce, pour une affaire ; et surtout il se dit absolument et par excellence des traitants et fermiers des domaines du roi » (F.).

JEROME

Dans les affaires du Roi ?

LEPINE

Non, dans celle du public, un agioteur.

JEROME

Monsieur Tarif, peut-être ?

ERASTE

Justement, mon oncle.

JEROME

C'est celle à qui je songeais pour toi. Malepeste, la fille est riche, mais l'oncle, qui est tuteur, est tenace[25].

LEPINE

C'est une difficulté, nous le savons.

JEROME

Mais je ne la croyais pas si prompte à s'enflammer.

LEPINE

La sympathie est une belle chose.

ERASTE

Vous connaissez fort Monsieur Tarif, apparemment ?

---

25. *Malepeste* : « Imprécation qu'on fait contre quelque chose, et quelque-fois avec admiration » (F.). Ici, comme plus loin, p. 185, n'exprime que l'admiration. *Tenace* : au sens d'avare (F.).

JEROME

Si je le connais ? C'est mon compère[26] et mon ami, nous souperons peut-être ce soir ensemble.

LEPINE

Quelle heureuse rencontre !

JEROME

Tu seras, si tu veux, de la partie ; c'est à ma maison d'Antony que j'ai dessein de le mener, veux-tu en être ? Nous y parlerons d'affaires.

ERASTE

Il vaut mieux que vous le préveniez d'abord.

JEROME

Hé bien soit. Entrons maintenant au logis ; je veux te présenter à ta nouvelle tante.

SCÈNE IV

ERASTE, JEROME, LEPINE, JAVOTTE.

JAVOTTE

Est-ce que vous n'allez pas ce soir à Antony, mon oncle ? Mettra-t-on les chevaux à votre chaise[27].

---

26. *Compère* : l'un d'entre eux a été le parrain de l'enfant de l'autre. Cependant, le mot s'emploie aussi « en discours ordinaire » pour parler « de ceux qui sont bons amis et familiers ensemble » (F.).

27. *Chaise* : « voiture pour aller assis et à couvert tant à la ville qu'à la campagne » (F.). C'est une voiture plus petite et plus modeste qu'un carrosse.

JEROME

Non, je prendrai un fiacre[28] au bout de la rue ; mais avant que de partir, je veux faire connaître à ma femme ton frère, que voilà de retour de la guerre, et de ses folies.

JAVOTTE

Hé vraiment oui, c'est lui-même, je ne le reconnaissais pas d'abord. Ah ! que je suis ravie de te revoir, mon pauvre Colin[29].

ERASTE

Et moi charmé de t'embrasser, ma sœur : mais ne m'appelle plus comme cela, je te prie.

LEPINE

Je suis votre serviteur, Mademoiselle Javotte.

JAVOTTE

Bonjour, Monsieur de Lépine[30], bonjour.

JEROME

Ne perdons point de temps, j'ai quelques affaires encore avant que de partir. Dépêchons.

---

28. *Fiacres* : carrosses de louage, appelés peut-être ainsi parce qu'on les prenait à l'hôtel Saint-Fiacre.

29. *Colin* : ce diminutif de Nicolas est un prénom beaucoup trop plébéien pour un homme élégant et un jeune premier ; Éraste « l'amoureux » n'est d'ailleurs qu'un nom de comédie.

30. La particule est gentiment ironique.

JAVOTTE

Mais si vous voulez, mon oncle, je présenterai pour vous mon frère à ma tante, vous n'avez qu'à dire.

JEROME

Tu me feras plaisir de t'en charger, aussi bien vois-je venir Monsieur Tarif, que je veux débaucher[31] pour le mener avec moi. Allez, mon neveu. Voilà un garçon qui va rentrer dans le bon chemin ; que je suis ravi !

SCÈNE V

JEROME, TARIF.

TARIF *à part*

Sachons un peu s'il est bien sûr que Monsieur Jérôme aille ce soir à sa campagne. J'ai pris des mesures, que je serais fâché qu'on dérangeât.

JEROME

J'allais passer chez vous, Monsieur Tarif.

TARIF

Je suis bien aise que nous nous soyons rencontrés, vous me voulez quelque chose, apparemment ?

JEROME

Vous mener souper à Antony, où j'ai des ouvriers,

---

31. *Débaucher* : corrompre les bonnes habitudes de quelqu'un, mais, par extension, « faire faire à quelqu'un quelque chose qu'il n'a pas coutume de faire » (F.). Et de donner comme exemple : « J'ai débauché mon avocat, je l'ai mené à la comédie ».

comme vous savez. Il y a là de bon vin, nous y boirons le petit coup, et nous reviendrons demain du grand matin.

TARIF

C'est fort bien imaginé : mais pour ce soir je ne saurais profiter de l'occasion que vous m'offrez ; j'ai des affaires très importantes pour un mariage, dont je fournis la dot en espèces pour du papier, sur lequel il y a moitié à gagner[32].

JEROME

A propos de mariage, que faites-vous de votre nièce ?... Il me semble qu'elle est en âge...

TARIF

Elle est en âge... d'attendre, et moi en âge de ne pas me presser de la pourvoir, et ses comptes[33] ne sont pas prêts.

---

32. La première décennie du siècle fit diverses expériences monétaires. En 1704, en particulier, on émit des « billets de monnaie » en coupures de 500 livres, rapportant un intérêt de 7,5 %. A la fin de 1706, il y en avait pour 180 millions en circulation et ils avaient effectivement perdu la moitié de leur valeur dès 1709, quand on commença à les en retirer ; mais leur cours restait extrêmement variable. Ici, Tarif veut dire que la somme qu'on lui versera en billets de monnaie sera le double de celle qu'il fournira en espèces. En revanche, il est probable, si l'on en croit Les Agioteurs, que, lorsqu'il les prêtera à son tour, il en exigera le remboursement au pair en espèces. C'est exactement en quoi consiste l'agiotage, même s'il y a un peu d'exagération pour les besoins de la comédie.

33. Il s'agit des comptes de tutelle d'Angélique, qui doivent être apurés au moment de la signature du contrat.

JEROME

Quand on trouve une bonne occasion...

TARIF

Il en faut attendre encore une meilleure. Vous allez ce soir à Antony ?

JEROME

Oui.

TARIF

Très certainement ?

JEROME

Je l'ai bien résolu comme cela.

TARIF

Vous en revenez ?

JEROME

Demain, à la pointe du jour[34].

TARIF

Cela est bon et bien arrangé. Sans adieu, Monsieur Jérôme, on vous verra au retour.

---

34. Nous dirions : au point du jour.

SCÈNE VI

JEROME *seul*

Voilà un bien honnête homme pour un homme d'affaires, et bien de mes amis ; aussi je l'aime.

SCÈNE VII

Mme TARIF, JEROME.

Mme TARIF

Bonsoir, monsieur Jérôme, votre servante[35].

JEROME

Votre valet, Madame Tarif, voilà votre cher époux qui me quitte, et qui dit qu'il a bien des affaires.

Mme TARIF

Vous a-t-il dit de quelle nature sont ces affaires ?

JEROME

Oui, pour un mariage auquel il s'intéresse, je pense.

Mme TARIF

Il appelle cela un mariage, le bon traître ! Si l'on était d'humeur à se marier de même...[36]

---

35. *Votre servante* : formule de politesse, comme le *votre valet* qui lui répond.

36. Comprendre : si j'étais d'humeur à me marier de même. Mme Tarif veut dire que ce prétendu mariage n'est autre que l'adultère projeté avec Mme Jérôme et que, si elle en faisait autant...

JEROME

Comment, comment donc ?

Mme TARIF

C'est un grand fripon[37] que mon mari, Monsieur Jérôme.

JEROME

Eh, doucement, Madame.

Mme TARIF

Un grand débauché, un grand scélérat.

JEROME

Voilà comme vous êtes, vous autres femmes, vous pensez toujours du mal de nous autres. Mais quelle mouche vous a passé de nouveau devant les yeux[38] ? Et qu'a donc fait votre mari ?

Mme TARIF

Des choses qui vous regardent pour le moins autant que moi, Monsieur Jérôme.

JEROME

Mais encore ?

_____

37. *Fripon* : au sens propre : « qui dérobe secrètement » (F.) ; mais le mot s'emploie pour qualifier quiconque joue de mauvais tours ou se montre débauché.

38. D'après Littré, équivalent de : quelle mouche vous pique ?

Mᵐᵉ TARIF

Les cornes vous viendront à la tête quand je vous les dirai.

JEROME

Qu'est-ce que ce peut-être ?

Mᵐᵉ TARIF

Il est amoureux de votre femme.

JEROME

De madame Jérôme ? Hé, fi, fi, vous rêvez, Madame.

Mᵐᵉ TARIF

Il n'y a rien de plus vrai. Vous allez ce soir à la campagne ?

JEROME

Oui.

Mᵐᵉ TARIF

Il soupe chez vous avec elle, et voilà le mariage pourquoi[39] il a affaire.

JEROME

Quelle peste de mariage ! Vous avez rêvé cela, cela ne peut pas être.

---

39. *Pourquoi* : pour lequel. Emploi correct, plus fréquent au XVIIᵉ siècle que de nos jours.

Mme TARIF

Cela ne vous paraît pas possible, mais cela est.

JEROME

Vous avez bien raison, les cornes me viennent. Et qui vous a dit cela, Madame Tarif ?

Mme TARIF

Madame Jérôme elle-même, qui m'en a avertie. Oh, c'est une brave femme !

JEROME

Madame Jérôme ! Elle n'est donc pas d'accord avec lui, sur ce pied-là[40] ?

Mme TARIF

Non vraiment ; il y a je ne sais combien de temps qu'il la persécute : il n'est de vos amis que pour cela. Elle n'a pas voulu vous en parler, de peur de noise[41] ; elle me l'a dit à moi, et nous sommes convenues de le berner, et de nous moquer de lui ; C'est aujourd'hui que la partie[42] se fait.

JEROME

Oh parbleu j'en serai, je n'irai point à Antony.

---

40. *Sur ce pied-là* : dans ces conditions.

41. *Noise* : « querelle qui s'émeut entre gens du peuple ou dans les familles » selon Furetière, qui précise : « Elle n'aboutit d'ordinaire qu'à des crieries, et il n'y a point d'effusion de sang ».

42. *Partie* : « en mauvaise part, complot qu'on fait pour assassiner, pour perdre quelqu'un » (F.).

Mᵐᵉ Tᴀʀɪꜰ

Mais il faut qu'il croie que vous y êtes.

Jᴇʀᴏᴍᴇ

Il en est persuadé de reste. Mais c'est un grand maroufle[43] que votre mari, Madame.

Mᵐᵉ Tᴀʀɪꜰ

Qui le sait mieux que moi ? Je vous l'ai dit d'abord. Oh ! je ne l'épargne pas, je lui revaudrai.

Jᴇʀᴏᴍᴇ

Me vouloir jouer un tour comme celui-là !

Mᵐᵉ Tᴀʀɪꜰ

Vous ne seriez pas capable de cela, vous, Monsieur Jérôme.

Jᴇʀᴏᴍᴇ

Non vraiment, Madame.

Mᵐᵉ Tᴀʀɪꜰ

Ce n'est pas le premier tour qu'il m'a fait, il en conte[44] à tout le voisinage : mais je veux me venger. Il faut que nous nous vengions, Monsieur Jérôme.

---

43. *Maroufle* : « terme injurieux qu'on donne aux gens gros de corps et grossiers d'esprit » (F.).

44. *Conter* : au sens de conter fleurette. Selon Furetière : « Il lui en conte » signifie : il lui en veut, il en est amoureux. M. Tarif fait la cour à toutes ses voisines.

JEROME

Ne vous mettez pas en peine ; j'ai ici par hasard des gens qui ne me seront pas inutiles pour cela.

Mme TARIF

Sans lui faire aucun mal pourtant.

JEROME

On ne lui en fera point.

Mme TARIF

Je n'ai pour objet que de le corriger de ses libertinages ; je voudrais si bien qu'il fût un peu changé.

JEROME

Oh ! il changera[45], je vous en réponds.

Mme TARIF

Quand vous l'aurez pris comme un sot, vous m'enverrez chercher pour lui faire la honte[46]. Je viendrai avec une de mes amies, qui a été dans le cas comme[47] Madame Jérôme.

JEROME

Oui, fort bien, vous n'avez qu'à vous tranquilliser chez vous, et y attendre de mes nouvelles.

_____

45. *Il changera* : Allusion évidente à la mésaventure que connaîtra M. Tarif ; mais il n'est pas sûr que M. Jérôme y pense dès ce moment.

46. *Faire la honte* : faire honte.

47. *Dans le cas comme* : dans le cas de...

Mme TARIF

Vous avez bon esprit et bonne conduite, je me rapporte à vous de toutes choses, et vais attendre le dénouement de l'aventure.

SCÈNE VIII

JEROME *seul*

Elle sera des plus ridicules, si je ne me trompe.

SCÈNE IX

JEROME, ERASTE, LEPINE.

ERASTE

Votre charmante épouse nous a reçus le plus gracieusement du monde, et vous êtes logé et meublé comme un financier, mon oncle.

JEROME

C'est ta nouvelle tante qui m'a mis dans ce goût-là. C'est une aimable femme, de bon esprit, de bonne conduite, et tu en verras dès ce soir des preuves convaincantes.

ERASTE

Comment donc ?

JEROME

Il va se jouer ici une scène où je veux que tu fasses ton personnage, aussi bien que Lépine, et tu auras bonne part au dénouement.

ERASTE

Ne puis-je pas savoir...

JEROME

Va-t-en m'attendre avec Lépine dans le petit cabinet du jardin ; quand j'aurai dit un mot à Madame
Jérôme que voici, j'irai vous rejoindre, et je vous communiquerai mon projet.

LEPINE

Nous attendrons vos ordres avec impatience.

SCÈNE X

Mme JEROME, JEROME, JAVOTTE.

Mme JEROME

Comment, vous voilà encore, Monsieur, je vous
croyais à moitié chemin pour le moins.

JEROME

Je ne sais ce que cela veut dire, Madame Jérôme,
mais j'ai de la peine ce soir à vous quitter ; j'ai peur
que vous ne vous ennuyiez pendant mon absence.

Mme JEROME

Que cela ne vous inquiète point, nous avons fait une
partie[48] qui vous divertira vous-même à votre retour.

---

48. Mme Jérôme joue sur le sens du mot *partie*.

JEROME

Ah, ah ! et qu'est-ce donc que cette petite partie-là ?

Mme JEROME

Une partie de plaisir.

JEROME

Pendant que je n'y serai pas ?

Mme JEROME

Elle ne vaudrait rien si vous y étiez.

JEROME

J'y serai pourtant, je vous en réponds.

Mme JEROME

Vous nous dérangerez.

JEROME

Parbleu, je me moque de votre arrangement ; j'ai pris le mien. Qu'est-ce que tout cela veut dire ?

Mme JEROME

Allez-vous en à Antony, et emmenez votre neveu, je vous prie.

JEROME

Ah, ah ! parbleu, voici qui est plaisant ; est-ce que je suis de trop chez moi ?

Mme JEROME

Oui, en de certaines occasions.

JEROME

Ceci commence à m'impatienter.

Mme JEROME

Écoutez-moi, votre pétulance[49] se dissipera.

JEROME

Je n'en ai point. Parlez, je vous écoute, et suis très disposé à vous croire.

Mme JEROME

Votre bon ami Monsieur Tarif est un maroufle[50].

JEROME

On m'en a dit quelque chose.

Mme JEROME

Il a eu l'insolence de me dire qu'il était amoureux de moi.

JEROME

Je sais encore cela.

Mme JEROME

J'en ai averti sa femme.

JEROME

C'est elle qui m'en a rendu compte.

_____

49. *Pétulance* : « emportement avec insolence » (F.). Ici, c'est simplement l'idée d'emportement qui domine.

50. *Maroufle* ; voir note 43, p. 169.

Mᵐᵉ Jerome

Nous avions pourtant résolu de ne vous en dire mot.

Jerome

Sotte résolution.

Mᵐᵉ Jerome

Il m'a demandé un rendez-vous, et je le lui ai donné pour ce soir.

Jerome

Je voulais savoir la chose de vous-même ; en voilà assez, je sais tout le reste.

Mᵐᵉ Jerome

Cela vous fâche-t-il ? Le souper est là-bas, voulez-vous qu'on le renvoie, ou que nous bernions Monsieur Tarif ? Il n'y aura pas grand mal, il le mérite bien ; vous êtes le maître.

Javotte

Eh, mon oncle, laissez-nous prendre ce plaisir-là, je vous en prie.

Jerome

Si je vous le laisserai prendre ! je prétends bien en avoir ma part. Que l'on dise toujours que je suis parti.

Javotte

Oui, mon oncle.

JEROME

Faites-lui le meilleur accueil que vous pourrez, ma femme.

Mme JEROME

Il y sera trompé, je vous en réponds.

JEROME

Beaucoup de libertés, de caresses[51]... modestes, s'entend.

Mme JEROME

Voilà des choses qu'il est inutile de me dire.

JEROME

Oui : mais que Javotte ne vous quitte point cependant[52].

JAVOTTE

Non, mon oncle.

JEROME

Je surviendrai à propos, je vous en réponds.

JAVOTTE

On frappe à la porte de derrière, et l'on a toussé deux fois ; c'est là le signal que nous avons donné.

---

51. *Caresse* : « Démonstration d'amitié ou de bienveillance qu'on fait à quelqu'un par un accueil gracieux, par quelque cajolerie » (F.). Il ne s'agit pas de gestes.

52. *Cependant* : l'adverbe est à la fois restrictif et temporel ; ce dernier sens évite l'emploi pléonastique avec *mais*.

Mme JEROME

Voulez-vous qu'on lui ouvre, Monsieur ?

JEROME

Oui, sans doute, je serais bien fâché qu'il n'entrât pas.

Mme JEROME

Allez donc, Javotte, et l'amenez ici.

SCÈNE XI
M. JEROME, Mme JEROME.

M. JEROME

Je vais de mon côté rejoindre mon neveu, et préparer à Monsieur Tarif un petit régal[53] à quoi il ne s'attend pas.

Mme JEROME

J'entends du bruit, c'est lui, retirez-vous vite. Est-ce Monsieur Tarif, Javotte ?

SCÈNE XII
TARIF, JAVOTTE, Mme JEROME.

TARIF

Oui, charmante voisine, c'est lui-même.

---

53. *Régal* : « Fête, réjouissance, appareil de plaisir pour divertir ou honorer quelqu'un » (F.).

Mme JEROME

Quel ajustement ! quelle propreté[54] !

TARIF

Pour négocier avec l'amour on se met autrement que quand on n'a que son argent à faire travailler.

Mme JEROME

Vous plaisez de quelque manière que vous soyez, mais je ne laisse pas de vous savoir gré des soins que vous prenez pour paraître encore plus aimable.

TARIF

Mon unique objet est de vous plaire, et le bonheur que j'ai de souper ce soir avec vous, en l'absence de votre gros brutal[55] de mari...

Mme JEROME

N'en disons point de mal, de grâce, et contentez-vous de ce que je fais aujourd'hui.

TARIF

C'est bien dit, vous avez raison, belle voisine, respectons son absence, et profitons-en. Le souper est-il prêt ?

---

54. *Quelle propreté* ! : quelle élégance ! Didascalie implicite, qui laisse supposer un costume... à la Monsieur Jourdain.

55. *Brutal* : « Celui qui a des appétits déréglés, qui vit en bête ou qui n'a pas plus d'esprit et de conduite qu'une bête » (F.). Le terme est fort et nettement injurieux.

JAVOTTE

Il y a un quart d'heure qu'on a tout apporté, ragoûts[56], rôtis, dessert, le couvert est mis, le vin rafraîchi, on se mettra à table quand vous voudrez, et sur la fin du repas on vous donnera les violons[57] c'est une petite musique dont vous ne serez pas mécontent.

TARIF

Cela est fort bien imaginé.

Mme JEROME

Qu'on apporte le souper ici ; c'est l'endroit le plus éloigné de la rue, et où nous serons le mieux à couvert des regards curieux du voisinage.

TARIF

Vous êtes une femme adorable, ma voisine ; je suis comme vous, j'aime le mystère, et vous ne vous plaindrez pas de ma discrétion.

Mme JEROME

On ne peut trop prendre de précaution pour se garantir de la médisance du petit peuple.

TARIF

Oh ! pour cela, c'est une chose épouvantable ; un joli homme de finances ne saurait souper tête à tête avec

---

56. *Ragoût* : « En général, mets avec sauce et différents ingrédients » (Littré).

57. *On vous donnera les violons* : Pour vous faire danser, mais aussi avec le sens figuré de : vous paierez tout cela. Emploi que signale Furetière.

une bourgeoise de conséquence[58], et y demeurer seulement jusqu'à quatre heures du matin, qu'on n'en fasse[59] le lendemain cent contes ridicules.

Mme JEROME

Oh ! je me mets au-dessus de cela, moi, et je prends si bien mes mesures que je ne crains point la médisance[60].

TARIF

Je suis comme vous, je me moque de tout, et je ne me contrains en rien. Si nous nous mettions à notre aise, ma voisine ?

Il ôte sa perruque

Mme JEROME

Ah ! que vous faites bien, Monsieur ; vous étiez guindé[61] avec votre grande perruque : vous avez un bonnet, mettez-le.

TARIF

Je ne me fais pas prier, j'aime mes commodités : mais je n'ai point de bonnet dans cet habit-ci, je l'ai laissé dans l'autre.

---

58. *Conséquence* : « grande importance ou considération » (F.). Mme Jérôme n'est pas n'importe qui.

59. Nous dirions plutôt : sans qu'on en fasse...

60. Phrase à double entente : ayant tout dit à son mari, Mme Jérôme ne craint effectivement pas la médisance.

61. *Guindé* : « Se dit figurément en morale. Cet homme est toujours *guindé*, pour dire qu'il se veut toujours élever au-dessus des autres » (F.). Mme Jérôme veut dire que Tarif a l'air trop solennel et cérémonieux.

Mᵐᵉ JEROME

Vous n'avez guère de précaution. Apportez un des bonnets de votre oncle, Mademoiselle Javotte, le plus beau, le plus propre[62] ; c'est pour Monsieur.

TARIF

Oh mais, Madame... je n'ai garde de prendre des libertés...

JAVOTTE *lui mettant le bonnet*

Belle cérémonie ! Craignez-vous de l'user ? Vous lui en rendrez un autre.

SCÈNE XIII

TARIF, Mᵐᵉ JEROME, JAVOTTE.

Valets

TARIF *s'asseyant*

Ce fauteuil est pour moi apparemment ?

Mᵐᵉ JEROME

Oui. Il aime ses commodités[63].

JAVOTTE

N'a-t-il pas raison ? C'est le fauteuil de mon oncle,

---

62. *Le plus propre* : le plus élégant.

63. *Ses commodités* : ses aises. Ce n'est pas un aparté, mais une réflexion aimablement ironique, qui permettra le commentaire de Javotte, également ironique.

au moins. Il n'est point ici, vous y tenez sa place ; il faut que vous y figuriez[64] comme lui, afin qu'on ne s'aperçoive pas de son absence.

TARIF

Ce serait un grand bonheur pour moi, mon adorable voisine...

JAVOTTE

Hâtons-nous de souper, les ragoûts se gâtent.

TARIF

Ils se mettent à table

Ce serait dommage. Je ne sais si ce maraud de rôtisseur m'aura envoyé de bonne viande : mais il me l'a bien fait payer. Ce faisan-là coûte douze francs, les deux perdrix neuf livres dix sols, et treize francs l'oiseau de rivière[65] et la bécasse. Ces coquins-là gagnent plus que nous.

JAVOTTE

Oui : mais ils n'ont pas de si bonnes fortunes.

SCÈNE XIV

Mme JEROME, TARIF, ERASTE, JAVOTTE.

ERASTE

Comment donc, on se met à table sans nous en aver-

---

64. *Que vous figuriez* : que vous fassiez la même figure que lui, que vous preniez son apparence.

65. *Oiseau de rivière* : « canards, sarcelles et autres aquatiques qui aiment les eaux » (F.).

tir ? Mon oncle qui me force à venir loger chez lui presque malgré moi...

TARIF

Qui est cet homme-là, Madame ?

Mme JEROME

Un officier de dragons[66], un neveu de Monsieur
Jérôme, qui n'est ici que d'aujourd'hui.

TARIF

Il a l'air d'un méchant pendard[67].

ERASTE

Où est donc Monsieur mon oncle ? Est-ce qu'il ne
soupe pas ici ?

JAVOTTE

Vous voyez bien que non : mais comme c'est un
homme de règle[68], et qui ne manque jamais à de certaines bienséances, il a envoyé Monsieur son ami pour
tenir sa place.

ERASTE

Ce galant homme-là est des amis de mon oncle, ou
de ma tante, sans doute ?

---

66. *Dragons* : voit note 3, p. 145.

67. *Pendard* ou *pendart* : « qui a commis des actions qui méri-
tent la corde, la potence » (F.).

68. *Règle* : « Se dit aussi des manières de vivre établies simplement par l'usage et par la coutume » (F.). C'est un homme bien élevé.

JAVOTTE

Monsieur Tarif est ami de toute la maison ; il est le mien, il sera le vôtre si vous voulez : il est tout rempli d'amitié pour toute la famille, et l'on vit avec lui sans façon.

ERASTE

Ah, parbleu, je l'aime de cette humeur ; je suis aussi sans cérémonie : une chaise, un couvert[69].

TARIF

Madame Jérôme ?

ERASTE

Que l'on appelle mon maréchal des logis[70], qu'il me vienne tenir compagnie ; l'ami de mon oncle me paraît un ennuyeux. Le repas languirait, il faut l'égayer.

TARIF *à part*

Nous nous serions bien passé de la présence de cet homme-là.

SCÈNE XV

TARIF, Mme JEROME, ERASTE, LEPINE, JAVOTTE.

LEPINE

On dit que vous me demandez, mon officier ?

---

69. Première avanie pour Tarif : Éraste s'impose.

70. *Maréchal des logis* : originairement, officier qui a soin du logement des gens de guerre. Équivalent de sergent dans l'infanterie.

ERASTE

Et parbleu oui ; ne veux-tu pas souper ? ici comme ailleurs, nous mangerons à table d'hôte[71] : mais la chère est meilleure qu'à l'auberge de la garnison, comme tu vois.

LEPINE

Malepeste, quelle différence ! voilà un bon ordinaire bourgeois. Mais je ne vois point Monsieur Jérôme ; j'aurais bien voulu lui parler.

ERASTE

Voilà le meilleur de ses amis, un autre lui-même.

JAVOTTE

Qui fait pour lui toutes ses affaires.

LEPINE

J'entends : c'est Monsieur qui représente[72] quand il n'y est pas.

Mme JEROME

Il a la bonté de ne pas me laisser seule, de peur que je ne m'ennuie.

LEPINE

Il faut par reconnaissance le divertir aussi, mon officier, et ne pas le laisser ennuyer, allons, à boire à lui[73].

---

71. *A table d'hôte* : sans choisir nos plats.

72. *Représente* : qui le représente, qui tient sa place. Avec, évidemment, le sous-entendu qu'on pense.

73. *A boire à lui* : buvons à sa santé.

ERASTE

Tope, à la ronde, et rasade même[74].

TARIF

Parbleu, voilà de bons enfants, Madame Jérôme, et je crois que nous passerons agréablement la soirée.

JAVOTTE

On frappe à la porte, et rudement même ; à l'heure qu'il est, qui pourrait-ce être ?

Mme JEROME

Ce sera Monsieur Jérôme. Quelles affaires le font revenir si promptement ?

TARIF

Le fâcheux contretemps ! Que devenir ? Quel tour donner à cette aventure ?

Mme JEROME

Ne vous mettez pas en peine, c'est un bon homme, et qui croira tout ce que nous voudrons. Secondez-moi bien, Mademoiselle Javotte.

JAVOTTE

Oui, ma tante.

---

74. *Rasade* : un plein verre. Nous dirions plus tôt : cul sec. Sur *Tope,* voit note 11, p. 30.

Scène XVI

JEROME, Mme JEROME, TARIF,
ERASTE, LEPINE, JAVOTTE.

JEROME

Ah, ah ! vous êtes encore à table ? et voilà bonne
chère ; c'est fort bien fait, Madame Jérôme, de régaler[75]
ainsi mon neveu, et de faire si bien les honneurs du
logis.

Mme JEROME

J'ai cru que vous ne m'en désavoueriez pas, Monsieur Jérôme.

JEROME

Comment, ventrebleu, Monsieur Tarif est aussi de
la partie ! et il m'a refusé de venir à Antony ?

TARIF

L'affaire sérieuse que j'avais a manqué ; il m'en est
par hasard survenu une de galanterie ; j'avais dit chez
moi que je n'y souperais point, et je suis retombé ici
pour attendre l'heure.

JEROME

Il me paraît que vous y êtes tombé debout[76], mon
voisin ; il y a du mystère en tout ceci.

---

75. *Régaler* : voir note 53, p. 177.

76. Jeu de mots : « On dit qu'un homme ne saurait tomber que
debout quand il est tellement appuyé de parents et d'amis que, quelque malheur qui lui arrive, il a toujours des ressources » (F.). La
remarque de M. Jérôme pourrait se traduire par : vous n'êtes pas
si mal tombé.

JAVOTTE

Il n'y en a point de notre part, mon oncle.

JEROME *à Madame Jérôme*

Vous êtes une coquette[77], Madame ma femme.

Mme JEROME

Je vous jure, Monsieur...

JEROME

Et vous un pendard[78], Monsieur Tarif.

TARIF

Monsieur Jérôme...

JEROME

Mais que vois-je ? c'est mon bonnet[79], je pense ? Ah,
quelle perfidie ! quelle insulte ! Je ne sais qui me tient...

JAVOTTE et ERASTE

Mon oncle.

LEPINE et Mme JEROME

Eh, Monsieur.

---

77. *Coquette* : « Dame qui tâche de gagner l'amour des hommes » (F.). Sans aller jusqu'à accuser sa femme de galanterie, Jérôme
lui reproche d'aimer qu'on lui fasse la cour.

78. *Pendard* : voir note 67, p. 183.

79. Ce bonnet est le signe d'une liberté vraiment abusive de
M. Tarif. En outre, ce couvre-chef évoque cette autre coiffure qu'il
voudrait faire porter à Jérôme...

TARIF *à genoux*

Mon cher voisin, Monsieur Jérôme.

JEROME

Je lui pardonnerais d'aimer ma femme ; elle est aimable[80], c'est à elle de se défendre de ses poursuites : mais prendre mon bonnet !

TARIF

Je m'en vais reprendre ma perruque, Monsieur Jérôme.

Mme JEROME

C'est ma faute, à moi, ne vous emportez pas contre lui, de grâce.

JEROME

C'est votre faute ? Cela est bien ridicule ; mettre le bonnet de son mari sur la tête d'un autre ! où est la bienséance ?

JAVOTTE

Il nous a dit qu'il allait en bonne fortune[81], qu'il craignait de déranger l'économie[82] de sa perruque ; on s'est prêté à cela : le grand malheur !

---

80. *Aimable* : sens propre : elle mérite d'être aimée.

81. *En bonne fortune* : à un rendez-vous galant.

82. *L'économie* : le bel ordre, la belle disposition de sa perruque (F.).

JEROME

Il vous a dit qu'il allait en bonne fortune ?

LEPINE

Oui vraiment, et chez le baigneur[83] même en sortant d'ici.

JEROME

Chez le baigneur ?

TARIF

Oui, Monsieur Jérôme, c'était mon dessein ; n'en dites rien à ma femme, je vous prie.

JEROME

Non, non, je n'ai garde : mais le baigneur pourrait être un indiscret, un babillard, cela est de conséquence[84] : baignez-vous ici, la chose sera plus secrète.

TARIF

Que je me baigne ici !

ERASTE

Pourquoi non ? Il y a là-bas vingt cuves à choisir.

---

83. *Baigneur* : « Celui qui fait profession de baigner les autres, qui tient chez lui des bains pour le public, et qui est d'ordinaire aussi perruquier, barbier et étuviste » (F.). Lépine entre dans le jeu, selon ce qui a été concerté pour amener l'événement principal de la comédie.

84. Cela pourrait avoir de graves conséquences.

TARIF

Mais ce serait une liberté que...

JEROME

Mais il n'y a pas plus de liberté à cela qu'à mettre mon bonnet. Tu sais baigner, Lépine ?

LEPINE

C'est mon premier métier, Monsieur, vous le savez bien.

ERASTE

Je ne me sers jamais que de lui pour cela, mon oncle.

JAVOTTE

Mais Lépine sera-t-il assez habile pour cela ? Il y a furieusement à décrasser à Monsieur Daniel[85] Tarif.

LEPINE

Parbleu, je le ferai débouillir[86] en cas de besoin ; que l'on me laisse faire.

M. TARIF

Madame Jérôme, je vous prie...

---

85. Ce prénom emprunté à l'ancien testament laisse supposer que Tarif est quelque peu juif ou huguenot...

86. *Débouillir* : « Terme de teinturier. Mettre à l'épreuve la bonté d'une teinture, en faisant bouillir quelque échantillon dans un mélange de plusieurs drogues » (Littré). Furetière donne des explications techniques détaillées. Ce que veut dire Lépine, c'est qu'il aura recours à des décapants puissants et à des traitements énergiques pour « décrasser » M. Tarif.

Mme JEROME

Bonsoir, Monsieur, je vous laisse en bonnes mains, et vous souhaite toutes sortes de bonnes fortunes.

JAVOTTE

Jusqu'au revoir, Monsieur. Que vous allez être propre !

SCÈNE XVII

TARIF, JEROME, ERASTE, LEPINE.

TARIF

Il faut vous avouer, Monsieur Jérôme...

JEROME

On ne saurait trop prendre de précaution pour aller en bonnes fortunes. Allons, du linge, des mules, et une robe de chambre.

ERASTE

Et du vin, mon oncle ; je bois toujours dans le bain, moi qui vous parle.

LEPINE

Il n'y a rien de plus sain : il faut bien laver le dedans et le dehors, il en sera plus net.

JEROME

Oui, et je veux boire avec lui, pour lui marquer que je n'ai point de rancune.

TARIF

Je vais vous expliquer, Messieurs...

SCÈNE XVIII
JEROME, LEPINE, ERASTE.

JEROME

Expédions promptement, qu'on se dépêche, je ne veux point de temps pour la réflexion.

LEPINE

Cela ne sera pas long, tout est préparé.

JEROME

Va-t-en chercher Angélique et l'amène ici.

ERASTE

Je ne perdrai pas un instant.

JEROME

Voyons un peu si notre affaire s'avance ; je ne veux pas que Madame Jérôme en sache rien.

ERASTE

Monsieur Tarif n'en aura que la peur, et le ressentiment de mon oncle ne sera pas si bien servi qu'il se l'est promis, et l'aventure sera plus risible que sérieuse[87].

---

87. Cette réplique est prononcée par Éraste seul, M. Jérôme ayant quitté la scène à la fin de la réplique précédente. Éraste, informé par Lépine, semble mieux au courant de la portée de l'aventure que Jérôme lui-même. Peut-être dit-il cela pour rassurer le public et éviter tout pathétique, malséant dans une dancourade.

Scène XIX

Mme Tarif, Mme Jerome, Mme Clopinet[88].

Mme Tarif

J'étais fort en peine de Monsieur mon mari ; j'attendais chez moi des nouvelles de Monsieur Jérôme, ou des vôtres ; je viens moi-même, avec ma voisine et mon amie, voir ce qui se passe.

Mme Jerome

Tout autre chose que ce que nous avions projeté ; nous comptions de nous divertir entre nous autres, Monsieur Jérôme a su l'affaire, il nous a volé ce plaisir-là, et l'a pris pour lui.

Mme Clopinet

Monsieur mon mari m'en fit autant il y a trois mois : Monsieur Tarif fut étrillé par deux grands clercs.

Mme Tarif

Voilà comme sont tous ces vilains maris, ils dérangent tout autant qu'ils peuvent toutes les parties de plaisir que font leurs femmes.

Mme Clopinet

C'est ce qui est cause qu'on ne leur en fait pas tou-

---

88. Nom qui rappelle le verbe clopiner, boiter ; mais sans aucune raison apparente, si ce n'est le léger ridicule de noms bien roturiers, issus d'anciens sobriquets.

jours confidence : tout coup vaille[89], je ne me suis pas repentie de celle-là, et Monsieur Tarif fut bien régalé.

Mme TARIF

Ce sont des animaux bien ridicules et bien rétifs que des maris . Baste[90], cela ne l'a pourtant pas corrigé, comme vous voyez. Mais que font-ils ? Où sont-ils à présent, les deux nôtres ?

Mme JEROME

Là-bas dans la salle, où deux officiers de dragons et Monsieur Jérôme travaillent de concert à enivrer Monsieur Tarif.

Mme TARIF

Qu'avait-on besoin d'eux pour cela ? Comme si nous ne l'aurions pas bien enivré nous-mêmes. Mais que vois-je ?

Mme JEROME

Le neveu de Monsieur Jérôme.

Mme CLOPINET

Oui, c'est Éraste, je le reconnais ; je ne le croyais pas ici.

Mme TARIF

Et notre nièce avec lui, qu'est-ce que cela veut dire ?

---

89. *Tout coup vaille* : quoi qu'il en soit, voit note 8, p. 30.

90. *Baste* : Interjection exprimant qu'on prend son parti d'une chose. Correspond à un haussement d'épaules.

Mme JEROME

Nous le saurons bientôt, écoutons.

Mme CLOPINET

Je le sais déjà, moi, je suis leur confidente.

SCÈNE XX

ERASTE, ANGELIQUE, Mme TARIF, Mme JEROME, Mme CLOPINET.

ERASTE

Oui, charmante Angélique, nos affaires sont dans la meilleure situation du monde : Monsieur Jérôme, mon oncle, approuve l'ardeur que j'ai pour vous, et j'ose quasi vous répondre que Monsieur votre oncle qui est ici ne me refusera pas son aveu.

ANGELIQUE

Je me livre à ce flatteur espoir, et je souhaite la chose autant que vous, Éraste, je vous assure.

Mme TARIF

Vous me paraissez de bonne intelligence avec ce Monsieur-là ; que faites-vous ici avec lui ? Qui vous a mandée[91] ? Qui vous a dit d'y venir, Mademoiselle ?

ANGELIQUE

C'est lui-même, Madame : il m'a dit que vous étiez

---

91. *Mandée* : convoquée.

dans ce logis avec mon oncle, et qu'on y avait affaire de moi.

Mme TARIF

Affaire de vous ! et à quel sujet ?

ANGELIQUE

Je ne sais, Madame.

TARIF

Mais on ne s'expose point à venir seule avec un homme...[92]

ERASTE

C'est un mystère qu'on vous expliquera, Madame.

Mme CLOPINET

C'est un mystère qui ne l'est point pour moi : Éraste est amoureux d'Angélique, Mesdames.

ERASTE

Vous le savez mieux que personne.

Mme CLOPINET

Angélique ne hait pas Éraste.

ANGELIQUE

Vos conseils m'y ont déterminée.

_____

92. Effectivement, la conduite d'Angélique est contraire aux bienséances.

Mme JEROME

Tout ceci finira par un bon mariage.

Mme TARIF

J'y donnerai les mains[93] de tout mon cœur, pour faire enrager mon mari, qui ne veut point marier sa nièce ; cela le corrigera peut-être, lui, de vouloir avant que d'être veuf, se remarier en secondes noces ; et ce sera fort bien fait de le punir comme cela.

Mme CLOPINET

Ce sera le hasard et moi qui aurons conduit cette affaire.

Mme JEROME

Elle finira bien. Entrons dans mon appartement. Voyez ce qui se passe là-bas, Éraste, et venez nous en rendre compte.

ERASTE

Oui, Madame.

SCÈNE XXI

ERASTE *seul*

Ce qui s'y passe les surprendra, et je suis surpris moi-même que mon oncle qui veut faire consentir Monsieur Tarif à mon mariage, pousse si loin la vengeance qu'il

---

93. *Donner les mains* : consentir, approuver.

en prend lui-même. J'ai pourtant donné ordre à Lépine
de la modérer[94].

SCÈNE XXII

JEROME, LEPINE, ERASTE.

LEPINE

Vous m'avouerez que cela est en perfection, je n'ai
point oublié le métier, Monsieur Jérôme, et je n'ai
jamais fait de si bonne besogne.

JEROME *rêveur*

Oui, oui, cela est fort bien : mais...

ERASTE

Comment donc ? qu'avez-vous, mon oncle ? Il semble que vous soyez fâché de la plaisanterie.

JEROME

Hom[95] : c'est que je la trouve un peu forte quand
j'y songe. Dans le premier mouvement de ma colère
je me suis livré sans réflexion à une imagination que
j'ai trouvée plaisante, vous l'avez applaudie, cela m'a
enhardi, la chose est faite, je commence à la trouver
sérieuse.

---

94. Ce bref monologue d'Éraste n'a d'autre nécessité que d'occuper la scène entre le départ des quatre femmes et l'arrivée de Jérôme
et Lépine.

95. *Hom* : grondement désapprobateur.

Eraste

Elle l'est un peu, je vous l'avoue : mais après tout vous avez fait votre devoir[96].

Lepine

Et votre métier, c'est là le bon[97]. Le drôle en est quitte à bon marché, je vous en assure.

Jerome

Cela ne laisse pas de me donner quelque inquiétude ; et quelque raison que j'aie dans le fond, il est bon de prévenir de certaines suites.

Eraste

Il n'y a jamais d'inconvénient à prendre des mesures.

Jerome *à Lépine*

Que fait notre homme ?

Lepine

Deux de vos garçons le font sécher auprès du feu ; ils le rhabilleront quand il sera sec, et on lui donnera la clef des champs.

Jerome

Qu'on ne le fasse pas que je ne le dise. J'ai envoyé

---

96. Votre devoir de mari trompé ou en puissance de l'être ; mais la réflexion est surtout destinée à amener celle de Lépine sur le métier.

97. *Le bon* : le plaisant de la chose. M. Jérôme se venge... professionnellement.

prier mon cousin, Monsieur Gaspard l'avocat, de se donner la peine de venir jusqu'ici, pour me concerter avec lui, et voir quelle bonne couleur[98] nous donnerons à cela.

LEPINE

Parbleu, la couleur est toute donnée, Monsieur, et il n'est plus question de raisonner là-dessus.

JEROME

Voici quelqu'un. C'est Monsieur Gaspard. Retournez là-bas auprès de votre homme, et me laissez consulter sur ce que nous aurons à faire.

ERASTE

Nous trouverons moyen de remédier à toutes choses.

SCÈNE XXIII

GASPARD, JEROME.

GASPARD

Qu'est-il donc arrivé chez vous de si surprenant, mon cousin Jérôme ? M'envoyer chercher après minuit ! Tirer un avocat de son cabinet à une heure indue !

JEROME

De son cabinet ! Est-ce que vous avez un cabinet, Monsieur Gaspard ? Vous sortez du lit, ou vous revenez du cabaret. Ne sait-on pas les choses ?

_____

98. *Couleur* : ce terme a souvent le sens figuré d'aspect. D'où le jeu de mots.

GASPARD

Je vous jure que...

JEROME

Gardez ces affectations-là pour d'autres, et parlons
naturellement. Vous êtes mon cousin, j'ai besoin de
vous, je vous ai envoyé chercher ; vous êtes venu, vous
avez bien fait, je vous en remercie. Parlons d'affaire.

GASPARD

Fort volontiers. De quoi est-il question ?

JEROME

De savoir votre avis, et de le suivre.

GASPARD

A quel sujet ?

JEROME

Vous connaissez Monsieur Tarif, l'agioteur ?

GASPARD

Oui vraiment, pour un gaillard, pour un maître sire[99].

---

99. *Gaillard* a ici son emploi péjoratif : « un adroit, un fourbe,
un homme à surprendre les autres, dont il se faut défier » (F.). Quant
à *maître sire,* Furetière explique : « C'est un maître homme, il est
intelligent dans son métier ». Bref, c'est quelqu'un de dangereux, ce
qui explique l'inquiétude de Jérôme.

JEROME

Justement. Il n'a pas tenu à lui que je fusse un maître sot[100].

GASPARD

Comment donc cela ?

JEROME

Je l'ai surpris chez moi avec ma femme.

GASPARD

In flagranti delicto[101] ?

JEROME

Il n'est pas question de latin, je ne l'entends point. Mais je les ai trouvés ensemble, vous dis-je, en présence d'un de mes neveux, officier d'armée, qui en peut rendre témoignage.

GASPARD

C'est quelque chose d'avoir des témoins.

JEROME

Nous n'en manquerons pas.

GASPARD

Mais dans de certaines affaires il faut des preuves si convaincantes...

---

100. *Sot* : euphémisme habituel pour cocu.

101. « En flagrant délit ». Les formules juridiques sont souvent en latin. En outre, la consonance finale fait penser au lit dans lequel l'adultère pourrait être consommé.

JEROME

Le drôle avait déjà mis mon bonnet.

GASPARD

C'est un préjugé[102], mais des plus simples, et ce seul indice n'est point suffisant.

JEROME

Je serais parbleu bien fâché d'en avoir d'autres.

GASPARD

Enfin qu'avez-vous fait, qu'est-il arrivé ?

JEROME

Vous l'allez savoir.

GASPARD

Vous avez maltraité votre femme ?

JEROME

Non.

GASPARD

Le galant, sans doute ?

JEROME

Encore moins, je me suis contenté de le faire boire.

---

102. *Préjugé* : au sens propre, un jugement précédent sur lequel on peut se fonder. Gaspard veut dire que c'est un fait qu'on est obligé d'admettre, mais ce fait est *simple,* c'est-à-dire sans circonstances capables de lui donner du poids.

GASPARD

Ah, malheureux ! vous lui aurez fait avaler du poison, quelque verre de teinture.

JEROME

Voilà ce qui vous trompe, de bon vin de Champagne.

GASPARD

C'est traiter la chose en douceur, il n'y a point de
reproche à vous faire.

JEROME

Vous n'y êtes pas encore, Monsieur Gaspard,
donnez-vous patience.

GASPARD

Poursuivez donc.

JEROME

Il m'a voulu donner pour excuse, qu'il n'était ici
qu'en passant, et en attendant l'heure d'aller chez le
baigneur pour se préparer à une bonne fortune.

GASPARD

Vous avez pris cela pour argent comptant ?

JEROME

Je savais bien à quoi m'en tenir ; je lui ai épargné
les frais du baigneur, je l'ai fait mettre dans une cuve.

GASPARD

Vous l'avez fait noyer ?

JEROME

Point du tout. Vous allez plus vite que moi.

GASPARD

On l'aura étouffé dans la vapeur ?

JEROME

Eh, non, non ! de par tous les diables, non.

GASPARD

Vous me tranquillisez. Achevez, de grâce.

JEROME

Sa femme, qui de concert avec la mienne, m'avait averti de la manœuvre du maroufle[103], m'avait aussi prié de tâcher de changer un peu son mari, je lui ai promis, je m'en suis acquitté, je l'ai fait teindre.

GASPARD

Quelle imagination ![104]

JEROME

Il n'y a point d'imagination, cela est réel, il est du plus beau vert... Qu'est-ce qu'il y a à faire là-dedans, dites-moi votre avis ?

GASPARD

Parbleu, qu'est-ce qu'il y a à faire, vous-même ? c'est votre métier, ce n'est pas le mien.

---

103. *Maroufle* : voir note 43, p. 169.
104. Équivalent de : En voilà une idée !.

JEROME

Je vous demande si on ne pourrait pas me faire des affaires[105] de cela ?

GASPARD

Quelles affaires voulez-vous qu'on vous fasse ? C'est un homme qui vient chez vous pour vous déshonorer, vous l'avez barbouillé, qu'il se débarbouille.

JEROME

Oui, mais cela tient comme tous les diables : il en a eu trois couches[106], et la teinture ne s'en ira qu'avec la peau.

GASPARD

En ce cas-là cela est sérieux, et cette affaire-là fera du bruit. A tout hasard faites toujours votre plainte[107] ; Monsieur Tarif de son côté fera peut-être aussi la sienne : mais je ne crois pas que de longtemps il aille à l'audience.

---

105. *Affaires* : au sens fréquent de procès, poursuites judiciaires.

106. Ces trois couches sont peu vraisemblables, surtout en si peu de temps. Elles seront pourtant reprises par Lépine à la scène dernière (voir p. 214). Il est d'autre part étrange qu'un homme du métier comme Jérôme croie que « la teinture ne s'en ira qu'avec la peau » alors que Lépine sait bien qu'il n'en est rien. A moins qu'il ne le lui ait fait croire pour avoir plus d'atouts dans son jeu lorsqu'il présentera ses exigences pour son maître et pour lui-même à la dernière scène.

107. Conseil judicieux. Il est bon que Jérôme prenne l'offensive.

Scène XXIV

Tarif, Jerome, Gaspard, Lepine.

JEROME

Tenez, le voilà, Monsieur Gaspard, jugez par vous-même s'il est en état d'y paraître.

TARIF

Messieurs, Messieurs, j'en aurai raison[108], il y a bonne justice.

LEPINE

Nous ne craignons rien, Monsieur, nous avons fait les choses en conscience : vous avez eu trois teintes, et les jurés de la communauté n'ont pas le moindre reproche à nous faire[109].

TARIF

Marquer un homme de cette manière !

LEPINE

Vous êtes à merveilles, vous verrez demain au jour ce qu'on vous en dira.

TARIF

Monsieur Jérôme, Monsieur Jérôme, l'indigne traitement que vous me faites...

---

108. *Raison* : « Se dit aussi de la justice qu'on fait ou qu'on demande à quelqu'un » (F.). J'en obtiendrai justice.

109. Cruelle raillerie de Lépine, qui fait semblant de ne pas comprendre ce qu'on lui reproche.

JEROME

Votre femme m'en a prié, Monsieur, je n'ai pu vous changer que la couleur, c'est à vous de changer vos mœurs, s'il est possible.

GASPARD

Il faudra bien qu'il en change malgré lui, et dans l'état où vous l'avez mis, je le défierais bien de se produire en bonne fortune.

LEPINE

Il a manqué la sienne pour aujourd'hui : mais il ira au bal pour faire des conquêtes ; le voilà masqué pour toute sa vie.

TARIF

Qu'on va se moquer de moi ! Comment me montrer ? Que devenir ?

LEPINE

Vous confiner à la campagne. Allez planter des choux et des poireaux, vous êtes déjà de la couleur d'un potager.

GASPARD

Cela est vrai, voilà un bon conseil.

LEPINE

De l'humeur et de la couleur dont il est, on le prendra pour le dieu des jardins[110].

---

110. *Le dieu des jardins* : Priape, dont on connaît l'insatiable virilité.

Scène XXV

Mme Tarif, Jerome, Gaspard.
Tarif, Lepine.

JEROME

Ah ! vous voilà, Madame ; où est donc Mademoiselle Angélique et votre amie Madame la procureuse ?
Il est bon que notre voisinage et nos familles se
rassemblent.

Mme TARIF

On m'a mise au fait, je sais à peu près vos vues, je
les trouve bonnes : où en sommes-nous ?

JEROME

Où nous en sommes ? L'affaire est faite ; connaissez-
vous ce gentilhomme-là ?

Mme TARIF

Oh, pour cela non, je ne suis point femme de bal,
et je ne connais personne sous le masque.

TARIF

Comme ils m'ont accommodé, ma chère femme !

Mme TARIF

Miséricorde ! Eh ! c'est Monsieur Tarif, je pense !
comme le voilà fait : qui l'aurait reconnu ?

LEPINE

Il est changé du blanc au vert, comme vous voyez : je n'ai pas pu mieux faire.

Mme TARIF

Vous méritez bien cela, Monsieur ; voilà ce que c'est que de faire le libertin comme vous faites, et de vous adresser à d'honnêtes femmes.

TARIF

Il est bien question de cela maintenant, et voilà des morales bien placées...

JEROME

Elle a raison ; vos mauvaises intentions ne sont pas pardonnables, et vous devriez rougir de honte.

LEPINE

Oh, par ma foi, je l'en défie, et nous y avons mis trop bon ordre.

SCÈNE DERNIÈRE

JEROME, Mme JEROME, M. TARIF, Mme TARIF, LEPINE, GASPARD, ERASTE, JAVOTTE, ANGELIQUE, Mme CLOPINET.

Mme JEROME

Qu'est-ce que j'aprends, Monsieur Jérôme ? La raillerie devient outrée, et vous poussez la chose trop loin.

JEROME

Bon, bon, Madame, le voilà bien malade : le traitement qu'il me préparait méritait bien celui-là, tout au
moins.

TARIF

Ah ! je suis au désespoir ; j'aimerais autant être
mort. Eh, Messieurs et Mesdames, pour or ou pour
argent, par grâce, n'y aurait-il pas moyen de réparer
cela ?

Mme JEROME

Je vous le demande avec instance.

Mme TARIF

Mon bon Monsieur Jérôme !

JAVOTTE et ERASTE

Un peu d'humanité, mon oncle.

JEROME

Comment diable faire ? En l'état où le voilà maintenant, il ne saurait plus prendre que le feuille-morte[111].

TARIF

Comment ? le feuille-morte !

Mme TARIF

C'est une couleur bien triste, Monsieur Jérôme.

_____

111. *Feuille-morte* : couleur à la mode pour des habits, mais
modeste et peu voyante.

JEROME

Le vert est plus gai, vous avez raison, il n'y a qu'à le laisser comme il est.

GASPARD

Si le feuille-morte n'était pas trop foncé, encore, il serait quelque temps sans sortir, on dirait qu'il aurait été à la campagne, et qu'il en serait revenu un peu hâlé.

TARIF

Monsieur Gaspard a raison, cela serait mieux encore, travaillons à cela, Monsieur Jérôme ; vous, mon ami, qui avez fait le mal, il faut que vous le répariez, s'il vous plaît.

LEPINE

Et si je le réparais, de manière à vous remettre dans le même état où vous étiez en venant ce soir ici, que feriez-vous ?

TARIF

Je donnerais la moitié de ce que j'ai au monde.

LEPINE

Ce n'est pas pour moi que je le demande ; donnez-le à votre nièce, et donnez la fille à mon maître.

TARIF

Comment, comment ?

LEPINE

Ils sont amoureux l'un de l'autre, consentez au mariage.

ERASTE

Il dit vrai, Monsieur, nous nous sommes promis de nous épouser.

ANGELIQUE

Mon oncle...

TARIF

Je voudrais que cela fût, j'y consentirais de tout mon cœur.

LEPINE

Sur ce pied-là[112] vous êtes vert-brun, je vous rendrai céladon[113] dans une heure.

TARIF

Oui : mais vert-brun ou céladon, céladon ou vert-brun, c'est à peu près la même chose ; ce changement de couleur ne changera rien au ridicule.

LEPINE

Ah ! que vous êtes vif, Monsieur Tarif ; nous vous avons teint en trois fois, et vous voulez qu'on vous déteigne en une.

TARIF

Non, non, j'aurai patience, pourvu que...

---

112. Voir note 40, p. 168.

113. *Céladon* : « couleur verte, blafarde, mêlée de blanc, qui tire sur le blanc » (F.). « Vert pâle, tirant sur la couleur du saule ou de la feuille de pêcher » (Littré). Mais le mot rappelle aussi l'amant idéal de la bergère Astrée.

LEPINE

Pourvu que... Vous serez content ; pourvu que vous engagiez Monsieur Jérôme à me donner Mademoiselle Javotte et à me céder la boutique qu'il voulait donner à mon maître, je vous rendrai blanc comme la neige : pour le cuir s'entend, car pour la conscience, ce serait un peu trop entreprendre[114]

TARIF

Monsieur Jérôme ne voudra jamais faire cela pour moi.

JEROME

Pourquoi non ? Je suis plus galant homme que vous ne croyez.

On entend une musique.

TARIF

Qu'est-ce que c'est que cette musique-là ?

JAVOTTE

C'est une petite musique que l'on va répéter pour vous en donner le régal quand vous aurez repris votre belle humeur avec votre couleur naturelle que Lépine va vous rendre.

TARIF

Je voudrais bien que cela fût fait.

---

114. Allusion à un verset du *Miserere* : « *Lavabis me et super nivem dealbabor* » (Tu me laveras et je deviendrai plus blanc que neige) ?

LEPINE

Cela le sera bientôt : allons, venez.

JAVOTTE

Si tous les maris dont on courtise les femmes, recevaient ainsi leurs galants, que l'on verrait de perroquets[115] dans le monde !

MUSIQUE

Venez, venez, accourez tous
Apprendre ici comment se venge
Un mari sagement jaloux
Si ceux qu'un fol amour[116] dérange,
Ne se corrigent pas chez nous,
Voyez du moins comme on les change.

Pour faire que le correctif[117]
Qu'on a fait à Monsieur Tarif
Devienne un jour à tous notoire,
Qu'un musical récitatif,
Sur un ton plus gai que plaintif,
Au quartier annonce l'histoire ;
Que Pégase, s'il n'est poussif,
Pour en consacrer la mémoire,
Aille en tous lieux hannir[118] la gloire
Du Vert-Galant Monsieur Tarif.

---

115. Sur le perroquet, voit Notice, p. 131. Mais ce peut être une simple coïncidence.

116. *Fol amour* : au sens médiéval : un amour coupable.

117. *Correctif* : « qui adoucit, qui tempère la rudesse de quelque chose » (F.). Ici, l'ardeur de M. Tarif.

118. *Hannir* : autre graphie, assez rare, de hennir.

BRANLE

La nature le rend galant :
Mais ce n'est rien que la nature ;
Si l'art n'eût aidé le talent
Par le secours de la teinture,
Au dénouement de l'aventure,
Il ne serait pas Vert-Galant[119]*.*

2. couplet

La couleur se donne aisément :
Mais ce n'est rien que la teinture ;
Ce serait un secret charmant,
Si l'art corrigeait la nature :
Mais quand on n'est vert qu'en peinture,
On est un triste Vert-Galant.

3. couplet

Quand il croit son voisin absent,
Il vient souper chez sa voisine ;
Et le voisin qui le surprend,
Loin d'en faire mauvaise mine,
Fait, de concert avec Lépine,
Du vieux Tarif un Vert-Galant.

4. couplet

Messieurs, pour vous rendre contents
Il n'est soins qu'ici l'on ne prenne :

---

119. *Vert-Galant* : jeu de mots facile et justification du titre.

Pussiez-vous encor dans cent ans
Goûter les plaisirs de la scène,
Et jusque-là qu'amour vous tienne
Toujours joyeux et Verts-Galants.

FIN

LE PRIX DE L'ARQUEBUSE

NOTICE

Si *Le Vert-galant* dut attendre plus d'un an avant d'être représenté, la comédie qui le suit immédiatement dans les éditions des œuvres de Dancourt — puisque *La Guinguette de la finance,* jouée entre-temps, ne fut jamais imprimée —, *Le Prix de l'arquebuse*, n'eut à connaître aucun délai : lu aux comédiens et accepté le 22 septembre 1717,[1] la première représentation eut lieu le 1er octobre. Aussi bien fallait-il saisir l'actualité au vol, savoir le concours de tir à l'arquebuse qui eut lieu à Meaux, fin août – début septembre 1717, entre les compagnies d'arquebusiers des provinces de Champagne, Ile-de-France et Picardie, concours qui connut un incontestable éclat, puisque, si la *Gazette* n'en dit mot, le *Nouveau Mercure* lui consacre quelques lignes dans son numéro de septembre 1717, sous la rubrique « Journal de Paris » :

> Le 6. les lettres de Meaux portent que le 4. septembre la Compagnie de Saint-Quentin remporta le I. Ponton[2] par un coup joignant la broche[3], celle de Crecy gagna le second par

---

1. Registre des Assemblées : « mercredy 22e sept. la Compagnie s'est assemblée pour entendre la lecture du *Prix de l'arquebuse de Meaux.* La pièce a esté acceptée... pour la jouer le 1er octobre ».

2. Lire *panton.* Le panton est la figure décorée d'une cible avec l'inscription et la date du prix. C'était un des souvenirs du prix gagné, que la compagnie victorieuse suspendait dans sa salle de réunion comme un trophée. Voir *Les Arquebusiers de Rethel.* Recueil de documents originaux annotés et publiés par H. Jadart et H. Lacaille, Arcis-sur-Aube, 1896. Ce terme technique ne figure dans aucun des grands dictionnaires du temps. Il semble dériver soit de *pante,* pan-

un coup de broche en plain, ce qui lui fit adjuger le I. prix. La Compagnie de Chalons-sur-Marne ût (sic) le troisième Ponton par un coup de broche, et celle de Reims approcha au plus près le quatrième Ponton. Les chevaliers qui ont gagné les prix jusqu'au 4. de ce mois, sont M. Pierre Girard Grand-jean Seigneur de l'Espine, President, Lieutenant général de la Ville, Baillage et Châtellenie de Crecy-en-Brie, Capitaine du Noble Jeu de l'Arquebuse dudit Crecy, et Maître Jean-François Greffier en chef des Eaux et Forets, Chevalier de l'Arquebuse de la même ville : comme ce dernier a fait le premier coup de broche, il a gagné une épée enrichie de diamants avec un grand bassin d'argent. De plus, M. le Prince de Soubise, Gouverneur de la Province, lui a fait présent d'une montre d'or estimée 7 à 800 livres[4]. Les tireurs ont donné 22 livres pour tirer chacun deux coups[5].

Issues des milices communales, les compagnies d'arquebusiers avaient remplacé dans certaines villes les compagnies de francs-archers ou d'arbalétriers. Assez répandues, comme on le verra par la liste des participants, soumises à un règlement précis, voire rigoureux, elles observaient un véritable rituel dans l'exercice du « noble et hardy jeu de l'arquebuse », comme elles le nommaient. Le tir à l'oiseau (sur un oiseau de bois placé au haut d'un mât, appelé aussi, probablement

---

tin, soit peut-être de *panthe* ou *panthre,* bête monstrueuse qui crache du feu. Le prix de Meaux s'appelait prix des quatre pantons, parce qu'il comportait quatre tirs semblables, avec des prix semblables, d'où son importance.

3. *Broche* : « Terme des chevaliers de l'arquebuse : Fer au milieu de la feuille de carton où l'on tire. *Faire un coup de broche.* C'est-à-dire enfoncer la broche » (Richelet). Autrement dit, c'est envoyer sa balle en plein cœur de la cible. On comprend que ce coup fût rare et qu'on tînt compte de ceux qui étaient « au plus près ». Lorsque le coup paraissait assez proche, on en mesurait la distance en cochant un morceau de bois, appelé l'*échantillon,* que gardait le tireur.

4. Selon Rochard, cette montre « à boîte en or » était estimée 5 000 livres. Voir p. 231.

5. *Le Nouveau Mercure,* septembre 1717, p. 70. Selon les renseignements de Rochard, il semble que les arquebusiers auraient tiré non pas deux, mais quatre coups chacun.

à cause de ses vives couleurs, « papegai ») déjà pratiqué par les archers et arbalétriers, n'avait lieu qu'une fois par an, au printemps, souvent le dimanche suivant l'Ascension, parfois le lundi de la Pentecôte[6]. C'en était l'exercice le plus solennel : le gagnant était nommé *Roi* de la compagnie pour un an, et bénéficiait de divers privilèges, mais aussi se voyait astreint à des charges honorifiques, parfois coûteuses. Dans certains endroits, le dimanche suivant, avait lieu un autre concours pour la nomination d'un *Dauphin*. Ces deux titres, remis en jeu chaque année, ne se confondaient pas avec celui de capitaine, élu, qui administrait la compagnie. Par ailleurs, une fois par mois, les arquebusiers s'exerçaient sur des cibles de carton ordinaires. Il y avait aussi, en principe tous les trois ans, des concours inter-villes qui revêtaient une plus ou moins grande solennité, selon l'étendue des invitations et la dignité de celui qui présidait[7]. En particulier, celui de Meaux, en 1717 — il semble que la ville n'en avait pas connu depuis longtemps — fut assez célèbre pour provoquer l'article du *Mercure* cité plus haut, et pour donner lieu à une série de gravures de Gérard Jollain, qui se trouvent au Cabinet des estampes de la Bibliothèque nationale. Une de ces gravures représente la *Réception faite aux chevaliers de l'Arquebuse à leurs arrivés* (sic) *en la ville de Meaux* ; une deuxième représente le *Premier coup tiré pour le Roy par M. le Prince de Rohan* :

---

6. Il n'était pas toujours nécessaire d'abattre l'oiseau. Il suffisait que le coup soit « mortel » : parfois l'oiseau était creux et rempli de sable rouge et il fallait que celui-ci coulât, figurant le sang de l'animal.

7. La même année, il y eut un concours à Beaune, pour la Bourgogne ; en 1700, un à Châlon-sur-Saône. Il y en aura un autre à Meaux en 1778. Mais celui de 1717, qui groupait plus de cinquante villes de trois provinces, présidé par le prince de Rohan-Soubise, gouverneur de Champagne et de Brie, revêtait une solennité particulière. Lorsque les frères Parfaict (*Histoire du théâtre français...*, t. XV, p. 265), déclarent : « Ce prix ne se tire que tous les cent ans, le nombre d'années était révolu en 1717 », ils sont mal informés.

le coup est tiré à bras tendu, sans fourchette. Le sujet de la troisième est la *Chambre du Conseil des chevaliers de l'Arquebuse* : autour d'une table siègent les principaux officiers de la compagnie, et derrière eux, on voit quatre portraits royaux : Henri IV, Louis XIII, Louis XIV et le Dauphin. Enfin une grande gravure s'intitule *Les Cérémonies observées dans la marche des Chevaliers de l'Arquebuse des 57 villes ou provinces assemblées par ordre* : sur cinq lignes serpentines s'étire la procession des chevaliers de l'arquebuse groupés par villes ; sous chaque groupe une légende en italique nomme la ville, indique l'uniforme et l'emblème, ce dernier parfois reconnaissable. En tête de la procession, c'est-à-dire au premier plan, on distingue fort bien le « bouquet », représentant la déesse de la paix et les pièces d'orfèvrerie constituant les récompenses des meilleurs tireurs. Une dernière gravure — perdue ? — montrait la célébration de la messe du Saint-Esprit. Cet ensemble fut repris comme illustration d'un almanach pour 1718, la procession, en toile de fond, était flanquée aux quatre angles des quatre scènes de détail que nous avons citées. C'est cet almanach, de grande dimension (85 cm × 36 cm) qui a été vu et décrit par A. Barbey, en 1877[8]. Le concours est d'autre part narré par le menu dans l'*Histoire de la ville de Meaux,* de Rochard, qui en fut le contemporain[9].

C'est le 13 avril que le premier avis fut envoyé aux compagnies d'arquebusiers des provinces de l'Ile-de-France, de la Champagne, de la Brie et de la Picardie :

> Messieurs,
>
> C'est dans les transports de la joye la plus sensible que nous vous invitons aujourd'huy à vous preparer pour la representation du Prix Général...

8. A. Barbey, *Un almanach en 1718 ou description d'un tir provincial d'arquebusiers à Meaux-en-Brie,* Château-Thierry, 1877.

9. Rochard, *Histoire de la Ville de Meaux,* manuscrit conservé à la Bibliothèque municipale de Meaux. Il vaut mieux, selon Barbey lui-même, se fier à cette *Histoire* manuscrite qu'aux légendes de la gravure de Jollain.

Suivent des excuses pour cet envoi tardif, laissant entendre que c'était pour avoir la présence du prince de Rohan. Le mandat se termine ainsi :

> En attendant le plaisir de vous embrasser de tout notre cœur, permettez-nous de vous assurer que nous sommes très parfaitement
> Messieurs nos Illustres et chers Confreres
> vos tres humbles et obeissans Serviteurs,
> Les Capitaines, Officiers et Chevaliers
> de l'Arquebuse de Meaux.

Puis une convocation solennelle fut envoyée le 2 juin. Elle commence ainsi :

> Messieurs, les jeux olympiques, si fameux chez les Grecs, institués jadis par Hercule pour honorer Jupiter, ne se renouvelaient tous les cinq ans qu'afin d'exercer la jeunesse qui se rendoit par ces combats plus propre à défendre la République contre ses ennemis. C'est sans doute à l'exemple de ces sages anciens que tous nos roys nous ont permis le noble exercice des armes et qu'ils ont souffert un certain temps nos assemblées[10].

Le 23 août, les arquebusiers de Meaux eurent le droit d'organiser dans la forêt voisine une « chasse à la grand bête », pour tuer cerfs et sangliers destinés à être transformés en pâtés pour recevoir dignement les participants.

Les compagnies commencèrent à arriver le 27 août, les unes à pied, d'autres à cheval, celle de Vitry-le-François en bateau, couvert à la manière des coches d'eau, blanchi partout (*sic*) et semé de fleurs de lys bleues. A leur arrivée, ils firent des décharges de mousqueterie et de boîtes.

Le 29 août, qui était un dimanche, arriva le prince de Rohan-Soubise, accueilli solennellement par les fusiliers de Meaux, qui dîna à l'évêché avec le cardinal de Bissy, évêque de Meaux ; puis toutes les compagnies défilèrent à travers la grand chambre devant le prince. Mais, au moment du défilé

---

10. Rochard, *op. cit.* Lorsque leur origine n'est pas précisée, toutes nos citations sont prises dans ce texte.

dans la ville, de la « montre », une contestation s'éleva pour l'ordre de la marche :

> La Compagnie de Paris esperoit avoir le pas et aller à la tête de toutes les compagnies, s'imaginant, parce qu'ils avoient à leur tête Mgr de Montbazon, et enfin il fut resolu qu'on marcheroit au hazard ou le scrutin les placeroit et comme ils tomberent à marcher vers le centre ils proposent qu'ils fermeroient la marche, ce qui leur fut refusé, ce qui fit, qu'ils se retournerent des le d. jour sans paroître ni tirer.

C'était dommage, commente Rochard,

> car ils s'étoient bien prepares à paroître ayans amené avec eux des Timballiers et des Trompettes, et furent vrayment trompés en leur attente.

A cause de cela, la « montre » dut être remise au lendemain, lundi. Elle fut extrêmement belle, toutes les compagnies « étant bien lestes et fieres, avec leurs habits uniformes, leurs Drapeaux, Guidons et Etendars déployés, les Tambours battant à chaque Compagnie et ayant chascune à leur teste quelque chose pour designer le dicton de chaque ville d'où elle estoit, par exemple celle de Meaux « un cha (sic) dans une cage[11] ». En tête du cortège figuraient quatre hallebardiers, des trompettes et tambours précédant « la figure du bouquet[12] qui est la déesse de la paix » et les prix, portés par des arquebusiers. Chaque compagnie avait son uniforme. Ainsi les chevaliers de Meaux étaient habillés de gris galonné d'argent, ceux de Bar-sur-Aube de couleur de cannelle, ceux de Guigne (Guignes-Rabutin, petite ville près de Melun, dite Guignes-la-P...) « vêtus de gris blanc à boutons d'argent en

---

11. BARBEY, op. cit. Rochard dit : « un rat » ; erreur probable, car c'est le chat qui est le symbole de Meaux, prononcé à l'ancienne « mi-a-au ». Les Meldois étaient d'ailleurs appelés par sobriquet les « Miauleux ».

12. Ce bouquet était en fait un objet d'art et d'orfèvrerie attribué à la compagnie victorieuse de toutes les autres. Ainsi, selon Jadart, op. cit., à Reims en 1687, le bouquet consistait en une figure de Mars tenant en main des branches d'olivier et des lis, avec un bouclier d'argent.

façon de guigne, le marqueur portant une poupée en haut d'une lance, entourée des mots ; la P... de Guigne ».

Ainsi de suite : les chevaliers de Crécy portaient des « poupilles ou rognures de molües » (des bas-morceaux de morue), ceux de Château-Thierry un bouquet de feuilles de houx, avec pour devise « Nul ne si frotte ». Le marqueur de Thorigny était monté sur un âne, à cause d'un dicton : les ânes de Thorigny, les chevaliers de Neuilly-Saint-Front jetaient du sable au lieu de dragées, à cause d'un autre dicton : « Sable de Neuilly » le marqueur de Provins portait des « boîtes de conserves de Provins » (de confiture de roses).

Plus de cinquante villes avaient envoyé des brigades : Châlons, Nogent-sur-Seine, Meaux, Suippe, Dormans, Melun, Guigne, Provins, Noyon, Mézières, Fismes, Crépy-en-Valois, Laon, Thorigny, Reims, Corbeil, Vailly, Fère-en-Tardenois, Brie-contre-Robert (sic), Compiègne, Chauny, Sézanne, Beaumont, Montdidier, Condé, Vitry, Sens, La Ferté-Gaucher, Péronne, Saint-Denis, Braine, Avis, Mantes, Pont-Sainte-Maxence, Coulommiers, Château-Thierry, Sainte-Menehould, Troyes, Villenauxe, Neuilly-Saint-Front, Crécy, La Ferté-Milon, Bar-sur-Aube, Epernay, Joinville, Vertus, Charleville, La Ferté-au-col, Beaumont-sur-Oise, Soissons, Rozay, Lagny, Bar-sur-Seine, Poissy, Saint-Dizier, Saint-Quentin, Charenton, Charleville, Avenay.

La Compagnie de Meaux était la plus nombreuse, présentant deux brigades de 21 et 22 chevaliers, celle de Fère-en-Tardenois n'en comportait qu'un seul. Ces chevaliers étaient pour la plupart des bourgeois aisés ou des gens de petite noblesse : on y voit des procureurs, des officiers de la maréchaussée, un avocat, un contrôleur de grenier à sel, un receveur des tailles, un commissaire provincial des guerres, un épicier, mais le plus souvent, les noms seuls sont indiqués, sans la profession. Dans la première brigade de Chalons figure un « De Gaulle, sergent-major ».

La ville, était décorée comme pour une entrée royale : partout des arcs de triomphe portant des inscriptions latines, pour le roi « *Mars puer aperit ludos* », le premier coup étant toujours tiré en son nom, pour le Régent, le prince de Rohan, le cardinal de Bissy, l'intendant, le bailli de Meaux, etc. Partout des vers latins et français, des devises, dont voici quelques-unes :

Sur les nouveaux embellissements du jeu de l'arquebuse :

Decus addidit urbi
C'est un nouvel ornement pour la ville
Fait l'an sept cent dix-sept et mil

Sur une nouvelle porte :

Pandit ad arma viam
Elle ouvre le chemin des armes
Partisans de la gloire entrez dans ce jardin,
Exprès je vous attends, j'abrège le chemin.

Sur la porte principale de l'arquebuse :

Iter ad gloriam
Dans le champ de la gloire, entrez-y, chevaliers,
Vous y moissonnerez des palmes, des lauriers.

Sur M. de Rutel, capitaine de l'arquebuse :

Vincit amor patriae
Pour la gloire de sa patrie
Rien ne lui coûte, il donnerait sa vie.

Sur la Compagnie de MM. les Chevaliers :

Ad ludos hodie qui nisi bella vocarent
Nos plaisirs dans la paix sont les arts de la guerre.
En jouant nous apprenons à la faire.

Pour les Dames :

Beautés qui des plaisirs faites les agréments
Accourez à nos jeux, à cette auguste fête ;
Que ce jour soit pour vous un vrai jour de conquête ;
Vengez-vous des vainqueurs, faites-en des amants.

Pour les maris :

Maris trop inquiets à qui tout fait ombrage,
Arrêtez vos transports jaloux,

Laissez sortir vos oiseaux de leur cage,
Vous devez en ce jour les honneurs de chez vous.

On écrivit aussi des airs à boire :
« Au premier endroit où l'on doit presenter des rafraîchis-
sements aux bandes lors de la montre, Baccus (*sic*) couronné
de pampres, assis sur un tonneau, invite les chevaliers à boire
avec luy :

L'on n'entend plus ici le bruit affreux des armes,
C'est en d'autres climats
Que le Dieu des Combats
Va porter sous ses coups de mortelles alarmes :
Venez, suivez nos pas, redoutables Guerriers,
Ne craignez rien de mon tonnerre,
Mes coups ne sont pas meurtriers,
Ce ne sont que des coups de verre.

Au second endroit où l'on devait présenter encore un rafraî-
chissant, on voyait le Dieu d'amour tenant un foret à la main
au lieu de flèche, et son compliment finissait ainsi :

Ne craignez point mes coups,
Ceux que je porterai sont doux
Où l'on verra couler plus de vin que de larmes ».

Ajoutons à cela une ode de quatre-vingts vers composée pour
le prince de Rohan, une autre pour le cardinal de Bissy et
nous aurons une idée de l'efflorescence poétique produite par
cette compétition que, somme toute, les Meldois n'avaient
peut-être pas tort de comparer, toutes proportions gardées,
aux jeux olympiques. Précisons aussi que les adieux, à la fin
du concours, le 8 septembre, donnèrent lieu à des festivités
analogues.

C'est donc le lundi 30 août seulement, après la montre, que
le « coup du roi » fut tiré par le prince de Rohan-Soubise,
qui visa le panton « tenant l'arme au bras, sans fourche »[13].

---

13. C'était la règle. Il semble qu'on ait eu le droit de se servir de

D'après le règlement le prix devait être tiré en quatre
« altes » à deux buttes. Deux des pantons furent tirés à la
butte de l'arquebuse de Meaux, les deux autres à une autre
butte aménagée dans le jeu de longue paume du fossé de la
porte Saint-Nicolas, « pourquoy y fut fait des especes de
gabions avec des planches remplies de terre »[14]. Si la broche
n'était pas touchée, le prix serait donné à celui qui s'en serait
le plus approché. Un certain nombre de députés — deux pour
dix chevaliers, trois pour vingt, etc. — contrôlaient le tir. On
leur avait donné une médaille d'argent. Le tir se faisait à bras
tendu. Toutes arquebuses étaient admises, excepté celles à
canon rayé, mais les chevaliers devaient avoir été reçus dans
les formes ; les armes étaient vérifiées après chaque coup ;
l'ordre était établi par tirage au sort ; le tir avait lieu de
6 heures du matin à 6 heures du soir ; si quelque coup ratait,
le tireur avait le droit de « se reposer » deux fois seulement ;
autrement, le coup était perdu. Les vingt coups les plus près
de chaque panton avaient droit à « une culière » de la valeur
de 7 livres ; le coup le plus près, pour sa part, obtenait « une
tasse ou autre pièce d'argenterie de la valeur de 30 livres, le
premier coup de broche — ou le plus près — une épée estimée 75 livres.

A part cela, il y avait vingt prix par panton, d'une valeur
globale de 3 000 livres. Ces prix consistant en argenterie, il
n'est pas indifférent d'en connaître l'estimation :

1er prix	: Un bassin rond de	300 L
2e	: Un bassin rond de	280 L
3e	: 6 assiettes de	260 L
4e	: Un bassin rond de	240 L
5e	: 4 chandeliers de	225 L
6e	: Un bassin rond de	205 L
7e	: 3 chandeliers de	185 L

---

la fourche pour viser, allumer la mèche et préparer son coup, mais
au moment du tir, il fallait tenir l'arme « à bras étendus ».

14. La distance de tir était de 50 toises, environ 100 mètres. Le
« noir » avait trois pouces de diamètre.

8e	: Une Eyguière[15] de	165 L
9e	: Une Eyguière à la mode de	150 L
10e	: 2 chandeliers à la mode de	140 L
11e	: 2 chandeliers de	130 L
12e	: 4 salières à la mode de	120 L
13e	: Un pot à eau de	110 L
14e	: 2 petits chandeliers de cabinet de	100 L
15e	: Une écuelle de	90 L
16e	: 2 petits chandeliers à la mode de	80 L
17e	: Une écuelle de	70 L
18e	: Un sucrier de	60 L
19e	: Deux tasses à deux anses de	50 L
20e	: Un écuelle de	40 L

TOTAL .... 3 000 L

Ces évaluations ne sont pas tout-à-fait exactes : ainsi les premiers prix des premier, troisième et quatrième pantons valaient exactement 320 livres et les derniers prix 56 livres. Quant au gagnant du deuxième panton, le chevalier Moreau de la compagnie de Crépy, probablement le meilleur, outre son prix et l'épée de 75 livres, il reçut une montre à boîte en or de la valeur de 5 000 livres, « laquelle montre a été donnée en present par Mgr le Prince de Rohan ».

Il y eut encore quelques contestations individuelles de préséance entre un capitaine-enseigne et un capitaine-guidon de la même compagnie ; mais surtout, le 8 septembre, à la fin du tir, « le reste du jour se passa à délibérer à quelle compagnie seroit delivré le bouquet »[16] : il fut octroyé, après des débats longs et orageux, à la compagnie de Compiègne ; or, d'après un concordat signé entre les trois provinces, Picardie, Brie et Champagne, il aurait dû revenir à celle de Troyes. Celle-ci, ulcérée, se retira du concordat.

D'après Rochard, 591 chevaliers avaient participé au con-

---

15. Lire : aiguière.

16. Voir note 12. La compagnie de Compiègne n'avait gagné aucun des pantons. Le concordat dont il est question porte probablement sur la manière de calculer la meilleure moyenne.

cours, et il fut tiré 2 364 coups d'arquebuse, soit exactement 4 coups chacun.

Dancourt était-il au courant de tous ces détails ? Certes, il se souciait peu de la plupart, cependant il prend bien soin de ne faire figurer aucun de ses personnages dans une brigade ayant réellement participé : Bracassak est gascon — il n'aurait d'ailleurs pas eu le droit de s'inscrire —, Pruneau est de Tours : aucune brigade de cette ville ne figure dans la liste, la Touraine n'étant pas une province concernée, et le Picard Barbalou se proclame d'Amiens, ville qui n'envoya personne au concours. Parmi les gagnants figure un Grandjean, mais on ne saurait dire que le Grosjean de notre pièce en vient : c'est un nom classique de paysan. Il vaut mieux reconnaître que Dancourt évoque très librement la compétition, et le plus vaguement possible, sans craindre les invraisemblances : la cotisation demandée, 60 livres, est le triple de la réelle ; le prix est en argent et de 10 000 livres ; de plus, il est unique. Que dire d'un tireur qui menace de tuer tous ceux qui mettront dans le blanc après lui ? Enfin et surtout, deux paysans comme Nicolas et Grosjean n'auraient pas eu leur place parmi les juges du prix, à côté du prince et du cardinal. D'ailleurs, l'arquebuse est un sport coûteux, pratiquement réservé, nous l'avons vu, à des bourgeois, voire à des notables. Mais déprécier et ridiculiser des échevins de province est toujours bien vu sur la scène parisienne.

En revanche, si l'on oublie le contexte, les caractères y sont vivement dessinés, qu'il s'agisse des deux paysans riches et madrés, ou de M. Martin, bourgeois opulent, tout fier d'être prévôt, solidement réaliste. Quant à sa sœur, Mlle Giraut, toute conventionnelle qu'elle est, elle reste l'une des meilleures parmi les vieilles filles de Dancourt, tandis que le chevalier de Bracassak, ce Gascon violent, ruiné, généreux, plein de mépris pour les bourgeois et les enfants de Paris, se montre conforme au type, sans fadeur. Les jeunes filles ne sont pas des plus originales et les amoureux sont assez pâles. Telle qu'elle est, la comédie demeure une évocation très réussie de la petite ville de Brie saisie en plein délire. Bien que rien n'en figure sur la scène, selon la dramaturgie de l'époque, nous ne l'oublions jamais : de l'intérieur du logis de M. Martin, lieu de l'action, on croit entendre le cliquetis des armes, le bruit des fanfares, les coups de feu, les chants ; on pressent la poussière, les couleurs, les pas des chevaux et des hommes dans la petite ville en fête sous le grand soleil de l'été.

L'exemplaire conservé à la Bibliothèque de la Comédie-Française donne la distribution à côté de la liste des acteurs, et nous avons lieu de croire que c'est celle de la création ; elle était très bonne :

M. Martin, Prévost	La Voie
Sophie	La Quinaud
Nanette	La Deshayes
Mlle Giraut	La Chanvalon
Nicolas	Le Grand
Gros-Jean	Quinaud
Dorante	Poisson Fils
M. de Brakassak	Dufresne
Mme de Bracassak	La Gaulthier
M. de Barbalou	La Thorilière
M. Pruneau	Dangeville[17].

---

17. Lavoy (1661-1726), sociétaire depuis 1695, jouait les rôles à manteaux, les paysans, les valets, les grands confidents. Mlle Quinault (l'aînée, car la cadette ne jouait pas encore en 1717), avait alors 22 ans ; elle avait été danseuse à l'Opéra avant d'entrer à la Comédie-Française en 1714. Retirée en 1722, elle devait vivre jusqu'en 1791, et être faite par Louis XV chevalier de l'ordre de Saint-Michel. « La Deshayes » était Mimy Dancourt, âgée de 31 ans, excellente comédienne. Mlle Champvallon avait cinquante ans. Elle jouait les rôles « à caractère » ; ce fut elle qui créa celui de Mme La Ressource, du Joueur de Regnard. Le Grand, né en 1673, sociétaire depuis 1702, jouait les rois et les paysans. Gros et court, il avait un visage large et comique. Spirituel, intelligent, doué d'une belle voix, il était également auteur. Quinault l'aîné avait 30 ans ; il était sociétaire depuis 1712. Le comédien appelé ici Poisson fils est Philippe Poisson, né en 1682, sociétaire depuis 1700, pour éviter de le confondre avec son père Paul ; après avoir pris sa retraite en 1711, il s'était vu rappeler au théâtre par la duchesse de Berry, qui avait hérité de la surintendance de la Comédie-Française ; il dut y rester jusqu'en 1724. Dufresne, ou Defresne, frère de Quinault, avait 24 ans. Sociétaire

La pièce, donnée au simple avec *Mithridate* procura une recette de 894 livres, mais le lendemain, avec *Iphigénie,* elle atteignit presque 1 300 livres, puis tomba à 670 avec *Andromaque* et à 442 avec *Le Misanthrope.* Après deux bonnes recettes, de 1 269 et 1 042 livres, accompagnée de *Venceslas* et d'*Esope à la cour,* elle retombe à 330 livres avec *Héraclius* et à 272 livres avec *Horace.* Puis elle remonte brusquement à 1 229 et 1 227 livres avec *Venceslas* et *Horace* encore[18]. L'ensemble n'était pas mauvais ; pourtant les comédiens l'abandonnèrent. Depuis la septième représentation, il n'y avait plus de part d'auteur. Quant aux acteurs, la troupe se trouvait dans un tel déficit que, à partir de ce moment-là, eux non plus ne touchèrent rien. Dancourt ne gagna en tout que 11 livres 7 sols. A l'exception de *La Gazette,* c'est de toutes ses pièces imprimées, celle qui lui rapporta le moins.

---

depuis 1712, il allait être l'*Œdipe* de Voltaire en 1718 avant de jouer — quelque peu au naturel — le *Glorieux* de Destouches. C'était un excellent acteur. Mlle Gautier — ou Gauthier —, sociétaire depuis l'année précédente, avait 25 ans. Elle allait se spécialiser dans les « caractères » : le rôle de Mme de Bracassak lui convenait donc fort bien. Retirée dès 1722, elle entra au Carmel en 1725 et mourut en 1757. Pierre Le Noir de La Thorillière, beau-frère de Dancourt, né vers 1659, était sociétaire depuis 1684. Il tenait les rôles à manteaux, ceux de petits-maîtres, de valets brillants ou d'ivrognes. Il avait été l'Hector du *Joueur.* Son rôle dans *Le Prix de l'arquebuse* était assez mince. Retiré en 1731, il mourut un mois plus tard. Enfin, Dangeville, à 54 ans, sociétaire depuis 1697, était spécialisé dans les rôles de niais et devait donc jouer avec brio celui de M. Pruneau. Retiré en 1740, il mourut en 1743.

18. Registre des entrées de la Comédie-Française, 1er, 3, 5, 6, 9, 10, 12, 15, 17, 21 octobre 1717 (Bibliothèque de la Comédie-Française). Le 7 octobre, on avait joué *Venceslas* de Rotrou et *La Foire de Bezons,* comédie de Dancourt datant de 1695, avec la recette, très honorable, de 1 101 livres.

LE PRIX DE L'ARQUEBUSE

Comédie en un acte
jouée pour la première fois
sur la scène de la Comédie-Française
le 1ᵉʳ octobre 1717

ÉDITIONS

Étant donné sa date, *Le Prix de l'arquebuse* n'a connu, du vivant de Dancourt, qu'une seule édition, dont un exemplaire se trouve à la bibliothèque de la Comédie-Française :

LE PRIX / DE / L'ARQUEBUSE / *COMÉDIE* / Par Monsieur DANCOURT *Le Prix en est de 20 sols* // [Fleuron] / A Paris / Chez PIERRE RIBOU, Libraire de / l'Academie Royale de Musique, sur le / Quay des Augustins, à la descente du / Pont-Neuf à l'Image S. Louis / MDCCXVII / *Avec approbation & Permission.*

Publication rapide sans aucun doute, peu soignée, comme on le verra par le détail des variantes. Il est probable que Dancourt ne l'a pas relue de près, mais il ne semble jamais s'être beaucoup soucié de la correction du détail dans les impressions qu'il pouvait contrôler. C'est pourquoi les éditions posthumes des Libraires associés se sont appliquées à rectifier et à homogénéiser la présentation.

En revanche, la Bibliothèque de la Comédie-Française possède aussi un manuscrit de souffleur, calligraphié, sur lequel d'importants passages sont biffés, et quelquefois corrigés d'une main qui, d'après la comparaison qu'on en peut faire avec le manuscrit des *Eaux de Bourbon,* semble être celle de l'auteur, de même que la façon d'encadrer d'un trait de crayon rouge les répliques supprimées. Ce manuscrit est d'une orthographe régulière et correcte, mais à peu près dépourvu de ponctuation ; en particulier les points d'interrogation y sont inexistants. Sauf cas particuliers, nous ne tenons pas compte de celle-ci.

Nous le désignons par *ms.*

ACTEURS

M. MARTIN, Prévôt[1].
SOPHIE, fille de M. Martin.
NANETTE, nièce de M. Martin.
Mlle GIRAUT, sœur de M. Martin.

---

1. Le prévôt, dans les petites villes est un juge royal subalterne, qui connaît des cas entre les habitants non privilégiés. Il est un peu l'équivalent de ce que serait un bailli dans un village. Son nom, Martin, le désigne comme un simple bourgeois ; d'ailleurs, sa fille et sa nièce, portent elles aussi des prénoms populaires, voire un diminutif, qui les place sur un rang moins élevé que les Angéliques, les Luciles ou les Mariannes de la comédie. Nicolas et Gros-Jean, qui patoisent, ont des noms de paysans, au contraire de celui, traditionnel, du jeune premier, Dorante, et des Bracassak, à la consonance gasconne. M. de Barbalou, Picard, peut être formé sur un « Barbapoux », corrigé par décence. Pour M. Pruneau, une réplique de la scène VII justifie ce choix. Quant à Mlle Giraut, son nom est banal, mais pourquoi ne porte-t-elle pas celui de son frère ? Comme il ne peut s'agir d'un nom de terre, il ne reste que trois hypothèses : 1° Mlle Giraut serait non la sœur, mais la belle-sœur de M. Martin, qualifiée de sœur par courtoisie, mais rien ne le laisse supposer. 2° Elle pourrait être veuve, hypothèse à éliminer : à la scène VI, elle parle elle-même de son célibat. 3° Martin ne serait qu'un prénom, et le nom complet serait Martin Giraut. De toute façon, il est probable que les lecteurs et encore moins les spectateurs ne se posaient aucune de ces questions. Pour les rôles importants, il faut que le personnage soit suffisamment individualisé. D'ailleurs, déjà, dans *Renaud et Armide,* la sœur de M. Grognac se nommait Mlle Jacquinet. Ainsi les noms dessinent-ils d'emblée le milieu social de la comédie.

NICOLAS,   }
GROS-JEAN,   }   juges du Prix.

DORANTE, amant de Sophie.

M. de BRACASSAK.

Mlle de BRACASSAK.

M. de BARBALOU.

M. PRUNEAU.

Troupe de chevaliers de l'Arquebuse et d'amazones, joueurs d'instruments, etc.

La scène est dans une ville de Brie².

_____

2. Le premier titre était *Le Prix de l'arquebuse de Meaux* ; mais en publiant sa pièce, Dancourt n'a pas voulu particulariser le lieu autrement que par l'indication de la province.

LE PRIX DE L'ARQUEBUSE
COMEDIE

Scène Première
Nanette, Sophie.

Nanette

Hé ! qu'as-tu donc, ma chère ? Je ne te connais plus ; toi qui es la fille du pays la plus enjouée, la plus gaillarde, la plus mièvre[3] ; te voilà tout je ne sais comment, et depuis que ton père est devenu riche, et qu'il s'est fait prévôt de la ville, de simple sergent[4] qu'il était ; depuis qu'il regorge de richesse et que l'on dit qu'il a trouvé un trésor, il semble que cela te chagrine et ta chance ne te tourne point à profit. Es-tu devenue folle ?

Sophie

Je ne me soucie point de toutes ces choses-là, ma cousine.

---

3. *Mièvre* : « Terme populaire qui se dit des enfants éveillés et emportés qui font toujours quelque niche ou quelque malice aux autres » (F.).

4. *Sergent* : « Huissier, le plus bas officier de justice, qui sert à exécuter ses ordres » (F.). Passer de sergent à prévôt est un avancement considérable.

NANETTE

N'est-ce point que tu aurais quelque amoureux, dont tu es amoureuse de ton côté, à qui tu crois que ton père ne voudra pas te donner depuis qu'il a fait fortune, lui ?

SOPHIE

Ce n'est point cela.

NANETTE

Serait-ce point que ton père par aventure te voudrait de son côté donner quelque amoureux, dont tu ne serais pas amoureuse, toi ?

SOPHIE

Non.

NANETTE

Non. Ah ! m'y voilà. Ne serait-ce point que tu aurais quelque amoureux, mais bien amoureux, dont tu n'aurais été d'abord guère amoureuse, et puis après un peu davantage, et puis ensuite autant qu'il fallait, et puis un peu trop sur la fin ?

SOPHIE

Quel conte me fais-tu là ?

NANETTE

Hé ! je te fais un conte qui se trouve quelquefois une vérité : ces amours-là, vois-tu, sont dangereux quand ils augmentent. Ce n'est pas tout-à-fait comme la fortune de ton père. Il se trouve parfois de petits trésors cachés, dont on est plus embarrassé qu'il ne sera du sien.

SOPHIE

Que tu es extravagante !

NANETTE

Et que tu es malheureuse, toi, d'avoir des chagrins et d'en faire mystère à une personne qui est plus capable que qui que ce soit de te donner du soulagement ! Je ne manque ni de talent, ni de bonne volonté. Mets-moi à l'épreuve, apprends-moi le sujet de tes peines : c'est un amant, sans doute[5] ; et je sais par expérience que la plupart des filles de notre âge n'ont guère d'autres inquiétudes.

SOPHIE

Il n'est point venu, ma chère cousine.

NANETTE

Il n'est point venu, qui ?

SOPHIE

Ah ! je ne sais ce que je dis, je rêve[6].

NANETTE

Oh ! pour le coup tu ne dissimules point. Je le vois bien, il est vrai, tu rêves à quelqu'un que tu attends, et qui ne manquera pas de venir, je t'en réponds.

SOPHIE

Il ne manquera pas de venir ? Qui te le fait croire ?

---

5. *Sans doute* : sans aucun doute.

6. *Je rêve* : sens fréquent de « délirer ».

NANETTE

Ta jeunesse, ta beauté, ton mérite, et l'amour que je vois bien que tu sens même. Il faudrait qu'il n'eût ni goût, ni discernement, ni esprit, ni reconnaissance, s'il manquait au rendez-vous que tu lui as donné.

SOPHIE

Je ne lui ai point donné de rendez-vous vraiment ; je ne fais rien contre la bienséance ; c'est lui qui m'a écrit, tout au contraire.

NANETTE

Ah ! tu as raison ; il n'y a point de manque de bien-séance à recevoir des lettres. Et qu'est-ce que c'est qu'il t'écrit, dis-moi ?

SOPHIE

Les plus jolies choses du monde, ma chère enfant[7], et il me mande qu'il en a encore cent mille plus jolies à me dire. Oh ! la conversation vaudra mieux que la lettre.

NANETTE

C'est ce qui fait que tu l'attends avec tant d'impatience ?

SOPHIE

Oui, je te l'avoue.

NANETTE

Et qui est-il donc, cet amoureux-là ?

---

7. *Ma chère enfant* : terme affectueux courant.

SOPHIE

Je ne saurais te le dire, mais je crois qu'il est de partout. Il connaît tout, il parle de tout, il n'y a rien qu'il ne sache.

NANETTE

Et où as-tu fait cette jolie connaissance-là ?

SOPHIE

Chez Madame Benoît[a], à l'Ours[8]. Il y mangeait des œufs frais en passant en poste. Il avait des affaires et il y demeura jusqu'à la nuit exprès pour causer avec moi.

NANETTE

Il te trouva de l'esprit, apparemment.

SOPHIE

Oh ! il me trouva bien autre chose de plus étonnant, à ce qu'il me dit.

NANETTE

Hé ! quoi encore ?

SOPHIE

De la vertu, ma cousine. Il dit que, quelque part où il eût été, il n'avait jamais vu de fille qui en eût tant que moi.

a. Madame Fournier   *ms.*

_____

8. Il s'agit de l'enseigne de l'auberge.

NANETTE

Voilà un heureux voyageur !

SOPHIE

Et c'est cela qui fait qu'il me veut épouser.

NANETTE

Il a bien raison.

SOPHIE

C'est sur ce ton-là qu'il m'écrit, au moins[9].

NANETTE

Je ne m'étonne pas que tu trouves sa lettre si jolie.

SOPHIE

Oh ! je te la veux montrer, tu me diras ce que tu en penses.

NANETTE

Ne te presse point, remettons la partie ; voilà ton père.

SOPHIE

Les vilaines gens qu'il a avec lui. Sa fortune ne le décanaille[10] point.

---

9. *Au moins* : renforce l'affirmation plus qu'il n'est restrictif : c'est un fait.

10. *Décanailler* : tirer hors de la canaille, du bas peuple. Peut-être forgé par Dancourt sur *s'encanailler*. Un autre exemple se rencontre dans *Le Moulin de Javelle*.

SCÈNE II
M. MARTIN, SOPHIE, NANETTE[a].

M. MARTIN

Où allez-vous, ma fille ?

SOPHIE

Nulle part, mon père, je reviendrai tout à l'heure[11].

M. MARTIN

Ne vous écartez pas, vous n'aurez pas la peine de revenir de loin. Et vous aussi, Nanette ; j'ai à vous parler à toutes deux, entendez-vous ?

SCÈNE III
M. MARTIN, GROS-JEAN, NICOLAS.

M. MARTIN

Hé bien, mes enfants, où en sommes-nous ? Tout cela se passera-t-il comme il faut ?

a. *L'édition ne donne pas — sauf exception, due au hasard — les noms des personnages en tête de chaque scène ; on commence directement par le nom du premier interlocuteur ; mais le manuscrit les donne. C'est donc lui que nous suivons, dans le cas général.*

11. *Tout à l'heure* : nous dirions : tout de suite, à l'instant.

GROS-JEAN

Oh ! tâtigué[12], ne vous boutez[13] pas en peine ; tout ira bian, c'est moi qui m'en mêle : je sais le trantran, le çarimonial[14] de l'Arquebuse à marvaille.

NICOLAS

Hé parguenne[15] oui, je sommes barsés[16], avec ça, et tout petit que j'étions, j'avons toujours eu ly et moi de la sympathie pour les armes. J'ai été anspessade[17] de la milice, moi, tel que vous me voyez.

M. MARTIN

Je le crois bien.

GROS-JEAN

Et moi, sergent dans celle de la Ferté-sous-Jouarre. Je nous assemblîmes à Yvetot en Normandie : tâtigué, que je m'y divartis bian ! tout chacun m'aimoit ; c'étoit à qui m'auroit. Les filles me courriont. Tout le monde m'estimoit. Je crois, morgoi[18], si j'y fus demeuré, qu'à la parfin je serois devenu le général des troupes de ce

---

12. *Tâtigué* : déformation patoisante de Têtedieu ; correspond à Têtebleu.

13. *Boutez* : mettez.

14. Sur le *cérémonial* réel, voir la Notice.

15. *Parguenne* : forme patoisante pour pardi.

16. *Je sommes barsés* : J'ai été bercé...

17. *Anspessade* : « Bas officier d'infanterie qui est au-dessous du caporal qui est pourtant au nombre des hautes payes » (F.).

18. *Morgoi* : ou morguoi, morgué, morbleu. Variations sur le même juron.

petit royaume-là[19]. Pour peu qu'an soit brave, et un tantinet aimé des femmes, on fait queuquefois son chemin bian[a] vite au temps qui court. Morguoi, m'est avis que je suis fait pour être un grand homme.

NICOLAS

Morgué, de quoi te plains-tu ? Ne l'es-tu pas ? Chacun dans notre état je poussons tant que je pouvons les petits talents que la nature nous baille. Je serois bien fâché que dans tout le païs il y eût un si brave homme que moi. Je n'avons que ça dans le monde, de la vartu, de la probité, point de vargogne[20]. Il n'est rien de tel que le mérite personnel. Oh ! pour ce qui est d'an cas de ça[21], je ne le cède à parsonne, hors à M. le Prévôt dà[22], qui a acheté sa charge, et qui est bian[b] riche. Dame, acoutez, Monsieu le Prévôt, quand an a de l'argent an a toutes sortes de bonnes qualités, parsonne

a. bien   *ms.*
b. qui est riche   *ms.*

19. *Ce petit royaume-là* : La seigneurie d'Yvetot, capitale du pays de Caux, fut officiellement considérée comme un royaume de 556, paraît-il, à 1555. Comme on s'en doute, bien avant la chanson de Béranger « Il était un roi d'Yvetot... », on devait en parler avec quelque ironie.

20. *Point de vergogne* : Ce vieux mot, qui signifie honte, ne s'emploie plus, selon Furetière, qu'en style burlesque ; mais le patois est volontiers archaïsant. D'après le contexte, il semble que Nicolas veuille dire qu'il n'a aucune action honteuse à se reprocher ; mais l'expression est à double sens ; il est « sans vergogne », c'est-à-dire prêt à faire n'importe quoi qui lui profitera.

21. *Pour ce qui est d'en cas de ça* : ces expressions redondantes sont un trait du parler paysan.

22. *Dà* : « Interjection qui sert à augmenter l'affirmation ou la dénégation : c'est un terme populaire » (F.).

ne vous dispute[23] : vous êtes bian-heureux d'avoir trouvé ce trésor-là.

M. Martin

J'ai trouvé un trésor, moi ? Et qui est-ce[a] qui fait ces contes-là ?

Nicolas

Pargué, tout le monde.

M. Martin

Comment, tout le monde ?

Gros-Jean[b]

Il n'est bruit que ça dans tout le pays, on ne parle d'autre chose, an dit que vous avez attrapé le diable. Vous vous êtes baillé à ly, il vous a baillé un trésor[24], et que le marché est bon pour vous[25]. Oh ! tâtigué, vous êtes plus fûté que ly, il est pris pour dupe.

M. Martin

Je voudrais bien savoir qui sont les impertinents[26] qui font courir ces mauvais bruits-là.

a. un trésor, moi et qui est-ce   orig. et ms. Nous adoptons la ponctuation des éditions posthumes, la seule logique ici.

b. A partir de là et dans toute la scène, l'originale abrège en tête de réplique le nom en   G. Jean.

_____

23. *Parsonne ne vous dispute* : personne ne vous les conteste.

24. *Baillé* : donné.

25. Ce marché avec le diable est, somme toute, une bonne affaire pour M. Martin, parce que, de toute façon, lui appartenant déjà, comme le sous-entend Gros-Jean, il n'avait rien à perdre.

26. *Impertinent* : « Qui agit ou ne parle pas selon la raison » (F.)..

NICOLAS

Morgué, ne vous fâchez point, à ça près, et queuqu'autres petites bagatelles, nan sait bian que vous êtes honnête homme[a], parsonne ne vous le dispute.

M. MARTIN

C'est de la succession de mon frère que m'est venu le bien dont je jouis, et ce sont des coquins qui...

GROS-JEAN

Point d'amportement[b], n'an vous croit, ça se peut bian[c] ; c'est ce frère-là qui avoit fait le marché du diable, peut-être.

M. MARTIN

Lui ? Point du tout, il était le secrétaire du secrétaire d'un intendant[27] d'une certaine province...

NICOLAS

Oh ! tâtigué, la bonne boutique ; je ne m'ébahis pas qu'an si enrichisse ; ce sont d'habiles gens que ces messieurs-là, ils gouvarnont tout, les petites gens, la robe, la finance ; et quand ils avont bon esprit, ils sont morgué queuquefois les gouverneurs des gouverneurs mêmes. Allez, Monsieu le Prévôt, si votre bian viant de là, il est bian acquis[d], ne craignez rian.

a. homme   *est en interligne dans ms.*
b. emportement   *ms.*
c. bien   *ms.*
d. acquis, vous ne serez point taxé, ne craignez rien   *ms.*

---

27. Les Intendants de police, justice, finances, nommés d'abord pour s'occuper des affaires extraordinaires, administraient en fait les provinces, ou plutôt les « généralités » qui étaient de leur ressort.

M. Martin

Je m'en sers en honnête homme, comme vous voyez, j'en ai plus qu'il ne m'en faut, et c'est ce qui fait aussi que je suis si désintéressé.

Gros-Jean

Je n'en ai pas tant que vous, mais l'intérêt ne me gouverne pas, j'aimerois mieux être pendu que d'avoir un denier à parsonne.

Nicolas

Je sis tout comme ça, le bian de mon prochain ne me tente point, et n'an ne me reprochera jamais d'avoir une obole à qui que ce soit.

M. Martin

Voilà ce qui fait que je vous ai choisis pour mes amis, j'aime les honnêtes gens, moi.

Gros-Jean

Je sis bian votre sarviteur, Monsieu le Prévôt.

Nicolas

Je vous avons bian de l'obligation, et je tâcherons de nous rendre daignes d'être capables...

M. Martin

Laissons les compliments[a], et parlons sérieusement de notre affaire. Je veux que cela aille bien et que cela nous fasse honneur aux uns et aux autres.

a. J'aime les honnêtes gens, moi .... Laissons les compliments   *biffé dans ms.*

GROS-JEAN

C'est bian la raison.

M. MARTIN

C'est moi qui ai imaginé de tirer ici ce prix de l'arquebuse pour signaler mon avènement à la prévôté par
quelque chose d'extraordinaire[28].

NICOLAS

L'imagination est pargué bonne. Le bourg est plein
de monde, an[a] ne sait où les loger ; il y a morgué plus
de deux cents tireux[29], qui ont presque tous amené chacun leur tireuse ; et ces tireuses-là avont après elles
d'autres tireux qui les suivont par bandes, et qui avont
amené avec eux des ménétriers[30], des violons, des hautbois, des flûtes[31]. Depuis la cave jusqu'au grenier, tout
est rempli dans les cabarets ; an si divarti bian[b], an fait

a. on   *ms.*
b. bien   *ms.*

---

28. Assurément, un prix de l'arquebuse est un événement relati-
vement extraordinaire pour une petite ville, mais son organisation
passe bien au-dessus du prévôt.

29. *Tireux* : tireurs. Orthographe correspondant à la
prononciation.

30. *Ménétriers* : Furetière explique longuement qu'il s'agit d'un
vieux mot qui signifiait autrefois violons et tous autres joueurs d'instruments ; ce n'est plus qu'aux noces de village qu'on appelle des
ménétriers, et ce nom ne s'applique plus qu'« aux vielleux et aux violons de campagne ». Il fait donc partie du parler paysan, avec con-
notations dépréciatives pour les musiciens de Meaux.

31. Ces termes désignent ici non pas les instruments, mais les
musiciens qui jouent de ces instruments ; c'est d'ailleurs un emploi
courant.

bonne chère, et an ne manquera pas si tôt de provision, ni pour la panse, ni pour la danse.

GROS-JEAN

Ça est tout-à-fait divartissant.

NICOLAS

Et bian glorieux pour Monsieu le Prévôt. Vous êtes bian-aise, dites, n'est-il pas vrai ?

M. MARTIN

Oui, la gloire me flatte[32], je vous l'avoue, mais songeons à l'utile[a]. Le prix proposé est de dix mille francs, comme vous savez ; cela est-il rempli ? La recette est-elle bonne ?

GROS-JEAN

Il y a plus de deux cents tireux, vous dit-on, à soixante francs pièce[33] : je n'en recevons pas à moins. Ça fait douze mille livres.

M. MARTIN

Cela est bon, il y aura de quoi boire[34].

NICOLAS

Et autant qu'il s'en présentera encore je les recevrons, je ne refusons parsonne.

a. Et bian glorieux......... songeons à l'utile   *biffé dans ms.*

---

32. J'aime la gloire...
33. Cotisation exorbitante ; elle était en réalité de 11 livres.
34. Allusion au « pot de vin » ; Voir n. 35.

M. Martin

Cela est de bon sens. Cela grossira le pot de vin[35].

Gros-Jean

Et plus le pot de vin sera gros, plus je boirons.

M. Martin

Il ne faut pas tant boire, cela vous enivrerait, mes enfants.

Nicolas

Oui, l'ivrognerie est un grand vice.

M. Martin

Nous employerons le superflu de ces deniers-là à des œuvres pieuses et charitables.

Nicolas

Ça est bian dit. Ça accommodera queuques familles, pourvu que ce soit des nôtres, s'entend.

Gros-Jean

Hé bian, soit, je baillerons les mains[36] à tout ce que

---

35. *Pot de vin* : « est un présent ou une gracieuseté qu'on donne à un vendeur au-delà du prix de la vente de quelque chose, où à celui qui en est l'entremetteur » (F.). Usage tout à fait courant, voire officiel dans les ventes. Ici, Nicolas veut dire qu'il retient une certaine somme pour les organisateurs du prix sur la cotisation, ou peut-être encore que l'argent de ces inscriptions tardives va à une caisse noire. Grosjean répond par une phrase à allure proverbiale, que M. Martin fait semblant de prendre au sens propre.

36. Je donnerai les mains, je consentirai à...

vous voudrez, Monsieu le Prévôt, pourvu que j'ayons notre paragouante[37].

M. MARTIN

Oh ! cela est trop juste, ne vous mettez pas en peine, et disposez bien toutes choses pour que le prix soit tiré dès aujourd'hui.

NICOLAS

J'avons tout arrangé pour ça, tâtigué, il y aura une belle ordonnance..

GROS-JEAN

Comme c'est une façon de loterie que staffaire-ci, faut que ça se tire de même, avec de la conscience et de la règle ; ça est respectable, voyez-vous, il ne faut point de friponnerie là-dedans, je n'y trampe en rian ; je m'en lave les mains[a].

NICOLAS

Oh ! tâtigué, oui, M. le Prévôt, honni soit qui mal y pense[38] : je vous en fais ma déclaration.

a. ça est respectable, voyez-vous........ je m'en lave les mains   *biffé dans ms.*

37. *Paragouante* : « Présent qu'on fait par honnêteté à celui qui s'entremet pour nous faire faire quelque traité, quelque affaire qui nous procure de l'avantage » (F.). Le terme est d'origine espagnole et viendrait, selon Furetière, de ce que ce présent consistait à l'origine en une paire de gants. Naturellement, il peut très bien s'agir d'une somme d'argent. La différence avec le pot de vin est que celui-ci ne s'applique qu'à des marchés ou à des affaires d'argent ; l'autre est un backchich généralisé. La forme correcte est *paraguante*.

38. Devise de l'ordre de la Jarretière, seule phrase, selon Furetière, où soit encore utilisé le vieux mot « honnir » : déshonorer, mépriser.

M. MARTIN

Je suis ravi de vous voir des sentiments d'honneur comme ceux-là[a].

GROS-JEAN

Comme sti[39] qui aura le prix doit épouser une fille du lieu, je n'avons enrôlé que des garçons et des hommes veufs[40], voyez-vous.

M. MARTIN

Vous avez fort bien fait, cela est dans l'ordre.

NICOLAS

J'ai une fille, moi.

GROS-JEAN

Et moi une nièce, Monsieur le Prévôt.

M. MARTIN

Hé bien ?

NICOLAS

Si je pouvions adroitement faire tomber ça sus queuqu'une d'elles...

a. M. MARTIN : Je suis ravi de vous voir des sentiments d'honneur comme ceux-là   *biffé dans ms.*

---

39. *Sti* : Forme patoise, contraction de l'archaïque *cestui* : celui.

40. Propos à la fois comique par son invraisemblance et nécessaire à l'action de la comédie.

M. Martin

Oui, mais j'ai une nièce et une fille aussi, moi.

Gros-Jean

Cela est vrai.

M. Martin

Et une sœur encore par-dessus le marché, qui est très folle et dont je voudrais bien être débarrassé.

Nicolas

Je comprends bian, vous voulez avoir trois parts là-dedans, Monsieu le Prévôt.

M. Martin

Cela n'est-il pas juste ?

Gros-Jean

Chacun pour soi, il n'y a pas le mot à dire[41].

M. Martin

Au bout du compte, cela ne dépend ni du hasard, ni de nous ; ce sera le plus adroit qui emportera le prix et qui choisira la fille.

Nicolas

Ma fille a des amoureux qui sont bian adroits.

---

41. *Il n'y a pas le mot à dire* : il n'y a rien à objecter.

GROS-JEAN

Il y a un drôle qui recharche ma nièce, qui vise, morgué, bian[a] juste.

M. MARTIN

Cela est bon ; le meilleur tireur aura le droit pour lui.

NICOLAS

Hé oui, mais je sommes les juges pour juger de tout
ça, nous autres ; bon droit, comme vous savez, a besoin
d'aide[42]. Ne pourrions-nous point un tantinet aider le
bon droit de qui je voudrons ? C'est le droit des juges,
sti-là.

GROS-JEAN

Il ne faut pas que la Justice parde[43] ses droits, Monsieur le Prévôt ! Hé morgué, relâchez seulement un peu
des vôtres : vous êtes riche, votre sœur, votre nièce et
votre fille n'ont pas besoin de ça. Je nous recommandons à vous[b].

M. MARTIN

Vos intérêts sont en bonne main ; laissez-moi faire
et allez achever de disposer toutes choses pour commencer la cérémonie.

a. bien   *ms.*
b. Hé morgué, relàchez....... Je nous recommandons à
vous   *biffé dans ms.*

---

42. *Bon droit a besoin d'aide* : Expression signalée comme prọ-
verbiale par Furetière, employée d'ordinaire pour dire qu'il ne faut
jamais négliger de solliciter les juges, lors d'un procès.

43. *Parde* : perde.

NICOLAS

Vous n'avez qu'à ordonner, tout sera prêt.

SCÈNE IV

M. MARTIN

Ces drôles-là ont pour leur famille les mêmes vues que j'ai pour la mienne. Pour moi, dix mille francs de plus ou de moins ne sont pas une affaire, mais ce sont dix mille francs d'argent comptant[44], et dix mille francs d'argent comptant au temps qui court, ne dérangent rien dans un coffre-fort[a].

SCÈNE V

M. MARTIN, Mlle GIRAUT.

Mlle GIRAUT.

Allégresse, Monsieur le Prévôt, allégresse, épanouissement de cœur, dilatation de rate[45], parfait abandonnement[46] à la joie, nous sommes les plus heureuses personnes du monde.

---

a. *Toute cette réplique de M. Martin est biffée dans le manuscrit ; mais cela ne change pas la numérotation des scènes.*

---

44. *Argent comptant* : « Argent qui est présent, réel, effectif » (F.). Il s'agit d'une somme en espèces, chose appréciable en cette époque d'inflation et de fluctuations monétaires.

45. Sous l'effet de la joie. Le rire proviendrait d'un épanouissement ou d'une dilatation de la rate, selon la médecine du temps.

46. *Abandonnement* : terme du vocabulaire mystique.

M. Martin

Qu'est-ce qu'il y a donc, Mademoiselle ma sœur ?
Quel heureux événement vous transporte si fort ?

Mlle Giraut

L'événement n'est point encore arrivé, mais il arri-
vera incessamment, tout le pronostique, tout le dénote[a]. Je ne me sens pas d'aise, je ne me sens pas d'aise,
et il ne tient qu'à moi de devenir folle.

M. Martin

Cet événement est déjà tout arrivé, vous ne m'appre-
nez rien là de nouveau ; mais je ne vois pas, moi, ce
qu'il y a de si fort réjouissant...

Mlle Giraut

Esprit borné, petit génie[47], vous ne méritez pas le
bonheur qui vous arrive, puisque vous n'avez pas assez
de lumières pour le prévoir.

M. Martin

Maugrebleu[48] de la folle ! De quoi me voulez-vous
parler ? Quel est donc ce bonheur[b] ?

a. L'événement n'est point encore... tout le dénote   *biffé dans
ms.*   Mlle Giraut   *est biffé par erreur, puisque c'est bien elle
qui prononce la partie conservée de la réplique.*

b. M. MARTIN : Cet événement est déjà...... Quel est ce bonheur ?   *biffé dans ms. et remplacé par*   M. MARTIN :
Quesce donc qui vous réjouit si fort.

47. *Petit génie* : même sens qu'*esprit borné*. Ce style redondant
est caractéristique des vieilles filles schizophrènes de Dancourt.

48. *Maugrebleu* : juron marquant le mécontentement. La forme
atténuée équivalente serait « la peste de... ».

Mlle GIRAUT

Mon mariage, mon frère.

M. MARTIN

Votre mariage ?

Mlle GIRAUT

Oui, c'est une chose résolue, une chose réglée, une chose conclue, une chose faite.

M. MARTIN

Vous vous mariez, ma sœur ?

Mlle GIRAUT

Un peu, mon frère. Je serai débarrassée de vous, vous serez débarrassé de moi, nous serons débarrassés l'un de l'autre. Quel excès de plaisir ! quel ravissement !

M. MARTIN

Oui, je serais fort content de cela, je vous l'avoue[a] : mais avec qui faites-vous cette partie de mariage, s'il vous plaît ?

Mlle GIRAUT

Cela se déclarera.

M. MARTIN

C'est donc jusqu'à présent un mariage clandestin ?

---

a. Oui, je serais fort content de cela, je vous l'avoue   *biffé dans ms.*

Mlle GIRAUT

Il deviendra public et très public, et il ne le sera que trop peut-être.

M. MARTIN

Trouvez bon que j'attende qu'il le soit pour m'en réjouir.

Mlle GIRAUT

Je crois que mes avantages ne vous touchent guère. Vous avez eu par testament la succession de feu notre frère : cela vous donne un sot orgueil. Je n'ai eu, moi, que ma part de notre patrimoine, qui n'est rien. Mais la nature m'en dédommage par tant d'endroits, la figure[49], la beauté, les grâces, l'esprit, l'enjouement, la vivacité, la politesse, le savoir-vivre, talents très peu d'accord ensemble, et d'un consentement très unanime, réunis tous en ma personne.

M. MARTIN

Vous êtes bienheureuse, si vous êtes persuadée de cela.

Mlle GIRAUT

Persuadée, mon frère ! j'en suis convaincue. Je n'envie point votre fortune[50] ; laissez-moi la mienne : je suis à la veille d'en jouir et d'user de mes droits. Je m'en servirai, je m'en servirai, laissez-moi faire.

---

49. *Figure* : non pas le visage, mais l'allure générale. C'est *la beauté* qui s'applique plus spécifiquement au visage.

50. *Votre fortune* : votre sort, votre situation.

M. MARTIN

A la veille d'user de vos droits... Ne seriez-vous point au lendemain[51], de par tous les diables ?

Mlle GIRAUT

Oh pour cela, non, je vous assure, il n'y a rien encore sur mon compte, et[a] je ne suis heureuse qu'en idée. Mais cette nuit, mon frère...

M. MARTIN

Hé bien, cette nuit, ma sœur ?

Mlle GIRAUT

J'ai fait le plus joli rêve, j'ai vu les choses les plus gracieuses...

M. MARTIN

Je me donne au diable[52], vous rêvez encore, ma sœur : allez-vous en achever votre songe, et puis nous en verrons la suite.

Mlle GIRAUT

Oh ! le songe est fini, et la suite certaine.

a. Mlle GIRAUT : Je crois que mes avantages....... rien encore sur mon compte et *biffé dans ms et remplacé par* Mme GIRAUT : Jusqu'à present, à la verité.

---

51. C'est-à-dire : n'auriez-vous pas déjà couché avec... La joie extraordinaire de Mlle Giraut rend son frère soupçonneux.

52. *Je me donne au diable* : sous entendu : si vous savez ce que vous dites. *Cf.* « La peste m'étouffe » (p. 300) et autres imprécations semblables.

M. MARTIN

Grand bien vous fasse !

Mlle GIRAUT

Ah ! mon frère, je voudrais veiller toute ma vie comme j'ai dormi toute la nuit.

M. MARTIN

Que diantre, ma sœur, finissez donc, vous dites là des sottises, et vous me feriez penser des choses...

Mlle GIRAUT

Il n'y a point là de sottises, mon frère, rien n'est plus sérieux[53] ; et je veux bien que vous sachiez que je ne fais que des songes fort modestes.

M. MARTIN

Dites-moi donc ce que c'est que ce songe. Il faut que j'aie belle patience[a] !

Mlle GIRAUT

Laissez-moi reprendre mes esprits. Le voici, mon frère. Vous connaissez l'Amour, ce petit Archerot[54] ?

M. MARTIN

Je le connais, je le connais ; nous n'avons pas grand commerce ensemble.

a. Il faut que j'aie belle patience   *biffé dans ms.*

---

53. *Sérieux* : au sens de grave, précisé par *modeste*.

54. *Archerot* : « Vieux mot qui signifiait petit archer. Les poètes donnaient autrefois cette épithète à Cupidon » (F.).

Mⁱⁱᵉ GIRAUT

C'est le plus habile tireur et sans contredit le meilleur arquebusier qu'il y ait au monde.

M. MARTIN

Quel galimatias me faites-vous ?

Mⁱⁱᵉ GIRAUT

C'est lui qui emportera le prix, et je l'aurai, moi, il m'est destiné, je vous en assure.

M. MARTIN

Elle a tout à fait perdu l'esprit.

Mⁱⁱᵉ GIRAUT

Je l'ai vu cette nuit, ce charmant petit dieu ; il planait dans les airs, il volait à la tête de toutes les brigades des Chevaliers de l'Arquebuse, et les conduisait dans un petit bois écarté, où je rêvais à l'ombre. Il a tiré de son carquois une flèche dorée, qu'il m'a lancée tout droit au cœur ; et, comme si c'eût été le signal, ou plutôt un avis aux Chevaliers de l'objet où leurs traits devaient s'adresser, je les ai tous vus me coucher en joue, le feu prendre, leurs coups partir, et je m'en suis trouvée toute criblée.

M. MARTIN

La malepeste[55], ma sœur, vous avez essuyé là une furieuse escopetterie[56] !

_____

55. _La malepeste_ : « Imprécation qu'on fait contre quelqu'un, et parfois avec admiration » (F.). C'est le cas ici — ironiquement, bien entendu.

56. _Escopetterie_ : « Décharge de plusieurs coups d'armes à feu faite tout à la fois » (F.). Une escopette est une sorte de petite arquebuse.

Mlle GIRAUT

Cela ne m'a pas fait le moindre mal[a], le croiriez-vous ?

M. MARTIN

Il faut que vous soyez invulnérable.

Mlle GIRAUT

Les seuls traits d'amour m'ont percée :
Mais entre nous
Ses coups sont doux,
Ses tourments
Charmants.
On n'en est jamais offensée,
Et je voudrais avoir à tous moments
Le plaisir d'en être blessée.

M. MARTIN

O la folle, O la folle !

Mlle GIRAUT

Pas tant, mon frère.
Vous traitez mon songe de songe,
Il deviendra réalité ;
Songe d'amour n'est point mensonge[57],
Le mien sera bientôt parfaite vérité.

---

a. Cela ne m'a fait le moindre mal   *orig. Il nous semble que*
l'omission de pas *est une erreur : nous corrigeons.*

---

57. Selon Furetière, on dit proverbialement au contraire que « tous songes sont mensonges ».

M. Martin

Je le souhaite, ma sœur ; et pour ne point gâter la douceur de vos idées par l'amertume de mes réflexions, je vous donne le bonjour, et vous laisse la liberté de vous entretenir avec vos chimères[58].

Scène VI

Mlle Giraut seule[a]

Il me regarde comme une visionnaire[59], qui me repais d'idées chimériques, et je le regarde, moi, comme un fou malin[60], qui est jaloux de mon bonheur, et qui voudrait ensevelir mes charmes dans l'obscurité du célibat. Il n'en sera rien, j'y mettrai bon ordre ; et puisqu'il ne songe point à me marier, je me marierai fort bien toute seule[b].

a. *La didascalie* seule *manque dans orig., comme toutes les didascalies de cette sorte ; d'autre part, le manuscrit n'en contient aucune. Conformément aux éditions posthumes, nous en mettons là où elles nous semblent indispensables.*

b. Il n'en sera rien, j'y mettrai..... fort bien toute seule   *biffé dans ms.*

58. *Chimères* : « se dit figurément des vaines imaginations qu'on se met dans l'esprit, des terreurs et des monstres qu'on se forge pour les combattre, des espérances mal fondées que l'on conçoit, et généralement de tout ce qui n'est pas réel et solide » (F.). On pense naturellement aux *Femmes savantes,* acte I, scène 3, v. 393-395.

59. *Visionnaire* : « Qui est sujet à des visions, à des extravagances, à de mauvais raisonnements ». C'est le terme courant pour qualifier les schizophrènes. Furetière mentionne d'ailleurs la comédie des *Visionnaires* de Desmarets de Saint-Sorlin (1640).

60. *Un fou malin* : un fou méchant, que sa folie porte à faire le mal.

SCÈNE VII

Mlle GIRAUT, M. PRUNEAU.

Mlle GIRAUT *à part*

Ah ! que voilà un jeune chevalier bien fait et de bonne mine. Mais que vois-je ? C'est un de ceux qui m'ont tirée cette nuit, je le reconnais : je l'ai remarqué plus que les autres. Le prix est pour lui. C'est lui qui m'aura, mon cœur me le dit, l'amour m'en assure, et je regarde cela comme une chose déjà faite.

M. PRUNEAU *à part*[a]

Qu'il y a de jolies filles en ce pays-ci ! Si je pouvais donner dans la vue de quelqu'une, cela vaudrait morbleu mieux que le prix de l'Arquebuse, et ma mère et mon oncle le chanoine me l'ont bien dit que c'était là qu'il fallait viser. En voici une qui n'est pas trop sotte.

Mlle GIRAUT

Il me regarde avec attention.

M. PRUNEAU

Elle se requinque[61] en me lorgnant.

a. Même remarque pour la didascalie qu'à la note *a*.

---

61. *Requinquer* : « ne se dit qu'avec le pronom personnel des vieilles qui se parent avec affectation, et d'une manière qui ne convient point à leur âge. Les vieilles qui se requinquent ont quelque amourette en tête » (F.). Il semble que M. Pruneau veuille dire que Mlle Giraut arrange sa parure en le lorgnant. Le mot est plaisant et laisse supposer que Pruneau n'est pas totalement aveugle sur les charmes de celle-ci, ou qu'il connaît mal la valeur des termes.

Mlle GIRAUT

Il semble qu'il hésite à m'aborder.

M. PRUNEAU

Il faut chercher à faire connaissance.

Mlle GIRAUT

L'amour est un enfant timide. Il faut enhardir celui-ci[62].

M. PRUNEAU

Bonjour, Mademoiselle, comment vous portez-vous[63] ?

Mlle GIRAUT

Monsieur, je suis votre très humble servante.

M. PRUNEAU

Vous ne me connaissez pas, je gage, car vous ne m'avez jamais vu. N'est-il pas vrai ?

Mlle GIRAUT

Je ne puis pas bien dire qui vous êtes ; mais cependant votre visage ne m'est pas tout-à-fait nouveau.

---

62. Cette réplique et les quatre précédentes sont dites en aparté par chacun des deux personnages.

63. C'est la salutation la plus plate et la plus basse que l'on puisse imaginer. On ne s'adresse pas ainsi à une femme que l'on ne connaît pas ; d'ailleurs la suite montre que Pruneau n'est guère dégourdi.

M. Pruneau

Mon visage n'est pas nouveau ; il n'y a pourtant pas longtemps qu'il est fait, je suis tout jeune.

Mlle Giraut

Cela ne paraît point, Monsieur, ni à votre esprit, ni à vos manières, et vous êtes parfaitement façonné, aussi gracieusement formé pour votre âge...

M. Pruneau

Fort à votre service, Mademoiselle ; nous sommes faits de bonne heure dans notre famille.

Mlle Giraut

C'est un avantage que nous avons aussi dans[a] la nôtre. Nous paraissons toujours plus formés que nous ne sommes. Je ne suis qu'un enfant, par exemple ; et il n'y a presque personne qui ne s'imagine...

M. Pruneau

Malepeste[64] ! vous êtes un enfant bien dru[65], Mademoiselle ; les filles de chez nous ne sont ni si jolies, ni si précoces, et si nous pouvions avoir de votre race en notre pays...

Mlle Giraut

Vous êtes trop obligeant, Monsieur, en vérité.

a. un avantage que nous aussi dans   *orig. Erreur probable.*

---

64. *Malepeste* : voir note 55, p. 264.

65. *Dru* : « Terme de fauconnerie, qui se dit des oiseaux qui sont prêts à s'envoler du nid. (...) On le dit figurément de ce qui est déjà crû, qui se porte bien » (F.).

M. Pruneau

Je vous dis vrai, la peste m'étouffe[66]. Il y aurait moyen de greffer de beaux fruits sur un sauvageon comme vous, Mademoiselle.

Mlle Giraut

Qu'il s'explique agréablement ! qu'il dit de jolies choses[67] ! Peut-on vous demander, Monsieur, comment vous vous appelez ? d'où vous êtes ?

M. Pruneau

Je suis de Tours, Mademoiselle. Je m'appelle Grégoire Pruneau.

Mlle Giraut

Vous êtes Monsieur Pruneau, de Tours[68], Monsieur ?

M. Pruneau

Oui, Mademoiselle. Je viens ici pour tâcher de gagner le prix, et si j'étais assez heureux pour y gagner un cœur comme le vôtre, ce serait un prix pour moi plus précieux que tous les prix de l'Arquebuse.

Mlle Giraut

Voilà mon songe. La déclaration est tout à fait

---

66. *La peste m'étouffe* : sous entendu : « si je mens ». Imprécation courante.

67. Pour un public sensible à la politesse, cette admiration de Mlle Giraut est des plus comiques.

68. Les pruneaux de Tours, « qui sont faits de grosses prunes » selon Furetière, sont très estimés. On peut penser que c'est pour ce jeu de mots que Dancourt a appelé Pruneau son personnage.

galante[69], Monsieur, et vous me paraissez un cavalier trop adroit pour ne pas tirer droit aux cœurs dont vous vous proposez la conquête.

M. PRUNEAU

Je ne veux viser qu'au vôtre, Mademoiselle ; et si je suis assez fortuné pour...

SCÈNE VIII
SOPHIE, Mlle GIRAUT, M. PRUNEAU

SOPHIE

Ma chère tante, j'ai besoin de vos bons offices auprès de mon père.

Mlle GIRAUT

De quoi est-il question ? Vous n'avez qu'à parler, ma nièce.

SOPHIE

J'ai peur que vous ne me refusiez, ma tante, et que trop de scrupule... Qui est ce Monsieur-là, ma tante ?

Mlle GIRAUT

C'est mon chevalier, ma nièce : M. Pruneau, qui ne veut tirer le prix que pour viser à moi. Je suis son objet, dit-il, le blanc[70] où il tire.

---

69. Citation d'un hémistiche de Tartuffe, acte III, scène I, v. 961.

70. Le blanc : « Marque blanche ou noire qu'on met à un but pour tirer de l'arc ou du fusil » (F.). Pour le tir à l'arquebuse, le centre de la cible était noir, de trois pouces de diamètre (voir Notice, n. 14, p. 230).

SOPHIE

Vous avez un chevalier servant, ma tante ?.

Mlle GIRAUT

J'en ai à choisir, ma nièce, mille de rebut, mais voilà le véritable que je vous présente.

SOPHIE

Ah ! que je suis ravie, ma tante ! j'en ai aussi un que vous voulez bien que je vous présente à mon tour, et pour qui je me persuade que vous voudrez bien vous intéresser. Approchez, Dorante, approchez, ma tante ne me refusera pas[a] d'être dans nos intérêts, elle a un amant, et elle n'oserait pas condamner en moi ce qu'elle fait elle-même.

SCÈNE IX

DORANTE, Mlle GIRAUT, M. PRUNEAU, SOPHIE.

DORANTE

Je puis donc avec confiance lui déclarer les sentiments que j'ai pour vous, et lui demander en grâce...

Mlle GIRAUT

Vous pouvez tout, Monsieur, fait comme vous êtes (*Bas*). Le joli petit homme, quel air ! quelle figure ! Cela vaut mille fois mieux que Grégoire Pruneau. Que ma nièce est heureuse !

---

a. ma tante ne refusera pas   *ms.*

M. Pruneau *à part*[a]

Cette jeune fille est encore plus jolie que l'autre ;
c'est à celle-là qu'il faut viser : je suis toujours, moi,
pour les plus jolies.

Sophie

Oh çà, ma tante, point de trahison ; vous avez de
la confiance en moi, j'en ai en vous. Voilà une belle
occasion, une fête tumultueuse : il ne faut pas qu'elle
finisse sans que nous nous mariions l'une et l'autre.

Mlle Giraut

C'est bien dit, ma nièce, et malgré votre père qui est
un libertin[71], qui voudrait que tout le monde fût comme
lui, et qu'on ne se mariât point dans sa famille.

Sophie

Qu'il soit comme il voudra, ma tante ; ce sont ses
affaires. Je veux être comme ma mère, moi, ce sont
les miennes, et les filles doivent tenir des mères, n'est-
il pas vrai ?

Mlle Giraut

Cela ne reçoit pas de difficulté[b].

a. *voir note* a, p. 266.
b. difficultés   *ms.*

71. *Libertin* : il s'agit évidemment du sens moral : « qui ne veut
pas s'assujettir aux lois, aux règles de bien vivre » (F.). C'est l'emploi
actuel.

SCÈNE X

NANETTE, Mlle GIRAUT, M. PRUNEAU,
DORANTE, SOPHIE.

NANETTE

Ma chère tante, ma chère cousine, que je vous rencontre à propos ensemble !

Mlle GIRAUT

Qu'est-ce qu'il y a, ma chère enfant ? Que pouvons-nous pour^a votre service ?

NANETTE

Bonjour, mon petit cousin, car vous le serez bientôt, si vous ne l'êtes déjà[72], et ma cousine m'a fait confiance.

Mlle GIRAUT

Vous regardez Monsieur comme votre cousin ?

NANETTE

Oui, ma tante.

Mlle GIRAUT

Hé bien, regardez Monsieur comme votre oncle :

a. que pouvons-nous faire pour   *ms.*

72. Sous-entendu grivois. *Cf.* note 51, p. 262.

queuci, queumi[73], les choses sont aussi avancées de part que d'autre.

M. PRUNEAU *à part*[b]

Oh ! parbleu nenni[74], je veux devenir le cousin, moi, je ne veux plus être l'oncle.

NANETTE

Ah ! quel bonheur ! quel heureux présage ! Cela se rencontre le plus heureusement du monde, un oncle de plus, un cousin de même : nous pouvons faire entre nous autres une petite assemblée de parents, et nous n'avons que faire de mon oncle le prévôt pour achever mon mariage.

SOPHIE

Pour achever ton mariage ?

Mlle GIRAUT

Est-ce que vous l'avez déjà commencé, ma nièce[75] ?

NANETTE

Comme vous, ma tante, il n'est encore qu'ébauché, fort imparfait, mais avec votre secours, avec votre exemple et votre aveu, nous le mènerons bientôt à sa perfection.

b. *Voir note* a, p. 266.

---

73. *Queuci, queumi* : ou plus souvent *queussi-queumi*, « Locution adverbiale et familière, signifiant : tout-à-fait de même » (Littré).

74. *Nenni* : adverbe négatif, signalé comme bas par Furetière.

75. Encore un sous-entendu grivois.

M. Pruneau *à part*[a]

Les filles du pays sont jolies, mais elles se marient bien facilement.

Mlle Giraut

Hé, quel neveu me prétendez-vous donner, ma nièce ? quel cousin pour votre cousine ? Encore faut-il[b] savoir avec qui l'on s'allie.

Nanette

Un gentilhomme de Picardie, un chevalier d'Amiens, ma tante.

Mlle Giraut

Mais cela est heureux ; le choix est bon, nos mariages ne peuvent manquer de réussir. Monsieur le Prévôt les approuvera s'il veut, ils n'en seront pas moins bons, je vous assure.

Dorante

Vous avez une tante toute spirituelle, une cousine toute charmante ; et c'est un avantage bien flatteur de pouvoir entrer dans une famille où l'esprit et la beauté paraisssent être héréditaires.

Mlle Giraut

Ne cherchez point à voir mon frère le prévôt, Monsieur ; ces bons sentiments-là vous passeraient bien vite.

---

a. *Voir note* a, *p. 266.*
b. Car encore faut-il   *ms.*

SOPHIE

Le voilà, ma tante, notre petite assemblée de famille sera troublée. Parlez-lui la première, ma cousine.

NANETTE

Ma tante expliquera mieux la chose que moi ; laissons-la faire.

Mlle GIRAUT

Vous serez plus hardies, vous êtes plus jeunes.

SOPHIE

Vous avez plus d'expérience, vous serez plus sage.

Mlle GIRAUT

Je le suis trop pour proposer des choses raisonnables à un fou comme lui. Si Monsieur le chevalier de Paris voulait... eux qui ont la langue si bien pendue...

SOPHIE

Oh ! pour ça non, ma tante : mais Monsieur de Tours ne pourrait-il pas... comme vous êtes l'aînée, et que c'est votre chevalier, à vous. Le fruit le plus mûr est celui qu'il faut cueillir le premier, ma tante, et c'est l'exemple que vous nous donnerez, qui doit nous déterminer[a].

Mlle GIRAUT

Hé bien soit, je vous le donnerai[b], cela est fini.

a. Mlle GIRAUT : Vous serez plus hardies....... qui doit nous déterminer   *biffé dans ms.*

b. je vous le donnerai   *biffé dans ms. Remplacé par*   j'expliquerai   *en interligne.*

Scène XI

M. Martin, Mlle Giraut, Sophie,
Dorante, M. Pruneau, Nanette.

Mlle Giraut

Nous allions de concert vous chercher, mon frère, et vous nous prévenez agréablement en venant ici.

M. Martin

A quoi diable vous amusez-vous[76], et que ne faites-vous comme les autres ? Tout le monde s'assemble sous les avenues[77], le peuple, les magistrats, les premiers de la ville, la noblesse des environs, la jeunesse, les dames, l'élite des provinces[a], toutes les brigades sont sous les armes ; c'est un beau coup d'œil, cela est beau à voir. Comme c'est moi qui ai mis tout ça en train, je vous avoue que ça me flatte. On me regarde, morbleu, comme un général ; et dans le fond, j'aime mieux commander là qu'à une armée ; ça n'est guère moins glorieux, et il y a bien moins de risque[b]. J'ai eu toutes les peines du monde à me résoudre de quitter[78] ; mais on m'a dit qu'il y avait du monde au logis qui me demandait. Savez-vous qui c'est ?

---

a. Tout le monde s'assemble...... l'élite des provinces *biffé dans ms.*

b. ça est beau à voir........ bien moins de risque *biffé dans ms.*

---

76. *Vous amusez-vous* : vous attardez-vous.

77. *Avenues* : la préposition *sous* donne ici le sens moderne de voie plantée d'arbres.

78. *Quitter* : de quitter l'assemblée.

SOPHIE

Non, mon père ; mais comme voilà des personnes qui vous demandent aussi, ayez la bonté d'expédier leurs affaires avant que d'aller ailleurs. Ma tante vous dira...

Mlle GIRAUT

Je vous dirai, Monsieur mon frère, que nous sommes tous d'accord, et que nous n'avons besoin de vous que par manière d'acquit[79]. Monsieur aime ma nièce, et ma nièce aime Monsieur. Je suis adorée de Monsieur, moi, et je ne suis ni ingrate, ni insensible. Mon autre nièce, que voici présente, a de son côté aussi un soupirant qui est absent, mais elle en a procuration, elle occupe[80] pour lui, je parle pour eux. Voilà trois mariages sur le bureau[81], comme vous voyez : si vous y donnez votre aveu, à la bonne heure ; si vous le refusez, on s'en passera, tout coup vaille[82], et l'on ne laissera pas de passer outre. Voilà de quoi il est question. Prononcez, ordonnez, donnez-nous votre décision par forme d'avis, on s'y conformera en cas de

---

79. *Par manière d'acquit* : pour que vous nous en donniez acte (d'avoir été informé).

80. *Occuper* : « en termes de Palais, signifie se déclarer procureur dans une affaire, comparoir pour une partie » (F.). Nanette représente officiellement son soupirant. Mlle Giraut manie avec aisance le langage juridique, ce qui laisse supposer qu'elle est volontiers plaideuse.

81. *Bureau* : « Table sur laquelle le rapporteur met les pièces du procès qu'il rapporte » (F.). C'est-à-dire que les mariages sont tout prêts.

82. *Tout coup vaille* : au hasard, quoi qu'il puisse arriver.

convenance[83]. Cela est-il clair ? oui ou non ; il n'y a point d'obscurité[a] là-dedans, à ce qu'il me semble.

M. Martin

Pour cela non, ma sœur, il n'y a point d'obscurité, il n'y a que de l'impudence. Je ne connais point ces Messieurs : je veux croire qu'ils vous font honneur de vous rechercher, mais vous êtes tous trop bien d'accord ensemble pour l'être avec moi. Vous, ma sœur, vous êtes une folle, que je ferai mettre aux Petites-Maisons[84] incessamment. Vous, ma nièce et ma fille, deux impertinentes[b] que je renfermerai dans un couvent[c] pas plus tard que demain. Et vous, Messieurs les inconnus, tant présents qu'absents, vous êtes des suborneurs de filles, et comme tels, je suis en droit de vous faire arrêter comme prévôt, moi. Je ne vous réponds pas de n'en point venir là.

Dorante

Je ne mérite pas, Monsieur...

M. Pruneau

Parbleu, Monsieur le Prévôt, si vous croyez qu'on soit si affamé de votre sœur...

a. Cela est-il clair ? Il n'y a point d'obscurité   *ms.*
b. Vous ma fille, une   *biffé*   et ma nièce   *en interligne*   deux impertinentes.
c. *Après*   convent   : et vous ma nièce une effrontée que je ferai partir pour les Iles par le premier embarquement   *biffé dans ms.*

83. *En cas de convenance* : au cas où cela nous conviendra, où nos deux opinions seront semblables.
84. *Petites-Maisons* : voire note 22, p. 38.

M. MARTIN

Vous vous y êtes mal pris, Messieurs, cela me révolte.
Des trois mariages qui sont sur le bureau, aucun n'aura
mon aveu : si vous vous en passez, je passerai outre ;
voilà ma décision. Vous ferez bien de vous y conformer, de peur d'inconvénients ; c'est un avis que je vous
donne par forme d'ordre[c][85]. Cela est-il net ? oui ou
non, ma sœur ? Il n'y a point d'ambiguïté là-dedans,
à ce qu'il me paraît. Adieu, Messieurs, je vous baise
les mains[86]. Rentrez, vous, et que je ne vous voie pas
davantage ensemble, hom, hom, hom[87]. Ce jeu de
l'Arquebuse ne laisse pas au bout du compte d'attirer
ici un tas de godelureaux[88], de fainéants, de chercheurs
de bonnes fortunes, hom, hom, hom[b].

a. Vous ferez bien........ par forme d'ordre   *biffé dans ms.*
b. Ce jeu de l'arquebuse....... hom, hom, hom.   *biffé dans ms.*

85. *Par forme d'ordre* : reprise ironique de l'expression de
Mlle Giraut « Par manière d'acquit ».

86. *je vous baise les mains* : formule de congé, signifiant souvent une fin de non-recevoir.

87. *Hom, hom, hom* : Grognements désapprobateurs. Cette fin
de la réplique est dite en aparté par M. Martin tandis qu'il se dirige
vers la sortie.

88. *Godelureau* : « Jeune fanfaron, glorieux, pimpant et coquet,
qui se pique de galanterie, de bonne fortune auprès des femmes, qui
est toujours bien propre et bien mis sans avoir d'autres perfections »
(F.).

SCÈNE XII

DORANTE, SOPHIE, Mlle GIRAUT,
NANETTE, M. PRUNEAU[d].

NANETTE

Je ne m'épouvante pas de ce qu'il dit, faites comme moi, ma tante.

Mlle GIRAUT *à M. Pruneau*

Ne vous effarouchez point, et demeurez ici, Monsieur Pruneau.

SOPHIE

Ne vous en allez pas, Dorante, nous ferons changer les sentiments de mon père : ce ne sont que les discours de ma tante qui l'ont mis de mauvaise humeur.

DORANTE

Le voilà rentré, heureusement. Que ne demeurez-vous ici vous-même ? Et pourquoi ne pas songer ensemble à prendre des mesures ?

Mlle GIRAUT

Les mesures ne sont pas difficiles. Il en aura le démenti, je vous en réponds. Soyez-moi fidèle, Monsieur Pruneau, nous voyagerons ; je veux aller à Tours.

---

d. NANETTE, Mlle GIRAUT, SOPHIE, DORANTE, M. BRU-NEAU   *ms. Nous conservons l'ordre habituel des éditions posthumes.*

SOPHIE

Et je veux voir Paris, moi, ma tante.

NANETTE

On n'est jamais prophète en son pays ; j'irai à Amiens, moi, et je vais retrouver[a] mon chevalier picard, afin d'arranger toutes choses pour le voyage.

M. PRUNEAU

Et moi, en attendant l'événement, je vais rejoindre ma brigade[89] ; et si je remporte le prix, je sais bien à qui je le destine, Mesdames.

Mlle GIRAUT

Ce sera pour moi ; le joli petit homme ! le joli petit homme !

SCÈNE XIII

DORANTE, SOPHIE.

DORANTE

Votre père me paraît terriblement opposé à mon bonheur ; s'il persiste dans ses sentiments, quelles résolutions[b] sont les vôtres ?

---

a. *Je vais trouver*   ms.

b. à mon bonheur, s'il persiste dans ses sentiments. Quelle résolutions   *orig. La ponctuation des éditions posthumes nous paraît plus logique.*

---

89. *Brigade* : division de la compagnie d'arquebusiers, sans nombre précis. Voir Notice, p. 227.

SOPHIE

De vous aimer.

DORANTE

Que produira cet amour ?

SOPHIE

Votre bonheur et le mien.

DORANTE

Quelle assurance m'en donnerez-vous ?

SOPHIE

Toutes celles que la bienséance pourra permettre.

DORANTE

La bienséance est bien gênante, lorsque l'amour en prend la loi.

SOPHIE

Mon amour n'est point faible[a], et le vôtre n'est point timide[90] ; ils s'enhardiront par les conjonctures.

DORANTE

Y en a-t-il de plus pressantes que celles où nous sommes ?

a. n'est point faible comme les autres   *ms., mais les trois derniers mots y sont biffés.*

90. *Timide* : « Faible, peureux, qui craint tout » (F.). Le mot a ce sens fort jusqu'au début du XXe siècle.

SOPHIE

Si elles continuent de l'être, elles achèveront de nous déterminer.

DORANTE

A quoi encore ?

SOPHIE

A tout ce qui pourra contribuer à nous rendre heureux.

DORANTE

Vous me promettez d'être à moi ?

SOPHIE

Je ne serai jamais à d'autres.

DORANTE

Que cette assurance me comble de joie ! Et que...[a]

SOPHIE

Adieu, je vais rejoindre mon père, pour ne pas l'aigrir davantage ; et s'il nous impose des lois trop dures, nous n'en prendrons que de nous-mêmes[91].

DORANTE

Et je vais, moi, disposer toutes choses, pour nous

a. Quelle assurance m'en donnerez-vous....... me comble de joie et que   *biffé dans ms.*

91. Toute cette conversation signifie que Sophie est prête à consentir à un enlèvement si son père ne donne pas son accord.

mettre, de manière ou d'autre, hors de portée de ses caprices.

Scène XIV

Bracassak, Dorante.

Bracassak

Oh ! cadédis[92], le voyage est bon, Monsieur le Prévôt en payera les frais ; il n'aura pas impunément conté sornettes à ma sœur, et dans la famille des Bracassak, où nous faisons ordinairement bouquer[93] la noblesse, il ne sera pas dit que nous nous laissions[a] insolenter[94] par la roture, et que Pézenas soit jamais en droit de se moquer d'une demoiselle de Bracassak.

Dorante

Me trompai-je ! Serait-ce bien vous, Monsieur le chevalier ?

Bracassak[b]

Tu ne te trompes point, c'est moi-même ; et com-

a. laisserons   *ms.*

b. *En tête de toutes ses répliques, à l'exception de la première, dans ms.*   BRACASSAK   *est remplacé par*   LE GASCON.

---

92. *Cadédis* : juron gascon, équivalent de Têtebleu. Certes, Pézenas n'est pas en Gascogne, mais cette notion s'étend à toute l'Occitanie.

93. *Bouquer* : Au sens propre, « baiser par force ce qu'on présente (...) se dit aussi figurément des choses qu'on est contraint de faire par la violence » (F.). Bracassak se vante d'imposer sa volonté à la noblesse de son pays.

94. *Insolenter* : il existe quelques exemples de l'emploi de ce verbe au XVIIe siècle.

ment te portes-tu, mon pauvre cadet de La Badaudière[a] ? Es-tu toujours riche ? Car dans le régiment, tu
prenais diablement le train de perdre cette bonne
qualité-là.

DORANTE

La mort d'un oncle a fort heureusement réparé les
premiers égarements de ma jeunesse.

BRACASSAK

Tu n'es plus si poli, si galant, tranchons le mot, si
fat, si dupe auprès des belles ?

DORANTE

L'expérience m'a corrigé

BRACASSAK

On t'en a fait de rudes, et les aigrefins[95] de nos régi-
ments, et les aigrefines de nos garnisons tiennent d'assez
bonnes écoles pour vous autres, enfants de Paris. Nous
vous regardons ordinairement comme les trésoriers
auxiliaires des troupes.

DORANTE

Ne parlons plus de cela, je te prie.

BRACASSAK

Je veux bien m'en taire. Je suis modeste, mais si tu

a. mon pauvre cadet de la Badaudière   *biffé et remplacé dans
ms par* DORANTE.

_____

95. *Aigrefin* : « Homme rusé et qui vit d'industrie » (Littré).

avais voulu m'en croire, j'en aurais profité davantage ;
et il t'en aurait moins coûté. Baste[96], va, je te le pardonne, et je serai toujours de tes amis[a]. Que viens-tu
faire ici ? Quel dessein te met en campagne ?

DORANTE

Je suis à la poursuite d'une jeune personne que
j'aime, et que je veux épouser.

BRACASSAK

C'est ainsi que tu te corriges ? Tu veux épouser. Eh !
sandis[97], tu tombes d'un égarement dans un autre.
Aime, aime, et n'épouse point. Je t'ai vu si fort ennemi
de l'engagement sérieux ; tu perds tes bonnes qualités,
je ne puis croire que tu te sois défait des mauvaises.

DORANTE

Je veux faire un établissement[98].

BRACASSAK

Établissement qui ruine ces pauvres nigauds de
Paris ; ils naissent tous avec ces principes, aucune
vivacité[99] ne les en dégage ; et les préjugés de l'enfance

a. Je suis modeste, mais........ je serai toujours de tes
amis   *biffé dans ms.*

---

96. *Baste* : voir note 90, p. 195.

97. *Sandis* : juron gascon, équivalent de Sambleu, Palsambleu.

98. *Établissement* : une situation solide. Furetière donne comme
exemple de cet emploi. « Ce mariage avantageux lui a fait un bon
établissement ».

99. *Vivacité* : « Chaleur interne qui donne de l'action, du mouvement, de l'éclat » (F.). Bracassak veut dire qu'un tempérament

leur font faire autant de sottises à l'âge de raison que
la force du tempérament et de l'air natal leur en inspire en sortant des classes.

DORANTE

Tu fais là un beau panégyrique de la bonne ville.

BRACASSAK

Je la connais et j'en suis connu, non pas sur le pied[100]
de ses enfants gâtés, au moins ; au contraire, j'ai toujours été leur antagoniste, et je les ai maintes fois
redressés autant qu'il m'a été possible.

DORANTE

Je m'en rapporte bien à toi.

BRACASSAK

Encore m'en sait-on mauvais gré, je n'ai jamais vu
de nation[101] plus incorrigible ; c'est ce qui fait que je
n'y vais plus ; je rôde aux environs, et je m'occupe
depuis un temps à corriger les gens de province.

DORANTE

Tu ne manques pas d'occupation.

---

ardent aurait dû empêcher Dorante de songer à « faire une fin » ;
mais l'éducation reçue fait faire aux gens de son espèce, une fois devenus adultes, des sottises contraires à celles que leur inspirait la fou-
gue de l'adolescence. Les enfants de Paris étaient réputés particulièrement vifs, d'où l'allusion à « l'air natal », et le commentaire de
Dorante dans sa réponse.

100. *Sur le pied de* : en tant que...

101. *Nation* : au sens médiéval de gens originaires d'une certaines province. Il s'agit ici de la *nation* parisienne.

BRACASSAK

J'ai un grand nombre d'écoliers, mais cela rend peu[a].

DORANTE

Tu as donc[b] tout à fait quitté le régiment ?

BRACASSAK

Je m'y suis fait des jaloux ; ils ont écrit au bureau[102] contre moi, un mauvais vent a soufflé sur mon affaire, et l'on m'a cassé[103] comme un verre.

DORANTE

On t'a cassé ?

BRACASSAK

Tout net, te dis-je, mais je m'en soucie peu ; les morceaux sont bons ; pour être dérégimenté je n'en vaux pas pis. Je suis moi seul le colonel, l'état-major,le régiment et le ministre même de la petite guerre que je sais faire.

DORANTE

Tu me donnes là de ta conduite des idées...

a. ces pauvres nigauds de Paris........ grand nombre d'écoliers, mais cela rend peu   *biffé dans ms. et remplacé par*   Je seray en fascheux estat si j'avois pris le party que tu veux prendre aussi souvent qu'il s'est presenté.

b. donc   *biffé dans ms.*

---

102. *Au bureau* : désigne ici le ministère de la guerre.

103. Il y a beaucoup d'officiers *cassés* dans les comédies de Dancourt. Cela ne semble pas particulièrement déshonorant.

BRACASSAK

Doucement, bourgeois[104]a, doucement, tu n'en dois
avoir que de bonnes. Les Bracassak ne sont point gens
à se fourvoyer à un certain point. Le droit et la justice
règlent nos projets, la prudence les mène à leurs fins ;
et la force avec la valeur en soutiennent l'exécution.

DORANTE

Voilà le vrai moyen de réussir.

BRACASSAK

Je suis le cadet de cinq frères que j'ai tous plaidés[105] ;
ma légitime[106] a absorbé leurs fonds[107], et me voilà
devenu l'aîné. Je plaide mes collatéraux pour réunir
leurs fiefs à mon domaine, et[b] tu me vois à la poursuite d'un certain prévôt à qui je veux faire épouser une
sœur unique, dont il a eu l'insolence de devenir amoureux en venant recueillir la succession d'un certain frè-

a. bourgeois   *biffé dans ms ; remplacé par*   de
grâce   *en interligne.*

b. Je suis le cadet....... leurs fiefs à mon domaine et   *biffé
dans ms.*

104. Dorante est *bourgeois* de Paris, alors que Bracassak est de
noblesse gasconne. Appellation ici légèrement méprisante.

105. *Plaider* au sens transitif s'emploie pour dire intenter un procès.

106. *Légitime* : « Droit que la loi donne aux enfants sur les biens
de leurs père et mère, et qui leur est acquis, en sorte qu'on ne les
en peut priver par une disposition contraire » (F.). C'est en particulier la part de l'héritage qui revient aux cadets.

107. *Fonds* : « La superficie de la terre d'un héritage » ; c'est le
premier sens donné par Furetière et il convient ici. Par on ne sait
quels moyens, Bracassak a réussi à se faire attribuer par justice tous
les biens de ses frères, aussi se trouve-t-il comme s'il avait bénéficié
du droit d'aînesse.

re qui méritait[a] d'être du pays, car il faisait bien ses affaires.

DORANTE

Et tu songes à donner ta sœur, une demoiselle de la maison des Bracassak, à un homme de fortune[108], à un prévôt de petite ville ? Quelle mésalliance ! Pour nous autres Parisiens, encore passe[b], mais un gentilhomme de la Garonne[109]...

BRACASSAK

Sandis[c], pourquoi non ? De l'argent, morbleu, de l'argent, c'est la véritable grandeur, l'appui de la vertu, le nerf de la valeur, le soutien des États et des familles, et la source abondante de tous les bonheurs de la vie[d]. Le prévôt s'est fait riche, il achètera de la noblesse, et nous lui fournirons de l'illustration, nous en avons à revendre dans la famille.

DORANTE

Que je suis charmé de te revoir ici, et de retrouver

a. un sien frère garçon intendant qui méritait   *ms.*

b. Et tu songes à donner ta sœur....... Parisiens, encore passe   *biffé dans ms.*

c. Sandis nous aurions bonne grâce d'être plus difficiles que des Seigneurs de la Cour   *ms, mais biffé à partir de*   nous aurions.

d. l'appui de la vertu........ de tous les bonheurs de la vie   *biffé dans ms.*

---

108. Un homme dont on ne sait d'où il sort, qui ne doit sa réussite qu'au hasard.

109. Encore une incertitude géographique : Pézenas n'est pas sur la Garonne, ni même en Gascogne (voir n. 92, p. 286).

en toi un véritable ami ! C'est la fille du prévôt dont je suis amoureux.

BRACASSAK

Certaine petite que je viens de voir en arrivant ici ?

DORANTE

C'est elle-même.

BRACASSAK

Tu choisis bien, elle est jolie, j'en suis charmé, je fais ton affaire.

DORANTE

Et comment, mon cher chevalier ?

BRACASSAK

Par le mariage de ma sœur avec le prévôt, elle va devenir ma nièce ; demande-la moi, je te l'accorde, un mariage de plus ou de moins ne doit pas faire de difficulté.

DORANTE

Mais celui de ta sœur avec le prévôt est-il bien sûr ?

BRACASSAK

S'il est sûr, sandis, s'il est sûr ? Le prévôt n'a qu'à choisir, le mariage ou l'anéantissement de sa personne ; je ne lui ai donné qu'une heure, et me promène pendant qu'il rêve[110].

---

110. *Rêver* : réfléchir, sens fréquent.

DORANTE

Il est homme de caprice et d'entêtement. Je crains...

BRACASSAK

Oh ! cadedis, c'est à lui de craindre[a] ! Il passe de mauvais moments, je m'assure. Avec ses réflexions et ma sœur, il est en fâcheuse compagnie.

SCÈNE XV

Mlle BRACASSAK, BRACASSAK, SOPHIE,
M. MARTIN, DORANTE.

Mlle BRACASSAK

Justice, justice, au secours, main forte[111].

BRACASSAK

Qu'est-ce donc ? Qu'y a-t-il, ma sœur ? Quelle violence vous fait-on ?

Mlle BRACASSAK

On me réassassine dans l'honneur[112], mon frère, on m'outrecuide[113] on me fait insulte nouvelle.

a. c'est à lui à craindre   *corrigé en*   c'est à lui de craindre   *ms.*

---

111. *Main-forte* : « se dit du secours qu'on prête à la justice » (F.). Équivalent de « au secours ! » quand on est victime de quelque attaque.

112. « On assassine de nouveau mon honneur ».

113. *Outrecuider* : « Montrer à quelqu'un du mépris par l'idée de sa propre supériorité » (Littré). Furetière ne donne que le participe, *outrecuidé*, avec le sens de « téméraire, insolent » et signale le mot comme vieux, de même qu'outrecuidance. Nous pourrions traduire par : on montre envers moi un mépris insolent.

SOPHIE

Hé ! de grâce, un peu moins d'emportement, Madame.

Mlle BRACASSAK

En peut-on trop avoir dans une occasion si intéressante[114] ? Je vous en fais juge vous-même. Par le secours de ma bonne étoile, et par l'activité d'un frère, je retrouve un lâche, un perfide, un ingrat, qui sur un faux exposé d'amour, s'est rendu maître de ma tendresse. Et quand je le tiens, quand pour le punir de son inconstance[a], je suis maîtresse de l'épouser malgré qu'il en ait, il croit m'échapper et se soustraire à l'authentique punition[115] que je prétends faire de son crime.

M. MARTIN

Moi, Madame ? Que la peste m'étouffe si je sais ce que vous voulez dire ; je ne vous connais point, je ne vous ai jamais vue.

Mlle BRACASSAK

Ah, l'imposteur ! le traître, il me renie, mon frère, il me renie.

BRACASSAK

Oh ! cadedis, je le ferai bien vous avouer, je le garde à vue, lui et toute sa maréchaussée.

a. ingratitude   *biffé*   *et*   *remplacé*
par   inconstance   *ms.*

114. *Intéressante* : à laquelle je suis si intéressée.
115. Cette *punition* est de l'épouser.

M. Martin

Mais ces violences-là ne se pratiquent point ; je ne sais qui vous êtes, ni vous ni cette Madame votre sœur.

Bracassak

Oh ! nous vous connaissons bien, nous autres. Vous êtes M. Martin, n'est-ce pas ?

M. Martin

Hé bien oui, je suis M. Martin, j'en conviens.

Bracassak

Natif de Châtillon-sur-Marne ?

M. Martin

De Châtillon-sur-Marne, soit : quels droits cela vous donne-t-il sur ma personne ?

Mlle Bracassak[a]

Quels droits, petit volage ? N'ai-je pas des lettres de toi, une promesse de mariage dans les formes ?

Bracassak

Lettres de change à vue, qu'il faut acquitter sans délai.

---

a. *A partir de cette réplique et dans la suite de la pièce, orig. et ms écrivent toujours* LA GASCONNE *Comme c'est le seul cas dans le théâtre de Dancourt où un personnage qui n'est pas un laquais soit désigné autrement que par son nom ou son titre, nous rétablissons, avec les éditions posthumes* Mlle BRACASSAK.

M. Martin

Ce sont des lettres de change que je ne payerai point. Vous n'avez qu'à me faire assigner[116].

Bracassak

Vous faire assigner, non, nous ne sommes pas processifs[117] ; et voilà la juridiction **par-devant** laquelle il faut répondre[118].

M. Martin

Ah ! je suis mort, au secours ! miséricorde ! Eh, prenez mon parti, Monsieur. Laissez-vous ainsi périr[a] un prévôt, contre tous les droits de la justice ?

Sophie

Empêchez, Dorante...

Dorante

Quand le devoir et l'humanité ne m'engageraient pas à prendre le parti du plus faible...

a. Laisserez-vous périr   *ms.*

---

116. *Assigner* : « sommer quelqu'un de comparoir devant un juge ou un commissaire pour défendre à une demande ou faire un acte de justice » (F.).

117. *Processif* : « qui aime le procès, qui en fait à tous ses voisins légèrement » (F.). En contradiction avec ce que lui-même a dit, plus haut, p. 291.

118. En disant ses mots, Bracassak dégaine son épée. Il pourrait, étant donné les circonstances, porter une arquebuse avec laquelle il mettrait en joue M. Martin. Ce serait plus drôle, mais un gentilhomme n'a pas coutume de se promener avec cette arme sur l'épaule, et Bracassak ne s'est pas encore inscrit au concours. D'ailleurs, une réplique ultérieure de la même scène montre qu'il s'agit bien de son épée.

M. Martin

Oh ! je le suis, je vous assure, et très innocent de ce qu'on m'impute[a].

Dorante

L'intérêt que je prends à Mademoiselle votre fille ne me permettrait pas de souffrir qu'on vous fît insulte[b], vous n'avez rien à craindre où je suis. Mais il faut examiner vos raisons de part et d'autre, que Monsieur et Mademoiselle justifient de leurs prétentions, que vous exposiez les raisons que vous avez pour vous en défendre[c], et si vous vous en remettez à mon jugement, soyez sûr que vous n'aurez pas lieu de vous en plaindre.

M. Martin

A votre jugement ? *Bas*[d] : Le juge me paraît pour le moins aussi fripon que ma partie ; mais il n'importe, il faut filer doux, pour me tirer d'ici ; je suis presque seul au milieu de la ville, et tout le monde est rassemblé dans les avenues où se tire le prix ; ne nous piquons point ici de faire le brave mal à propos ; quand je serai tantôt à la tête de ma maréchaussée, je leur ferai bien voir que je ne les crains guère[e].

Bracassak

Que murmurez-vous tout bas, Monsieur le bélître[119] ?

a. ce qu'on m'accuse   *biffé*   m'impute   *ms.* *Depuis*   SOPHIE : Empêchez, Dorante   *jusqu'à*   ce qu'on m'impute   *biffé dans ms.*
b. L'intérêt que je....... qu'on vous fît insulte   *biffé dans ms.*
c. que Monsieur........ pour vous en défendre   *biffé par ms.*
d. Voir note a, p. 266.
e. je suis presque seul....... je ne les crains guère   *biffé dans ms.*

---

119. *Bélître* : « Gros gueux qui mendie par fainéantise et qui pour-

M. Martin

Rien, Monsieur, je m'examine, et je prends conseil de moi-même.

Bracassak

Ne vous en donnez point de mauvais, prenez-y garde.

M. Martin

Je n'en suivrai que de bons, ne vous mettez pas en peine, et je veux bien prendre ce Monsieur-là pour être l'arbitre de nos différends.

Bracassak

Cela sera bien ainsi ; j'y consens, et nous représenterons tous deux la justice à merveille : il tiendra la balance et moi l'épée.

M. Martin

Quelle diable de juridiction !

Bracassak

Allons, plaidez, ma sœur, exposez laconiquement le fait en peu de paroles.

Mlle Bracassak

Le fait s'explique de lui-même, mon frère. Monsieur Martin, que voilà, est malheureusement pour moi venu dans la province. Il était secrétaire de l'intendant, il m'a trouvée belle, il m'a paru aimable. Il m'a recher-

rait bien gagner sa vie. Il se dit quelquefois par extension des coquins qui n'ont ni bien ni honneur » (F.).

chée, j'ai écouté ses propositions, et à la veille de tout conclure, il a eu la malice de mourir tout subitement, et de se faire enterrer tout exprès pour me manquer de parole.

M. Martin

Si je suis mort et enterré, que diable me demandez-vous donc ? Ce n'est pas moi, c'était mon frère ; c'est le défunt à qui il faut vous en prendre.

Mlle Bracassak

Ah ! voilà le tour de coquin, la perfidie la plus outrée : mon scélérat, mon traître reparut[a] au bout de quinze jours, sous le nom d'un frère qui venait recueillir sa succession ; je le pleurais mort, et je ne fus jamais plus surprise que de le trouver dans les rues, qui portait le deuil de lui-même, et qui ne fit pas semblant de me connaître.

Dorante

Voilà une conduite bien criminelle, un procédé bien condamnable.

M. Martin

Tenez, Monsieur, que la peste m'étouffe, s'il y a un seul mot de vrai dans tout ce qu'elle dit, que[120] la succession que j'ai été quérir, et que mon frère et moi nous nous ressemblions un peu, je vous l'avoue.

---

a. mon scélérat reparut   *ms, mais*   reparut   *a été biffé.*

---

120. *Que* : au sens de si ce n'est (la succession... et le fait que...).

Mlle BRACASSAK

Ils se ressemblaient ? Le vivant et le défunt, c'est la même chose, mon cher Monsieur, il me faut un Martin, je le trouve, et je m'en saisis. On prend son bien où on le trouve[a], et je le connais trop pour m'y méprendre.

M. MARTIN

Je fournirai les preuves du contraire : c'est le défunt qui vous a promis, il faut que le défunt vous épouse.

BRACASSAK

Ah ! cadedis, mort ou vif, ce sera vous qui épouserez, Monsieur Martin. Le défunt a promis, le vivant payera : vous avez eu la succession, c'est à vous d'acquitter les dettes.

DORANTE

Cela me paraît un peu violent. Et si Monsieur le Prévôt justifie qu'effectivement il avait un frère...[b]

SCÈNE XVI

GROS-JEAN, M. MARTIN, BRACASSAK[c],
et les acteurs de la scène précédente.

GROS-JEAN

Et qu'est-ce que c'est donc, Monsieur le Prévôt ? Est-

---

a. On prend son bien où on le trouve   *biffé dans ms.*
b. *Cette réplique de Dorante est biffée dans ms.*
c. M. Martin, le Gascon, Grosjean, Dorante   *ms.*

ce que vous vous gobergez[a][121] de nous ? Vous faites assembler je ne sais combien de monde, toute la ville est hors la ville, tous les environs sont à l'entour ; on n'attend plus que vous, on ne veut point commencer que vous n'y soyez. On m'envoie vous charcher. Voulez-vous venir — avec votre parmission dà[122] —, Messieux ?

M. MARTIN

Je suis bien fâché de vous quitter ; mais...

BRACASSAK

Doucement, doucement, mon cher ; qu'est-ce que c'est que cette cérémonie ?

M. MARTIN

Une fonction de ma charge que je ne saurais remettre. Il faut que chacun se rende à son devoir, comme vous savez.

BRACASSAK

C'est quelque expédition prévôtale[123], sans doute ?

---

a. gobargez   *ms.*

---

121. *Se goberger* : « Terme bas et populaire, qui signifie se réjouir, se moquer » (F)..

122. *Dà* : Voir note 22, p. 247.

123. *Quelque expédition* : au sens normal, il s'agit d'actes de justice que le prévôt doit avoir à signer, mais dans les circonstances de la pièce et dans la bouche du Gascon, le terme a une connotation militaire amusante.

GROS-JEAN

Nannain[124], Monsieu, nannain, c'est queuque chose de bian plus honnête. Je tirons le prix de l'arquebuse.

BRACASSAK

Et qu'est-ce que ce prix encore ?

GROS-JEAN

Oh ! tâtiguenne[125], un prix de conséquence. Sti qui visera le mieux gagnera mille pistoles[126], et une fille à choisir dans le bourg, telle qu'il ly plaira, pour en faire sa femme.

BRACASSAK

Le prix est gaillard[127], je le tire.

GROS-JEAN

C'est fort bian fait ; tirez donc de l'argent[128], soixante francs.

BRACASSAK

Soixante francs ; le prix est cher.

---

124. *Nannain* : forme patoisante de nenni. *Honnête* a le sens de honorable.

125. *Tâtiguenne* : forme patoisante de têtebleu.

126. *Mille pistoles* : dix mille livres, somme considérable, équivalent au minimum à 250 000 francs actuels. Les prix, dans la réalité, avaient beaucoup moins de valeur et n'étaient pas en argent (voir Notice, p. 230).

127. *Gaillard* : considérable. « Se dit des choses qui sont licencieuses, hardies, incroyables » (F.).

128. *Tirez-donc de l'argent* :de votre bourse ; jeu de mots sur le verbe *tirer*. Sur les *soixante francs,* voir Notice, p. 232.

GROS-JEAN

Pour avoir dix mille francs et une fille, c'est bailler[129] les choses pour rien[a].

BRACASSAK

Allez toujours devant, Monsieur le Prévôt, nous discuterons tantôt aimablement nos affaires, et vous prendrez loi du vainqueur. Ne te mets-tu pas de la partie, toi, cadet ?

SCÈNE XVII

DORANTE, BRACASSAK, Mlle BRACASSAK, SOPHIE, GROS-JEAN.

DORANTE

Je suis trop mauvais tireur, tu le sais bien.

BRACASSAK

Parlons-en mieux, tu es devenu trop économe.

DORANTE

Plus prodigue et plus libéral que jamais, je t'assure.

BRACASSAK

Fais donc les avances ; nous serons de moitié du prix, et je tirerai[b] pour ton compte.

a. rian   *ms.*
b. de moitié du prix, je tirerai   *ms.*

129. *Bailler* : donner ; voir plus haut, note 24, p. 248.

DORANTE

Fort volontiers, qu'à cela ne tienne. A qui faut-il donner de l'argent ?

GROS-JEAN

C'est à moi, Monsieu ; je suis un des receveux, à votre sarvice.

DORANTE

Est-ce là ce qu'il vous faut ?

GROS-JEAN

Vous me baillez un louis d'or[130] de plus ; mais je ne regarde pas après vous : je ne sis pas défiant.

DORANTE

C'est le droit du receveur, garde-le[a].

GROS-JEAN

Velà un Monsieu qui fait bian les choses ; c'est dommage qu'il ne tire pas, il est bian adroit. O ça, Monsieu, dans quelle brigade vlez-vous être[b], car tous les tireux se mettront par brigades, comme vous savez.

BRACASSAK

Mets-moi dans celle de Pézenas, mon ami, je ne veux point changer ma patrie.

a. gardez-le   *ms.*
b. voulez-vous être   *ms.*

---

130. Le louis vaut alors de 11 à 12 livres. La pistole n'est qu'une monnaie de compte ; Dorante vient de donner 6 louis, environ 71 francs, alors qu'il n'en devait que 60.

GROS-JEAN

De Pézenas ? Je n'en avons, morgué, point de ce païs-là. Comment est-ce que je ferons ?

BRACASSAK

Hé ! sandis, mets-moi dans la première venue, dans celle d'ici, si tu veux ; j'en deviendrai, si j'y prends femme.

GROS-JEAN

C'est fort bian dit ; il vous faut une arme. En avez vous une bonne ?

BRACASSAK

Elle le deviendra dans mes mains, bonne ou mauvaise, prête-moi la tienne.

GROS-JEAN

Pargué, vous n'êtes pas mal avisé, vous n'échayez[131] pas mal, c'est une des meilleures, afin que vous le sachiais[132]. Voyez-moi ça, il y a dix mille francs au bout de ce fusil-là, regardez-moi dedans[133].

BRACASSAK

Tout beau, tout beau, manant, point de jeu de main,

---

131. *Echayez* : du verbe échoir au sens de rencontrer : vous ne tombez pas mal.

132. *Afin que vous le sachiez* : clausule fréquente chez Dancourt, avec le sens de : pour votre gouverne.

133. Gros-Jean dirige son arme vers le visage de Bracassak, qui, prudemment, l'écarte.

je vous prie. Sans adieu, Mesdames. Je cours à la gloire, ne vous exposez point au bruit des armes, ni aux inconvénients des maladroits.

Scène XVIII
SOPHIE, Mlle BRACASSAK, DORANTE.

SOPHIE

Pour peu que vous ayez de curiosité pour ces sortes de spectacles, Madame, l'on aura l'honneur de vous y accompagner.

Mlle BRACASSAK

En aucune façon, ma belle enfant, et j'ai des secrets à vous dire, dont je me flatte que vous ferez un bon usage.

SOPHIE

Me voilà prête à vous entendre, Madame, et ce Monsieur-là ne doit point vous être suspect.

Mlle BRACASSAK

Ni moi suspecte à lui, je vous assure. C'est votre amant sans doute, et l'amour unit d'intérêt tous ceux qu'il assemble sous sa bannière[a].

SOPHIE

Mais vous n'êtes point amoureuse de mon père, Madame, quoique vous vouliez l'épouser ?

---

a. SOPHIE : Me voilà prête........ sous sa bannière   *biffé dans ms.*

Mlle BRACASSAK

Pour cela non, je vous assure. Mais ce sont mes intérêts et les vôtres qui me font agir, et je ne veux devenir
votre belle-mère, qu'afin de l'empêcher de vous en donner une, dont vous ne seriez peut-être pas si contente
que je me dispose à vous la rendre[134].

SOPHIE

Mais ce n'est point mon père qui vous a écrit, et qui
vous a fait une promesse de mariage.

Mlle BRACASSAK

Non, j'en conviens, nous le savons[a] ; mais j'ai une
donation du défunt, dont je ferai valoir les droits contre lui, s'il refuse de me faire les mêmes avantages.

DORANTE

Il faut éviter les procès charmante Sophie ; une belle-
mère comme Madame ne saurait que vous faire honneur ; je connais les Bracassak, c'est une des meilleures familles de la Garonne.

---

a. Mais ce sont mes intérêts........ j'en conviens, nous le
savons   *biffé dans ms.*

---

134. *A vous la rendre* : à vous le rendre, c'est-à-dire à vous rendre contente. Sur l'emploi du féminin à la place du neutre, voir
note 56, p. 61.

SCÈNE XIX

M. DE BARBALOU *ivre,* DORANTE,
Mlle BRACASSAK, SOPHIE.

BARBALOU

Qu'est-ce donc que tout ceci, Mesdames ? Où est la
probité, la justice ? On tire le prix sans m'en avertir ;
j'ai donné mon argent de bonne foi pour être dans la
brigade de notre province, on est aux mains, et on ne
le dit pas ? Ah, ventre ! Ah, tête ! Ah, mort[135] ! Où
est le prévôt du lieu ? que je l'égorge ?

DORANTE

Vous le prenez sur un ton, Monsieur le Chevalier de
l'arquebuse...

BARBALOU

Je ne parle pas à vous, Monsieur je n'offense jamais
personne en face, je suis trop honnête homme, et je
ne m'adresse jamais qu'aux absents. Il n'est pas ici, ce
Monsieur le Prévôt ?

DORANTE

Il est sur le champ de l'assemblée, où l'on tire le prix
à l'heure qu'il est.

---

135. Horribles imprécations, le mot Dieu étant sous-entendu après
chaque terme, mais jurements de matamore : ce sont ceux de Silves-
tre déguisé en soudard, dans *Les Fourberies de Scapin,* acte II,
scène 6.

BARBALOU

Sur le champ de l'assemblée ? Ah ! parbleu, c'est un plaisant visage[136] de ne pas rendre ce qu'il doit à de certaines gens, d'une certaine considération, d'un certain pays. Je suis Picard, afin que vous le sachiez. J'ai la tête chaude, et il ne fait pas bon de me marcher sur le pied, je vous en avertis, et ce Monsieur le Prévôt-là pourrait bien...

DORANTE

Parlez-en avec considération, Monsieur, voilà mademoiselle sa fille.

BARBALOU

Mademoiselle sa fille ? J'ai du respect pour le sexe, j'aime les filles ; mais pour les pères, je m'en goberge[137], je veux une fois en ma vie apprendre à vivre à un prévôt.

DORANTE

Un prévôt pourrait bien vous apprendre à mourir, prenez-y garde.

BARBALOU

Ce serait un vilain[a] apprentissage, mais cela n'empêche pas que ce Monsieur le Prévôt-là ne soit fort impertinent, fort ridicule.

a. Voilà   *biffé*   ce serait un vilain   *ms.*

---

136. D'après Furetière, le mot *visage* s'emploie quelquefois pour désigner toute la personne, surtout avec une intention dépréciative.

137. *Goberger* : « Terme bas et populaire, qui signifie se réjouir, se moquer » (F.).

DORANTE

Puisque le respect pour les dames ne vous retient pas, il est bon de vous dire que je me regarde comme le gendre de Monsieur le Prévôt.

BARBALOU

Comme son gendre ?

DORANTE

Oui vraiment, et il ne vous convient pas...

BARBALOU

Hé bien, je vous regarde de même. Voilà qui est fini, point de dispute. Vous m'avouerez qu'il est bien désagréable à un honnête gentilhomme, neveu d'un procureur du Roi, fils d'un maire de ville[138], de donner son argent, soixante bonnes livres, pour tirer un prix considérable, mille pistoles et une fille, et de n'être averti de rien, d'être regardé comme un zéro, et de se voir passer la plume par le bec[139].

Mlle BRACASSAK

Voilà un petit gentilhomme picard qui a la tête bien chaude.

---

138. *Fils d'un maire de ville* : sauf pour les très grandes villes, l'échevinage est au-dessous de la robe ; les titres de noblesse qu'invoque Barbalou sont ridicules.

139. *Passer la plume par le bec* : « frustrer [une personne] de quelque avantage qu'elle avait prétendu. Quelques-uns croient que ce proverbe vient des clercs et des écoliers niais, à qui leurs compagnons tirent une plume pleine d'encre qu'ils leur voient tenir à la bouche » (F.). Mais le même Furetière renvoie à l'article *oison*, où il explique que l'expression fait référence aux oisons à qui on passe une plume par le bec pour les brider et les empêcher de franchir haies et clôtures.

BARBALOU

Ce n'est pas le vin, madame, on n'aura jamais ça à me reprocher, je suis en garde là-contre. Il faut être de sang froid pour tirer le prix.

SOPHIE

Celui-ci vous est sûr en l'état où vous êtes[140].

BARBALOU

Ne vous en moquez point, le prix est en fille et en argent, je m'en suis déjà assuré une bonne moitié.

DORANTE

Les fils de maires ne sont pas des bêtes.

BARBALOU

Oh ! pour ça non, le diable m'emporte. Il y a une certaine petite Mademoiselle Nanette... Hé ! parbleu, si vous êtes la fille du prévôt, c'est votre cousine, à vous.

SOPHIE

Ce serait là le chevalier de ma cousine ?

BARBALOU

Assurément, qu'en voulez-vous dire ? Je suis son chevalier, elle est ma chevalière ; que je vise bien ou mal, elle m'est acquise, j'en ai sa parole, et quelques

---

140. Cette réflexion ne prend de saveur que dans la mesure où justement Barbalou paraît ivre, en dépit de ce qu'il a affirmé plus haut.

petits gages[141] ; les enfants de Picardie sont-ils des dupes ? On verra bien que non. Je m'en vais à ma brigade[a].

SCÈNE XX

SOPHIE, DORANTE, Mlle BRACASSAK.

Mlle BRACASSAK

Toutes les filles de ce pays-ci se marient, elles se saisissent de l'occasion. Elles ont lu l'histoire. La fête est bien imaginée, ce sera l'enlèvement des Romains par les Sabines[142].

SCÈNE XXI

NICOLAS, SOPHIE, DORANTE, Mlle BRACASSAK

NICOLAS

Oh ! tâtigué, Mesdames, vla bian[b] du grabuge[143], le diable est bian aux vaches[144].

a. Je m'en vais à ma brigade   *biffé dans ms.*
b. bien   *ms.*

---

141. Encore un sous-entendu grivois.

142. Selon Tite-Live, les Sabines avaient été invitées à assister à des jeux à Rome, où les Romains, se jetant sur elles, les avaient enlevées de force pour les épouser. Ici, au contraire, ce sont les hommes qui ont été conviés au jeu de l'arquebuse et qui risquent de se faire enlever par les filles du pays.

143. *Grabuge* : « Vieux mot qui signifie débat et différend domestique (...). Ce mot ne s'emploie qu'en burlesque » (F.).

144. « On dit aussi que *le diable est bien aux vaches* quand il est

SOPHIE

Qu'est-ce qu'il y a ?

DORANTE

Qu'est-il arrivé ?

NICOLAS

De plus de deux cents et je ne sais combian de tireux qu'il y a, il n'y en a que dix-neuf qui avont tiré encore.

DORANTE

Les autres tireront, le grand malheur !

NICOLAS

Ils ne tireront morgué pas, une partie des brigades avont mis bas les armes par admiration, les autres se donnont au diable qu'il faut que ce soit le diable en parsonne, qui a tiré ce coup-là, il a morgué si bian mis dans le milieu qu'il ne s'en faut pas tout autour l'épaisseur d'un cheveu que ça ne l'ait emporté tout brandi[145]. Hé, où tireront les autres ? Ils ne sauriont plus mettre qu'à côté, et quand ils viseriont aussi bian que stilà[146], ils auriont biau mettre dans le milieu, le trou est tout fait, il n'y paroîtroit morgué pas : ah ! que c'est un bon viseux que ce drôle-là !

---

arrivé quelque sujet de querelle qui fait bien du bruit dans la maison » (F.). c'est une redondance sur *grabuge*.

145. *Emporter tout brandi* : « C'est enlever quelqu'un à vive force, l'enlever tout d'un coup (F.). Il semble que Nicolas veuille dire que Bracassak a failli emporter la cible entière.

146. *Stilà* : forme patoise de cestui-là, celui-là.

DORANTE

Et qui est-il, ce drôle-là ?

NICOLAS

Un nouveau venu, un homme de bian loin, car parsonne ne le connoît, c'est ce qui fait qu'ils le croyont
le diable, voyez-vous, Gros-Jean l'a mis dans la brigade d'ici, parce qu'il n'avoit point de païs ; n'an[a] croit
qu'ils sont sorciers tous deux, et Gros-Jean n'a qu'à
se bian tenir, nan[b] ly revaudra, c'est ly qui y a prêté[c]
s'narme.

Mlle BRACASSAK

Ne serait-ce point mon frère, par aventure, le chevalier de Bracassak ?

NICOLAS

Tout justement, vla comme on l'appelle, et ce nom-
là fait peur à tretous ; il n'y en a morgué point qui ne
trembliont pour queuqu'un de leurs membres.

DORANTE

Et pourquoi donc cela ?

NICOLAS

Pourquoi, morguenne ? Ly a eu queuques mutins[147]

a. l'on   *ms.*
b. l'on   *ms.*
c. qui luy a prêté   *ms.*

147. *Mutin* : « qui se révolte contre l'autorité légitime » (F.).

qui voulont ly disputer, qui aviont dit[a] qu'il falloit faire un blanc nouviau, qu'ils seriont peut-être aussi adroits, ou aussi heureux que ly...

Mlle BRACASSAK

Oh qu'ils fassent ! qu'ils fassent ! Il n'est point d'exercice d'adresse, de valeur et de force, où les Bracassak n'aient tout l'avantage.

NICOLAS

Il leur a pargué bian dit qu'ils n'aviont qu'à faire, mais que ceux qui ne feriont pas si bian qu'il a fait, il les tireroit, morgué, tous les uns après les autres. Que vlez-vous que n'an dise à ça ? Parsonne ne veut avoir affaire à un tireux comme ly, c'est queuque échappé du sabbat, sur ma parole, avec votre permission dà[148], Madame.

Mlle BRACASSAK

Je te pardonne tout, rien ne m'offense.

DORANTE

Mais enfin donc, tout est fini ?

NICOLAS

Je ne sais pas trop, mais ça doit l'être.

SOPHIE

Et mon père ?

a. qui avons dit   *ms.*

---

148. *Dà* : voir note 22, p. 247. Nicolas s'excuse d'avoir mentionné le sabbat, cérémonie diabolique, devant une dame.

NICOLAS

Monsieur le Prévôt ? Il est là tout ébahi, qui ne sait que dire, comme tous les autres. Il fait sa cour au bon tireur. Jarnigué ce drôle-là en sait bian long[a] : si an[b] ne l'aime point, on l'appréhende ; il est déjà craint dans le pays presque autant qu'un receveur des tailles[149].

DORANTE

Quel bruit est-ce que j'entends ? Des violons, des hautbois, des flûtes ?

NICOLAS

Oh ! palsangué, tout est d'accord, il n'y a point eu de noise, et c'est le victorieux que n'an[c] ramène dans la ville en çarimonie. Ils m'avont suivi de près. Vla un détachement de la bande : chaque tireux mène sa tireuse par la main. Tâtigué, la belle ordonnance !

SCÈNE DERNIÈRE

BRACASSAK, Mlle BRACASSAK, M. MARTIN, DORANTE, SOPHIE, Mlle GIRAUT, PRUNEAU, NANETTE, BARBALOU[d].

BRACASSAK

Hé bien, ma sœur ! reconnaissez-vous votre sang ?

a. C'est queuque échappé du sabbat....... en sait bian long   *biffé dans ms.*

b. on   *ms.*

c. lon   *ms.*

d. *Comme dans toutes les scènes, dans ms* BRACASSAK *et* Mlle BRACASSAK *sont remplacés par* LE GASCON *ou* LA GASCONNE.

149. *Receveur des tailles* : Percepteur de l'impôt royal.

Et dans quelques lieux du monde qu'ils se rencontrent, les Bracassak font-ils déshonneur à leur famille ?

Mlle BRACASSAK

Je fais gloire de vous appartenir, mon frère, et c'est sans doute un avantage où chacun devrait aspirer.

BRACASSAK

Je me communique[150] volontiers, je fais faveur à qui le mérite ; et nous avons toujours eu des descendants de père en fils, tant mâles que femelles, du cœur, de la valeur, de l'esprit, et de l'honneur à donner libéralement à nos amis. Oh, ça, Monsieur le Prévôt, vous conviendrait-il de finir avec nous, et d'y prendre part[151] ?

M. MARTIN

Je ne sais pas, Monsieur, comment vous prétendez...[a]

BRACASSAK

Vous le saurez, je vous laisse huit jours pour y penser ; en attendant quoi, bonne cuisine et chère entière[b][152]. Examinons à présent mes droits, et nous en

a. *Réplique biffée dans ms, remplacée par*   il faut avant de me déterminer que vous me donniez du temps.

b. Vous le saurez........ chère entière   *biffé dans ms, et remplacé par*   Du temps ? Je vous laisse un quart d'heure et quelques minutes par grâce.

---

150. Je me lie aisément, je suis d'accès facile, sans morgue ni froideur.

151. *D'y prendre part* : d'entrer dans notre famille, en épousant ma sœur.

152. *Chère entière* : pension complète.

servons. Le prix est de dix mille francs et d'une fille, n'est-ce pas ? Il me les faut. Hé bien, cadet, tu meurs d'amour pour cette belle ?

DORANTE

Je me fais gloire de l'adorer.

BRACASSAK

Chacun a sa passion dominante dans le monde. A moi l'argent, à toi la fille, tu n'es pas le plus mal partagé.

DORANTE

Elle est pour moi d'un prix inestimable ; et si Monsieur ne s'oppose point à mon bonheur...

M. MARTIN

Je ne m'oppose à rien, si vous êtes riche ; car je ne sache rien de si bon dans le monde.

DORANTE

Je jouis de vingt mille livres de rente[153], et je ne vous demande point de dot.

M. MARTIN

Ma fille est à vous, cela est trop honnête.

---

153. *Vingt mille livres de rente* : suppose une fortune d'environ 400 000 livres. Une fille qui aurait cette somme en dot pourrait, selon Furetière dans *Le Roman bourgeois,* prétendre à épouser « un président au mortier, vrai marquis, surintendant, duc et pair ». Cela correspondrait à peu près à un revenu annuel de 500 000 francs actuels, au minimum.

Mlle GIRAUT

Voilà Monsieur Pruneau, qui est fort riche aussi, mon frère.

M. MARTIN

Ne demande-t-il point de dot, ma sœur ?

M. PRUNEAU

Moi, Monsieur ? je ne demande rien ; pas même Mademoiselle.

M. MARTIN

Vous êtes trop modeste, je vous la donne ;

PRUNEAU

Et vous trop généreux. Je l'accepte. Il faut bien retourner au pays avec quelque chose de nouveau.

NANETTE

Si vous vouliez, mon oncle, voilà un Monsieur d'Amiens, qui m'épouserait aussi aux mêmes conditions.

M. MARTIN

A la bonne heure, je serai défait de tout ce qui m'embarrasse, et j'épouse aussi votre sœur, Monsieur de Bracassak, pour me refaire une nouvelle famille, et pour me conformer à l'exemple.

BARABALOU

Allons, venez, mon adorable. Voilà une famille bien exemplaire[a].

BRACASSAK

Allons, Mesdames, de la joie, à proportion de tant de noces, je veux marier tout le pays : heureux de pouvoir faire, de deux jours l'un[154], des mariages, qui nous attirent toujours bonne et nombreuse compagnie.

DIVERTISSEMENT[b]

Victoire, victoire,
Salut, honneur,
Au bon tireur,
Comblé de gloire.
Que la mémoire
De la valeur
Et de l'adresse de ce vainqueur,
Dure à jamais dans notre histoire.
A boire, A boire
A la santé de sa grandeur.

SECOND AIR

Que de tous côtés on apprenne
Quel héros remporte le prix.

a. et pour me conformer........ Voilà une famille bien exemplaire   *biffé dans ms.*
b. *Le manuscrit s'arrête sur ce mot et ne donne pas les couplets.*

154. *De deux jours l'un* : un jour sur deux, tous les deux jours.

Que des bords de la Marne aux rives de la Seine,
        Tout le pays,
        Jusqu'à Paris,
        En soit surpris.

TROISIÈME AIR

Aimables fillettes
Et jeunes garçons,
Venez aux doux sons
Des tendres musettes,
Fouler les herbettes
De ces verts gazons.
Parlez en chansons
De vos amourettes,
Et dans ces retraites
Vénus et son fils
Pour les plus hardis,
Pour les plus adroites[155],
Destinent des prix.

BRANLE

Dans cinq ou six carrosses,
Un badaud de Paris
Vint le jour de ses noces,
A Meaux tirer le prix ;
Mais quel ennui, son épousée,
Pendant qu'il tirait fut visée
Par un tireur meilleur que lui.

---

155. *Adroites* : se prononce de la même façon que *retraites* avec lequel ce mot rime.

IIᵉ COUPLET

De Basse-Normandie
Cinq ou six houbereaux,
Allaient de compagnie
Tirer le prix à Meaux.
Mais à Paris, c'est grand dommage,
Ils mirent l'argent du voyage
A tirer leur poudre aux moineaux[156].

IIIᵉ COUPLET

Un conseiller d'Auxerre,
Noble comme Amadis,
Revenu de la guerre,
Pour remporter le prix,
Vint à Senlis ; mais quel voyage !
Il crut y prendre femme sage,
Et pour sot[157] lui-même il fut pris.

IVᵉ COUPLET

Un coureur de grisettes[158],
Du quartier Saint-Denis,
En certaines guinguettes,
S'enivra d'un vin gris[159].

---

156. *Tirer sa poudre aux moineaux* : « Faire de la dépense pour venir à bout d'une chose qui n'en vaut pas la peine ou dont on ne vient pas à bout » (F.).

157. *Sot* : au sens de cocu.

158. *Grisette* : voir p. 111, note 121. Originairement, jeune femme vêtue de gris. « On le dit par mépris de toutes celles qui sont de basse condition, de quelque étoffe qu'elles soient vêtues. Des gens de qualité s'amusent souvent à fréquenter des *grisettes* » (F.).

159. *Vin gris* : « Vin délicat, tel que celui de Champagne, qui est entre le blanc et le clairet » (F.).

Tant en fut pris qu'il voyait trouble,
Et qu'il trouva, sa femme double,
Quand il revint à son logis[160].

Ve COUPLET

Enfants de la fortune,
Nous en profitons tous,
Et n'en manquons aucune,
Lorsqu'elle s'offre à nous :
Je suis adroit, et quand la belle[161]
Près de moi passe à tire d'aile,
Je la saisis par le toupet.

---

160. Allusion à un épisode des *Trois Cousines* de Dancourt, acte I, scène 3, dont il est fait mention aussi dans le prologue de la même pièce. De Lorme, ivre, rentrant à l'improviste à son logis, voit sa femme double dans son lit, mais celle-ci réussit à le persuader que c'est une vision d'ivrogne. Dans le prologue, ce récit est ainsi commenté :

> LE BARON : Mais il y a ici des choses outrées, et qui font souffrir ma pudeur, à moi, une femme qui paraît double, par exemple. Vous qui avez du monde et de l'esprit, dites-moi un peu, Madame, qu'est-ce que c'est qu'une femme double, je vous prie ?
> MENONE : C'est un homme ivre qui croit la voir telle.
> LE BARON : Et qui ne se trompe pas peut-être, quelle idée !

Les sous-entendus grivois sont particulièrement fréquents dans les divertissements qui terminent les comédies de Dancourt.

161. *La belle* : il s'agit de la Fortune, qu'il faut saisir par les cheveux, confondue ici avec l'occasion, chevelue par devant et chauve derrière, dont le *toupet* apporte une connotation burlesque.

VIᵉ COUPLET

Du bonheur de vous plaire
Uniquement charmés,
Par vous-même à le faire,
Nous sommes animés.
Que tout Paris à nos ouvrages
Ne refuse point ses suffrages,
Et nous aurons gagné le prix.

FIN

BIBLIOGRAPHIE

Sur Dancourt :

BARTHELEMY Charles, *La Comédie de Dancourt 1685-1714, étude historique et anecdotique,* Paris, G. Charpentier, 1882.

BLANC André, *Le Théâtre de Dancourt,* Lille III, Atelier de reprographie des thèses, 1977.

BLANC André, *F.C. Dancourt (1661-1715)* : la Comédie française à l'heure du Soleil couchant, Tübingen, G. Narr, J.M. Place, Paris, 1984.

BLANC André, « Sur trois textes de Dancourt », *XVIIe siècle,* 1976, n° 112, p. 46-57.

BRÜTTING Joseph, *Das Bauernfranzösisch in Dancourts Lustspielen,* Altenberg, 1911.

CHEVALLEY Sylvie, « Le Costume de théâtre de 1685 à 1720, d'après le théâtre de Dancourt », *Revue d'Histoire du théâtre,* janv-mars 1964, p. 25-39.

CHEVALLEY Sylvie, « Rendre à Dancourt... », *Revue d'histoire du théâtre,* 1969, n° 2.

CLEARY Carol, *Aspects of the Life and Works of Dancourt,* Ph. D., University of Durham, 1974.

LAKIN William, *The Conception of the Characters types in the Comedy of Dancourt (1661-1725),* M. A.,Univ. of Sheffield, 1967.

LEMAÎTRE Jules, *La Comédie après Molière et le théâtre de Dancourt,* Paris, Hachette, 1882.

MELANI Nivea, *Motivi tradizionale e fantasia del « Divertissement » nel teatro di F.C. Dancourt (1661-1725)*, Napoli, I.U.O., 1970.

MELANI Nivea, *Il Teatro « à la mode » di F.C. Dancourt, Testi scelti con introduzione, note e studio delle varianti*, Napoli, I.U.O., 1972.

SOKALSKI Alexandre, *The dramatic Art of Dancourt and the Metaphor of Pretense*, Ph. D., Baltimore, 1977.

Sur le théâtre français :

ATTINGER Gustave, *L'Esprit de la Commedia dell' arte dans le théâtre français*, Paris, 1950.

BONNASSIES Jules, *La Comédie-Française, histoire administrative*, (1685-1757), Paris, Didier, 1874.

CAMPARDON Émile, *Les Comédiens du Roi de la troupe française*, Paris, H. Champion, 1879.

EMELINA Jean, *Les Valets et les servantes dans le théâtre comique en France de 1610 à 1700*, Grenoble, P.U.G., 1975.

GARAPON Robert, *La Fantaisie verbale et le comique dans le théâtre français, du Moyen-Âge à la fin du XVIIe siècle*, Paris, A. Colin, 1957.

GUICHEMERRE Roger, *La Comédie classique en France*, Paris, P.U.F., 1978.

LANCASTER H.C., *A History of French dramatic Literature in the XVIIth century*, Part IV, Baltimore, Johns Hopkins U. Press, 1940.

MONGRÉDIEN Georges et ROBERT Jean, *Les Comédiens français du XVIIe siècle*, Paris, C.N.R.S., 3e éd., 1981.

MOUREAU François, *Dufresny, auteur dramatique (1657-1724)*, Paris, Klincksieck, 1979.

PARFAICT Claude et François, *Histoire du théâtre français...*, Paris, Le Mercier et Saillant, 1735-1749, 15 vol., in-12.

SCHERER Jacques, *La Dramaturgie classique en France*, Paris, Nizet, 1950.

Sur *La Fête de village :*

Sur les réalités évoquées dans cette comédie, on pourra consulter :

SAINT-GERMAIN J., *La Vie quotidienne en France à la fin du Grand Siècle,* Paris, Hachette, 1965.

LANGE Maurice, *La Bruyère critique des conditions et des institutions sociales,* Paris, Hachette, 1909.

NORMAND Charles, *La Bourgeoisie française au XVIIe siècle (1604-1661),* Paris, Alcan, 1908.

ESQUIEU Louis, *L'Armée d'autrefois, le racolage et les racoleurs.*

BABEAU André, *La vie militaire sous l'Ancien Régime,* Paris, 1889-1890.

»   »   *La Vie rurale dans l'ancienne France,* Paris, 1885.

»   »   *Le Village sous l'Ancien Régime,* Paris, 1882.

CORVISIER André, *Dictionnaire d'art et d'histoire militaire,* Paris, P.U.F., 1988.

XVIIe SIÈCLE, n° 148, juillet-septembre 1985, *Présence de la guerre au XVIIe siècle* sous la direction d'André CORVISIER. On y trouvera, dans les notes de différents articles, des indications bibliographiques intéressantes.

Sur *Le Vert-Galant :*

Sur le milieu social de la pièce, on peut se référer à certains des ouvrages déjà cités. Par ailleurs, les références contemporaines sont indiquées dans les notes qui accompagnent la Notice (p. 117 et suiv.). Nous rappelons seulement ici :

SOKALSKI Alexandre : « Autour du *Vert-Galant* », *Studies on Voltaire and the XVIIIth Century,* CLXIII, 1976, p. 155-202.

MONTAIGLON Alexandre et RAYNAUD Gaston, *Recueil général et complet des fabliaux des XIIIe et XIVe siècles,* Paris, 1890.

Sur *Le Prix de l'arquebuse* :

Le Nouveau Mercure, septembre 1717.

BARBEY André, *Un Almanach en 1718, ou Description d'un tir provincial d'arquebusiers à Meaux-en-Brie,* Château-Thierry, A. Lecosne, 1877.

ROCHARD, *Histoire de la ville de Meaux,* manuscrit conservé à la Bibliothèque municipale de Meaux.

BESSET Auguste, *Notice historique sur la compagnie des Chevaliers de l'Arquebuse de Bourgogne,* Chagny, 1904.

DELAUNAY L.A., *Études sur les anciennes compagnies d'archers,* Paris, Champion, 1879.

BARTHELEMY Édouard de, *Histoire des archers de Reims,* Paris, 1873.

JADARD H. et LACAILLE H., *Les Arquebusiers de Rethel (1615-1700).* Recueil de documents originaux annotés et publiés par..., Arcis sur Aube, 1896.

TABLE DES MATIÈRES

SOCIÉTÉ DES TEXTES FRANÇAIS MODERNES
(S.T.F.M.)

Fondée en 1905
Association loi 1901 (J.O. 31 octobre 1931)
Siège social : Institut de littérature française (Université de Paris-IV)
1, rue Victor Cousin. 75005 PARIS

Président d'honneur : † M. Raymond Lebègue, Membre de l'Institut.

Membres d'honneur : MM. René Pintard, Jacques Roger, Isidore Silver.

BUREAU 1989

Président : M. Robert Garapon.
Vice-Président : M. Roger Zuber.
Secrétaire générale : M. François Moureau.
Trésorier : M. Roger Guichemerre.
Trésorière générale : Mlle Huguette Gilbert.

———————

La Société des Textes Français Modernes (S.T.F.M.), fondée en 1905, a pour but de réimprimer des textes publiés depuis le XVIe siècle et d'imprimer des textes inédits appartenant à cette période.

Pour tous renseignements, et pour les demandes d'adhésion : s'adresser au Secrétaire général, M. François Moureau, Faculté des Lettres de Dijon, 21000 Dijon.

Demander le catalogue des titres disponibles et les conditions d'adhésion.

LES PUBLICATIONS DE LA SOCIÉTÉ DES TEXTES FRANÇAIS MODERNES SONT EN VENTE A LA LIBRAIRIE NIZET.

———————

EXTRAIT DU CATALOGUE

(mai 1989)

XVIᵉ siècle.

Poésie :

4. HÉROËT, *Œuvres poétiques* (F. Gohin)
5. SCÈVE, *Délie* (E. Parturier).
7-31. RONSARD, *Œuvres complètes* (P. Laumonier). 20 tomes.
32-39, 179-180. DU BELLAY, *Deffence et illustration. Œuvres poétiques françaises* (H. Chamard) *et latines* (Geneviève-Demerson). 10 vol.
43-46. D'AUBIGNÉ, *Les Tragiques* (Garnier et Plattard). 4 vol.
141. TYARD, *Œuvres poétiques complètes* (J. Lapp.)
156-157. *La Polémique protestante contre Ronsard* (J. Pineaux). 2 vol.
158. BERTAUT, *Recueil de quelques vers amoureux* (L. Terreaux).
173-174. DU BARTAS, *La Sepmaine* (Y. Bellenger). 2 vol.
177. LA ROQUE, *Poésies* (G. Mathieu-Castellani).

Prose :

2-3. HERBERAY DES ESSARTS, *Amadis de Gaule (Premier Livre),* 2 vol. (H. Vaganay-Y. Giraud).
6. SÉBILLET, *Art poétique françois* (F. Gaiffe — F. Goyet).
150. NICOLAS DE TROYES, *Le Grand Parangon des Nouvelles nouvelles* (K. Kasprzyk).
163. BOAISTUAU, *Histoires tragiques* (R. Carr.).
171. DES PERIERS, *Nouvelles Récréations et joyeux devis* (K. Kasprzyk).
175. *Le Disciple de Pantagruel* (G. Demerson et C. Lauvergnat-Gagnière).
183. D'AUBIGNÉ, *Sa vie à ses enfants* (G. Schrenck).
186. *Chroniques gargantuines* (C. Lauvergnat-Gagnière, G. Demerson *et al.*).

Théâtre :

42. DES MASURES, *Tragédies saintes* (C. Comte).
122. *Les Ramonneurs* (A. Gill).
125. TURNÈBE, *Les Contens* (N. Spector).
149. LA TAILLE, *Saül le furieux. La Famine...* (E. Forsyth).
161. LA TAILLE, *Les Corrivaus* (D. Drysdall).
172. GRÉVIN, *Comédies* (E. Lapeyre).
184. LARIVEY, *Le Laquais* (M. Lazard et L. Zilli).

XVIIᵉ siècle

XVIIIᵉ siècle.

80-81. P. BAYLE, *Pensées diverses sur la Comète.* (A. Prat-P. Rétat).

131. DIDEROT, *Éléments de physiologie* (J. Mayer).

162. DUCLOS, *Les Confessions du Cᵗᵉde N**** (L. Versini).

159. FLORIAN, *Nouvelles* (R. Godenne).

148. MABLY, *Des Droits et des devoirs du citoyen* (J.-L. Lecercle).

112. ROUSSEAU J.-J., *Les Rêveries du Promeneur solitaire* (J. Spink).

87-88. VOLTAIRE, *Lettres philosophiques* (G. Lanson, A.M. Rousseau). 2 vol.

89-90. VOLTAIRE, *Zadig* (G. Ascoli). 2 vol.

91. VOLTAIRE, *Candide* (A. Morize).

XIXᵉ siècle.

94-95. SENANCOUR, *Rêveries sur la nature primitive de l'homme* (J. Merlant et G. Saintville). 2 vol.

124. BALZAC, *Le Colonel Chabert* (P. Citron).

119-120. CHATEAUBRIAND, *Vie de Rancé* (F. Letessier). 2 vol.

129-130. CHATEAUBRIAND, *Voyage en Amérique* (R. Switzer). 2 vol.

110. *La Genèse de Lorenzaccio* (P. Dimoff).

Collections complètes
actuellement disponibles

43-46. D'AUBIGNÉ, *Tragiques,* 4 vol.

32-39 et 179-180. DU BELLAY, *Œuvres poétiques françaises et latines* et la *Deffence...* 10 vol.

7-31. RONSARD, *Œuvres complètes,* 20 tomes.

144-147 et 170. SAINT-AMANT, *Œuvres.* 5 vol.

135-140. SAINT-ÉVREMOND, *Lettres* (2 vol.) et *Œuvres en prose* (4 vol.).

Photocomposé en Times de 10 et achevé d'imprimer
par l'Imprimerie de la Manutention à Mayenne en septembre 1989
N° 311-89